내겐
사랑스러운
그대리

지은이 | 판피린 제이
펴낸이 | 권순남
펴낸곳 | 마롱

1판1쇄 인쇄일 | 2020년 11월 2일
1판1쇄 발행일 | 2020년 11월 9일

등록일자 | 2008년 1월 7일
등록번호 | 제310-2008-00001호

주소 | 서울시 노원구 상계 1동 1049-25 신영산업 BD 602호
대표전화 | 02-2091-0291
팩스 | 02-2091-0290
이메일 | marubooks@mayabooks.co.kr

979-11-368-0825-7(04810)
979-11-368-0823-3(set)

값 9,000원

* 저자와 협의하여 인지를 붙이지 않습니다.
* 잘못된 책은 교환하여 드립니다.

「이 도서의 국립중앙도서관 출판시도서목록(CIP)은 서지정보유통지원시스템 홈페이지(http://seoji.nl.go.kr)와
국가자료공동목록시스템(http://www.nl.go.kr/kolisnet)에서 이용하실 수 있습니다.」
(CIP제어번호:CIP2020044954)

2

내겐 사랑스러운 고대리

판피린 제아 지음
MARONGROMANCESTORY

목 차

11장. 우연보다는 운명에 가까운 ...007

12장. 괜찮아질 때까지 안아 줄게요 ...050

13장. 고 대리, 집으로 갑시다 ...092

14장. 함께한 날들이 늘어난 만큼 ...133

15장. 예고 없는 이벤트로 가득한 인생 ...179

16장. 네 모든 시절을, 사랑해 ...214

외전. 9년 전 그 섬에서 있었던 일 ...271

에필로그 1. 눈만 마주쳐도 ...380

에필로그 2. 한 달에 한 번 ...402

에필로그 3. 제주도 푸른 낮과 붉은 밤 ...423

작가 후기 ...446

내껜
사랑스러운
고대리

11장. 우연보다는 운명에 가까운

"문 기사님, 진짜 미친 거 아냐?"

"죄송합니다."

"우리 집에서 아주 오래 굴러먹었지! 하는 것도 없이 월급 작작 받아 처먹으면서 고용주를 무시해? 지금 여기서 웃음이 왜 나오냐고! 내가 이런 년한테 당하니까 우스워? 진짜 같잖은 것 때문에 내가 열 받아서. 아이씨~"

"죄송합니다."

"으~"

문 기사가 연신 머리를 조아렸고, 유안은 분에 못 이겨 괴성을 질렀다.

구제 불능이네…….

은비가 고개를 연신 가로저었다.

자신에겐 제대로 대꾸도 못 하면서 문 기사만 족치고 있는 꼴이라니.

그나저나 은비는 나이가 지긋하신 분이 유안에게 당하는 모습을 보자 마음이 아려 왔다.

지난 8년간 이 과장에게 당했던 세월 때문인지도 모를 일이었다.

그나마 자신을 괴롭히던 이 과장은 나이라도 많았고, 일은 다 도와주면서도 할 말은 다 해 가면서 버텨 왔었다.

하지만 문 기사님은 그저 '죄송합니다'만 연신 얘기할 뿐이었다.

'이렇게라도 해서 버텨야 하는 한 가정의 가장이겠지.'

마음이 아리다 못해 참 씁쓸했다.

'아무튼, 이 정도까진 줄은 몰랐는데 진짜 최악이다. 이유안.'

녹음을 마친 은비가 재빨리 녹음 파일을 자신의 메일로 전송을 해 두었다.

언제나 파일은 안전히 두 군데 이상 보관하는 건 기획팀에서 보안 문서를 많이 담당했던 그녀의 오래된 습관이었다.

"이유안, 더 하면 사람을 아주 잡겠다? 계속하다가는 되로 준 걸 내가 말로 받게 하는 수가 있어. 갑질 횡포가 아무리 언론에 떠들썩하게 나와도 어떻게 아무 생각이 없냐."

은비가 차마 더는 들을 수 없어 두 사람의 대화를 끊었다.

"이게 다 너 때문이잖아. 어? 모르겠어? 왜 갑자기 오빠랑 나 사이에 끼어들어서 이렇게 날 귀찮게 하는데? 어?"

"후… 이런 얘기 들어 봐야 속만 쓰릴 텐데 말이야. 강 팀장이 글쎄 9년 전부터 나를 좋아했단다. 그의 이십 대 순정을 나한테 보였다고. 이쯤이면 시간 흐름상 누가 끼어들었는지 상식적으로 구분되지 않아?"

"아, 돌아 버리겠네. 그니까 왜 9년 전부터 끼어들었냐고. 한별 오빠 인생에. 으~~~"

"이유안, 나 너무 피곤하다. 10분은 진작 지난 것 같은데, 이만 가 볼게."

"가긴 어디를 가. 내 말 다 안 끝났어."

"참, 오늘 좋은 구경했다."

은비가 자신의 휴대폰을 그녀에게 들어 보였다.

"뭐? 무슨 좋은 구경?"

녹음 파일 플레이 버튼을 누르자 방금 대화가 흘러나왔다.

"헛……!"

유안이 순간 식겁한 표정으로 그녀의 손에 들린 것을 바라보았다.

"네 아버지뻘이야. 그렇게 사람 함부로 대하지 마, 이유안. 그리고 내가 할 말을 다 못 하면 밤에 잠을 못 자는 성격이라서."

"네가 뭔데 나한테 이래라저래라야."

"아무튼 하던 얘기는 마저 하고 갈까 해. 아까 뭐, 퀄리티는 떨어지는데 흥미를 끄는 물건? 대박 신박한 표현이더라. 내 퀄리티를 니가 따질 건 아닌데, 흥미를 끌었다는 건 인정한다. 금수저를 물고도 매력 어필 안 되는 너 말고 나만 보잖아. 우리 강 팀장이."

"이게······."

자존심이 상할 대로 상한 유안이 은비를 째려보았다.

"그러니까 자꾸 이렇게 소모적인······."

그런데 이야기를 다 마치지 못한 은비의 고개가 옆으로 픽 쓰러졌다.

룸미러로 상태를 지켜보던 문 기사가 눈을 질끈 감았다.

"문 기사님, 저는 집에 내려 주시고 아까 얘기한 거 진행하죠. 허튼수작 부리셨다가는 당장 아웃이니까 인증샷 철저히 찍어서 보고하세요."

"네. 알겠습니다."

대답을 마친 문 기사가 어금니를 꽉 깨물었다.

'비행이 길어지니 고 대리랑 연락도 못 하고. 으~ 답답하다.'

시애틀행 비행기에 몸을 실은 한별이 비행기 모드인 휴대폰을 만지작거리고 있었다.

'뭐가 바빠서 같이 찍은 사진도 없고……. 아, 고 대리… 보고 싶다.'

은비와 주고받은 메시지만 보고 있는 그였다.

"앗!"

"어이쿠, 죄송합니다. 손에서 미끄러져서 그만."

비즈니스석 옆자리에 앉은 승객이 한별의 바지에 물을 쏟았다.

"아, 괜찮습니다."

승무원이 황급히 가져다준 수건으로 젖은 바지를 닦았다.

'찝찝해……. 얼른 내려서 고 대리 목소리 듣고 싶다.'

한별이 기내에서 제공되는 엽서 한 장을 들었다.

보고 싶은 우리 애기…….
잘 있니…….

정신을 잃은 은비를 태운 차가 짙어 오는 어둠 속을 하염없이 달리고 있었다.

유안은 은비의 휴대폰을 가방에 챙겨 진작 자신의 집에 내리고 없었다.

차가 꽉 막힌 퇴근길 러시아워를 지나온 터라 시간도 제법 많이 흘렀다.

자정에서 새벽으로 가는 시간의 어디쯤, 문 기사가 운전하는 차가 목포항에 다다랐다. 그리고 제주로 향하는 첫배에 오를 준비를 했다.

'진짜 천벌을 받으려고 이런 짓까지 저지르는구나……'

문 기사는 유안이 계획한 일에 치를 떨었다.

"하암……"

그는 밤새 운전을 한 탓에 피곤이 몰려왔다.

그래도 정신을 차리려 애썼다.

한여름이지만 혹시라도 이슬 내리는 새벽 기온에 잠든 은비가 추울까 싶어 차에 있는 자신의 외투를 덮어 주었다.

'문 기사님, 여기가 서울에서 가장 멀리 떨어진 무인도래요. 좀 이따가 만나는 고 대리를 여기에 버려 주세요. 뭐, 보통 여자는 아니라 아무리 무인도라도 어떻게든 다시 여기까지 찾아오겠지만, 내가 어떤 사람인지 맛보기나 좀 보여 주려고.'

유안은 자신이 가질 수 없다면 그 누구도 갖지 못하게 할 작정이었다. 어떻게든.

문 기사는 유안의 말을 떠올리며 진저리를 쳤다.

그리고 제주로 가는 차 안에서 은비를 위해 자신이 할 수 있는 일이 무엇인지 곰곰이 생각해 보았다.

제주도에 도착한 차가 또다시 미리 준비된 배를 타고 외딴 섬으로 향했다.

참 고된 여정이었다.

새벽 미명, 은비를 외딴 섬 맨땅에 내려놓은 그가 사진을 찍어 유안에게 전송했다.

"이 정도면 며칠은 버틸 수 있겠지?"

문 기사는 제주도에 도착해 한 가게에서 산 작은 텐트 하나를 푹신한 곳에 펴 그 안에 은비를 눕히고는 다시 서울로 향했다.

"으음… 여기가 어디야?"

정신을 잃고 자던 은비가 드디어 잠에서 깨어나 관자놀이를 손가락으로 누르며 인상을 썼다.

눈동자를 휙 돌려 보니 사방이 천으로 된 텐트 안.

그 안에는 물과 몇 가지 음식들이 든 봉지, 그리고 종이 한 장이 놓여 있었다.

"뭐야?"

그녀가 황급히 글씨가 적힌 종이를 들었다.

고 대리님, 문 기사입니다. 유안 씨가 수면제를 먹인 것 같아요.

맡겨진 임무라 어쩔 수 없이 이곳까지 왔지만 어떻게든 돕고 싶은 마음입니다. 이곳은 서울에서 가장 먼 무인도랍니다. 한 번씩 낚싯배들이 오가는 것 같던데 그것을 노려 나오시는 방법을 생각해 보시면 좋겠습니다.

 은비가 두려운 마음으로 황급히 텐트 문을 열었다.
 어?
 아예 밖으로 나와 사방을 둘러보니, 풍경이 낯이 익었다.
 차귀도다.
 이곳은 9년 전 꼴통 강한별과 1년 동안 지지고 볶던 그 섬이었다.
 이유안…….
 너 진짜 모지리다.
 여기 내 구역인데?
 은비가 일어나 짐을 챙겨 텐트에서 나왔다.
 "캬~ 경치 봐라."
 오랜만에 섬에 오니 두 눈이 번쩍 뜨였다. 여전히 태곳적 신비를 가진 곳, 눈을 두는 곳마다 절경이 아닌 곳이 없었다.
 그녀가 짐을 챙겨 섬 가운데로 올라갔다. 그곳에 반가운 할망 집이 있었다.
 "할망!"
 그저 부르기만 했는데도 마음이 뭉클한 느낌이 들었다.

너무 오랜만이었다.

마침 빨래를 널던 할머니가 소리 나는 쪽을 바라보았다.

"어이구, 우리 은비 왔언?"

세월이 무색하게 여전히 정정한 할망이 은비를 반겼다.

"네. 근데 할망 아직도 전입신고 안 했어요? 사람들이 계속 무인도인 줄 아네. 고맙게도 말이에요."

지난 저녁-

'으음… 분명 아까 먼저 가 있겠다고 했는데……? 잠깐 어디 갔나……?'

은비를 만나기로 했던 최 대리가 약속 장소에서 아무리 기다려도 그녀가 오지 않아 전화를 걸었다.

그런데 수십 통째 불통이었고, 메시지도 계속 미수신 상태였다.

'뭐지? 느낌이 쎄-한데.'

최 대리는 다시 회사로 돌아가 로비를 살펴보고 별관에 있는 물류팀을 찾았다.

똑똑-

"혹시 고은비 대리님 여기에 계신가요?"

그녀가 물으며 물류팀 안을 휙 둘러보니 아직 야근 중인 직원 몇은 있었지만, 은비의 모습은 보이지 않았다.

"아, 고 대리님 아까 퇴근했어요."

최 대리를 바라보던 직원 한 분이 친절히 대답을 해 주었다.

"아… 네……. 알겠습니다."

뒤돌아 사무실을 나서려는 그녀를 향해 누군가 다급히 달려 나왔다.

"지원아-"

차준영 대리였다.

"어? 누구…….."

"역시 기억 못 하는구나. 나 차준영. 우리 동기 연수 때 봤었는데."

"차…준…영? 네가?"

최 대리는 몇 년 전 입사 연수 때 보았던 그를 떠올렸다.

흐릿한 기억 속엔 그 당시 취업 준비로 힘이 들었는지 비쩍 마른 몸에 골골거리던 준영의 모습이 어렴풋이 남아 있었다.

그런데 오늘 그녀 앞에 서 있는 그는 기억 속의 사람과 영 다른 모습이었다.

'고 대리님 말에 물류팀 팀워크가 좋다더니 역시……. 근데 업무가 힘쓰는 일이 많나? 운동을 한 건지 진정 생활 근육인지. 몸이… 어후…….'

건장한 몸에 밝은 인상의 훈남이었다.

"어머, 너 왜 이렇게 변했어?"

"그래?"

"진짜 몰라봤다."

"우리 팀 일이 노동이 많아서……."

아, 운동 아니고 노동이 맞을 거야.

준영이 빙그레 웃으며 대답했다.

그래도 노동으로 다져진 몸이라기엔 몹시 좋아 보이는데?

최 대리는 다시 한번 그를 보았다.

"아, 참. 고 대리님이랑 저녁에 약속 있었는데 약속 장소에도 없고, 전화도 안 받고… 괜히 걱정되네."

그러다 그녀가 이곳에 온 목적을 다시 상기했다.

"아, 나도 고 대리님이 너랑 약속 있다는 얘기 들었어. 퇴근하고 바로 가신다고 했는데. 나가신 지 한참 됐는데, 진짜 무슨 일이지?"

"그니까……. 뭔가 느낌이 안 좋아."

"지원아, 나 막 퇴근하려던 참이거든. 일단 같이 나가자."

"응? 으응……."

얼떨결에 대답해 버린 최 대리가 준영과 함께 회사 밖으로 나왔다.

은비를 만나기로 한 카페에 마주 앉은 두 사람.

번갈아 가며 연락을 취해 봤지만, 그녀는 여전히 묵묵부답이었다.

최 대리는 강 팀장에게 연락을 해 보고 싶은 마음이 굴뚝

같았는데, 연락처가 없는 상황이라 답답했다.

"준영아, 어쩌지. 실종 신고라도 해야 하나?"

"지원아, 고 대리님이 무슨 어린애도 아니고 몇 시간 연락 안 된다고 실종 신고는. 피치 못할 상황이 생겼을 수도 있지. 급한 일이 생겼는데 휴대폰을 잃어버렸거나 배터리가 다 되었거나 해서 연락이 안 될 수도 있잖아. 걱정하지 말고 좀 더 지켜보자."

준영의 말이 일리가 있어 최 대리도 고개를 끄덕였다.

전에는 말 한마디도 쑥스러워 잘 못 하던 그였는데, 변해도 정말 많이 변했다 싶었다.

"지원아, 근데 혹시 평소에 고 대리님 이렇게 연락 안 된 적은 없었어?"

"연락이 안 된 적이라……. 흐음… 아! 있었어."

"그래? 어떤 상황?"

"잘 때. 잘 때는 수십 통을 해도 안 받아. 그리고 다음 날 욕을 바가지로 해. 전화 울리는 소리 때문에 집중적으로 깊게 못 잤다고."

"이런, 고 대리님 진짜 재밌으시다. 근데 오늘 혹시 약속 잊고 집으로 가셨나?"

"그럴 리가 없는데."

"흐음… 근데 너 배 안 고파?"

"고프지……. 고 대리님이랑 맛있는 거 먹으려고 벼르고 있었거든."

"일단 가자. 계속 이렇게 기다릴 수만은 없잖아. 근처에 맛있는 집 있어!"

준영이 적극적으로 지원을 이끌었다.

차준영… 너 진짜 되게 낯설다…….

차귀도-

"아이고, 우리 은비 무신 일시냐?(무슨 일이니?)"

"헤헤. 할망, 살다 살다 납치를 다 당해 보네요."

"아고게!(깜짝이야!)"

"근데, 괜찮아요. 독약을 먹은 것도 아니고, 다른 곳이 아니라 할망 동네로 왔으니까아……. 끄억… 으엉… 흡… 흑…….."

분명 웃으며 대답을 하는 은비였는데, 끝맺음에 울컥거림이 담겨 있었다.

서울에서 말짱하게 살다가 자신도 모르는 사이에 이곳에 와 있다니!

깨어나서 아무렇지 않은 척했지만 별안간 자신의 처지가 너무도 어이없었기 때문이었다.

훌쩍-

그녀가 눈가에 핑 도는 눈물을 손으로 닦아 내었다.

납치라니, 얼마나 놀랐을까.

안 그래도 몰골이 푸석한 은비의 모습이 안쓰러워 할망이 그녀의 등을 연신 어루만지며 쓰다듬었다.

그리고 부엌으로 들어가 따뜻한 톳밥과 매콤하게 한소끔 끓인 멜국을 금방 내왔다.

"맨도롱 또똣할 때 호로록 먹으라게.(먹기 좋게 따뜻할 때 얼른 먹어.)"

할망의 말에 잠깐 쏙 들어갔던 눈물이 다시 소환됐다.

"흑흑… 나… 있잖아요, 할망… 그래도 지금까지 정직하게 열심히 살았거든요. 그래서 그런가? 흑흑… 으엉… 하늘이 나를 버리지는 않았나 봐."

그렁그렁한 눈으로 숟가락을 들었다.

그럼…….

강한별 망나니를 인내로 가르치는 너를 보며 얼마나 대견했는데…….

할망이 은비를 보며 말없이 미소를 지었다.

"흐윽……."

입가에 머금은 할망의 미소가 그녀의 마음을 좀 편안하게 만들었다.

"할망, 주름이 너무 예쁘다."

섬 바람을 맞으며 모진 세월을 살아왔건만 그녀의 주름은 웃는 상으로 깊게 패어 있었다.

할망은 부끄러운지 손사래를 치며 그녀에게 얼른 밥을 들라고 했다.

은비는 혹시라도 한별이랑 결혼하면 연상인 자신이 먼저 폭삭 늙어 버릴까 봐 걱정이었는데, 할망을 보니 고운 마음으로 늙으면 주름도 아름답겠구나 싶었다.

"우와, 할망, 잘도 맛있수다!(엄청 맛있어요!) 으~~~ 긴장했던 몸이 확 풀리네요. 감사해요."

할망이 내온 소박한 밥상을 받아 한 숟갈을 뜬 그녀의 얼굴이 환하게 펴졌다.

멜국은 제주가 고향인 그녀에게 익숙하고도 그리운 음식이었다. 비록 어이없는 상황에 부닥쳤지만, 할망의 멜국으로 몸을 따뜻하게 데우니 힘이 좀 날 것 같았다.

한 그릇을 후딱 비운 그녀가 달력과 시계를 바라보았다.

유안을 만나고 나서 하루가 지나 버렸다.

지금 시각 아침 10시.

'후… 출근해야 하는데…….'

무단결근은 그녀 사전에는 없는 일이었다. 아마도 정년퇴직까지 지켜야 하는 직장인의 덕목 같은 것이었는데, 지킬 수 없다니 괜히 마음이 찜찜했다.

"할망, 혹시 손전화 있수꽈?(휴대폰 있으세요?)"

"읏지.(없지.)"

없을 것 같았지만 혹시나 해서 물었는데, 역시나였다.

그녀가 할망 집을 둘러보니 휴대폰은커녕 전에 있던 일반 전화도 없어져 육지에 소식을 전할 수 있는 것이 하나도 없었다.
"할망, 오늘 배 들어와요?"
"아니."
이따금 차귀도 할망을 살피러 오는 이장님의 작은 배가 생각이 나서 물었지만, 돌아온 대답은 절망적이었다.
"진짜? 한 대도 안 들어와요? 내일은요?"
"밖에 비 왐저. 곧 태풍 올라 허는디 걱정이여.(밖에 비 와. 곧 태풍이 올 것 같아 걱정이야.)"
"네에?"
은비가 화들짝 놀라 창가로 향했다.
분명 아까까지만 해도 아침 해가 쨍하던 날씨였다.
그런데 별안간 비라니. 창밖을 내다보니 맑던 하늘이 거짓말처럼 잿빛으로 변해 있었다.
비구름에 덮인 하늘에서 심상치 않은 빗줄기를 내리고 있었다.
'맞다… 여름이지… 그리고 제주도잖아……!'
징글징글한 제주도 여름 비.
뒤늦게 깨달음이 온 은비였다.
"해마다 여름만 되민 비도 하영 오곡 쎈 바람이 부난… 쯧쯧.(해마다 여름만 되면 비도 많이 오고 센 바람이 부니… 쯧쯧.)"

"후……."

혹시나 했던 일말의 희망이 사라져 버렸다.

은비가 깊은 한숨을 내쉬었다.

'다들 걱정하고 있을 텐데…….'

이렇게 무사한 자신을 두고 걱정하고 있을 주변 사람들 생각에 마음이 편치 않았다.

뭐, 몇 안 되는 사람들이겠지만…….

흥! 개중에는 나 없어진 게 꼬시다고 좋아하는 인간들도 있겠지!

아무튼, 나는 이렇게 잘 있어요…….

마음으로나마 텔레파시를 강력하게 보내 보았다. 그러고 나서 최고의 밥상으로 에너지를 채운 그녀가 태풍을 대비해 집을 보수하려는 할망을 도왔다.

혼자 태풍을 대비하려면 고될 텐데 이럴 때 할망을 도울 수 있어서 다행이라는 생각도 들었다.

오늘 나가는 것은 과감히 포기한 상태였다.

날이 개기를 기다렸다가 육지로 나가는 수밖에 없다는 생각에 마음을 좀 비웠다.

📂

서울에 도착해 정신없이 눈을 좀 부치고 난 문 기사가 출근을 준비했다.

'얼른 연락을 해야 하는데…….'

일어나자마자 아무래도 은비의 상황이 걱정돼 안절부절못하고 있었다.

문 기사는 좀 비겁하지만 바로 경찰서에 신고하기에는 자신이 꼬투리 잡힐 것 같아 망설여졌다.

그래도 이 상황을 두고 볼 수만은 없어 강 팀장에게 연락을 취해야겠다는 생각이 들었다.

어제 차 안에서 들은 얘기로는 그와 은비가 연인임이 분명해 보였기 때문이었다.

그런데, 문제는 강 팀장의 연락처가 없다는 것이었다.

문 기사는 어떻게 하면 좋을지 고심했다.

"아… 동심회!"

씻고 난 다음 옷을 입던 그의 머릿속에 전구 하나가 탁 켜졌다.

문 기사가 휴대폰을 들고 어디론가 전화를 걸었다.

"최 기사! 나야. 문!"

-어? 문! 웬일이야 아침부터.

"강 팀장 오늘 데리러 가나?"

-아니. 미국 출장 갔어.

"이런……. 아무튼 연락처 좀 줄 수 있나? 갑자기 급한 일이라……. 나중에 설명할게."

-그래! 기밀이니까 다른 데 유출 안 되게 하고. 번호는 내가 불러 줄게!

문 기사와 최 기사는 기사 모임인 '동심회'의 회원이었다.

'동심회'는 재벌 3세들의 사교 모임 때마다 한 공간에서 대기를 하던 기사들이 그들만의 고충을 털어놓으며 만든 모임이었다.

재벌 3세들은 이런 모임이 있는 줄 모르고 있지만, 제법 돈독한 네트워크였다.

문 기사는 종이와 펜을 가져와 그가 부르는 번호를 받아 적었다.

최 기사와 전화를 끝낸 그가 긴장된 마음으로 한숨을 내쉬었다.

[지금 긴급 상황이라 연락드렸습니다. 고은비 대리님이 누군가의 모략으로 차귀도로 어젯밤에 납치됐습니다.]

자신의 발신 번호를 지우고 강 팀장에게 메시지를 보냈다.

"후우······."

이제야 마음이 좀 편안해졌다.

유안을 데리러 가야 한다는 가시밭길이 남아 있긴 하지만, 은비의 행방을 알렸으니 그녀에게 더 큰일은 없길 바랐다.

은비와 연락이 닿지 않아 미치기 일보 직전인 한별에게 문 기사의 메시지가 도착했다.

메시지를 단숨에 읽어 내려간 그의 얼굴이 하얗게 질렸다.

미쳤구나, 이유안……!

후…….

"시애틀 터코마에서 인천공항행 가장 빠른 비행기 예약 부탁합니다."

내가 어디 있든, 네가 어디 있든 데리러 갈게. 지금 당장.

기다려, 고은비.

"태풍이 잦아든 건가……."

차귀도에서 보낸 셋째 날, 할망과 함께 일찍 저녁을 먹은 은비가 처마 밑 툇마루에 앉아 비가 좀 약해진 하늘을 한참 바라보고 있었다.

"할망, 좀 내려갔다 올게요!"

비가 그치고 날이 갤 눈치가 보여 부둣가에 잠시 갔다 올 생각이었다.

바다의 상황을 정확히 보기 위해서였다.

지금은 좋은 추억으로 기억되어 있지만, 9년 전 징글징글하게 오르내리던 차귀도 오솔길을 따라 발걸음을 내디뎠다.

걸음걸음마다 한별 생각이 나 마음이 먹먹했다.

연락이 안 돼서 얼마나 걱정하고 있을까.

나는 이렇게 잘 있는데, 내 걱정으로 일을 그르치고 있는 건 아닐까.

그를 염려하는 여러 생각이 났지만, 마음속에서 외치는 강력한 소리는 그저 보고 싶다는 거였다.

"보고 싶다… 보고 싶어… 강한별……."

은비가 눈물을 소맷자락으로 훔치며 부둣가에 섰다.

9년 전 한별이 매일 망부석처럼 서서 그녀를 기다리던 곳이었다.

가만히 바다를 살펴보니 그간 거칠게 밀려오던 파도의 세기가 제법 많이 수그러들었다.

그래도 아직 바람은 센 편이었다.

마침, 살짝 갠 하늘 사이로 하늘이 붉게 타오르기 시작했다.

며칠간 해를 구경도 못 했는데, 태풍이 가시면서 해 질 녘에 잠깐 고개를 내밀고 다시 들어갈 모양이었다.

곧 구름은 해의 색깔이 번져 이 섬의 장관인 노을을 그려낼 예정이었다.

은비는 부둣가에 가만히 앉아 점차 신비로운 색으로 물드는 하늘을 바라보았다.

구름이 마치 자신 같다는 생각을 했다.

해처럼 빛나는 한별을 향한 그리움으로 물든 자신.

"보고 싶다……."

이 섬에 와 수십 번, 아니 수백 번 되뇌었던 말을 또다시 내뱉었다.

노을을 바라보니 지난날 기억이 또다시 떠올랐다.

한별은 한 번씩 수업이 길게 이어지면 이곳에서 떠나는 은비를 배웅하러 왔었다.

그때, 함께 노을을 보며 감탄하곤 했다.

은비의 입가에 슬며시 미소가 지어졌다.

첫 만남부터 심상치 않았었지.

1년을 함께 보내면서 하루도 평범치 않은 날이 없었지.

연결 고리라고는 절대 있을 수 없던 한별과 이곳에서 만난 것은 우연이었을까 운명이었을까.

아무리 생각해도 이곳은 참 특별한 곳이고, 우리는 참 특별한 인연이다.

우연보다는 운명에 가까운.

그와 함께했던 날들을 노을 안에 파노라마처럼 펼쳐 그려 보았다.

"분명한 건 평범하고도 평범한 내가 너를 만나서 인생이 파란만장해졌다는 거다! 강한별!"

그녀가 갑자기 눈을 부릅뜨고 바다를 향해 외쳤다.

"그래도… 보고 싶다… 강한별……!"

그의 이름을 부르자 왈칵 쏟아져 나온 그리움 때문에 눈물이 뚝 떨어졌다.

더 파란만장해도 좋으니까…….

얼른 만나자. 우리.

한별아…….

누나 이야기 들리니?

물론 너를 보고 싶은 마음이 가장 크지만…….

…회사 잘릴까 봐 걱정돼 돌아가시겠다!

"어? 저게 뭐지?"

은비가 한별의 이름을 부르는 순간 바다에 무언가가 희끄무레한 것이 포착되었다.

주황빛으로 붉게 타오르는 하늘과 맞닿아 같이 붉게 번진 바다 사이에 엄청난 무언가가 이쪽으로 다가오고 있는 것이 아닌가.

"와- 날이 개자마자 럭셔리 요트 투어를 하나 보네……."

눈을 찡그려 자세히 보니 영화에나 나올 법한 멋진 요트가 바다를 항해 중이었다.

노을을 배경으로 떠다니는 요트의 모습이 가까워질수록 그야말로 분위기 깡패일 영화의 한 장면이 연출되었다.

그러거나 말거나 은비는 이 섬에 온 이래 처음으로 바다에 떠다니는 것을 발견한 것이었다. 지금 필요한 건 살 궁리였다.

"되게 애매하네. 보통 요트가 아닌 거 같은데……. 즐거운 시간을 보내는 분들한테 여기서 나가게 도와 달라고 말하기도 그렇고… 어쩌지, 그냥 보내기는 아까운데……."

은비는 차귀도에 올 배를 간절히 바라던 차에 만난 요트를 보고 군침만 흘렸다.

'날이 개고 있으니까 내일쯤이면 이장님 배가 들어오겠지… 후…….'

요트를 보고 괜히 마음이 싱숭생숭하기만 해 날이 완전히 개일 내일을 기대하며 할망 집으로 돌아가려고 몸을 틀었다.

그때였다.

"고-! 은-! 비-!"

굵고도 산뜻한 목소리가 뒤통수에 꽂혔다.

화들짝 놀라 급히 뒤를 돌았다.

"으응?"

어느새 요트는 섬에 더욱 가까워져 있었다.

그리고 그것을 조종하는 남자가 자신을 향해 손을 흔들고 있었다.

어?

어라?

은비는 하도 충격적인 일을 당해 헛것이 보이나 싶어 두 손으로 눈을 비빈 다음 다시 바다를 바라보았다.

하지만 그가 여전히 그녀의 시야에서 사라지지 않고 분명히 있었다.

파도를 가르며 바다 위를 날아 이쪽으로 오는 남자.

자신을 향해 그 기다란 팔을 흔드는 남자.

긴 기럭지와 탄탄한 몸이 이 멀리에서도 보이는 남자.

바람에 머리카락이 날려 얼굴을 살짝 가려도 분명 아는 얼굴이었다.

"강한별……?!"

그러나 아직도 믿기 힘들었다.

그는 미국 출장 중이었다.

은비가 이 상황을 어떻게 이해해야 할지 생각하는 동안 요트는 점점 더 가까워졌다.

심장이 비정상적으로 뛰기 시작했고, 울컥거리는 마음은 좀처럼 진정되기 어려워 보였다.

3년처럼 느껴졌던 차귀도에서의 3일이 주마등처럼 스쳐갔다.

내내 한별이 너무 보고 싶고, 보고 싶었다.

꼴깍-

은비는 숨을 제대로 고르기 위해 침을 한번 삼켰다.

그사이 차귀도에 정박한 요트.

그곳에서 남자가 폴짝 뛰어내렸다.

정말 강한별이었다.

그에게 달려가는 그녀.

와락 - 안겨 버린다.

"흑흑흑흑… 으아아아앙- 읍!"

은비는 누나고 체통이고 뭐고 다 필요 없고 그동안 참았던 울음을 어린애처럼 터뜨려 버렸다.

그런데 은비의 울음이 순식간에 종료되었다.

이곳에 오기까지 긴장했던 한별이 그녀가 괜찮은지 확인을 하자마자 무섭게 달려들어 입을 막아 버린 것.

두 사람은 눈을 스르르 감았다.

아직 세게 불어 대는 바람에 두 사람의 감은 눈에서 흘러나온 눈물이 흩어졌다.

뛰어오느라 고르지 못하고 가쁜 한별과 은비의 숨결이 서로에게 고스란히 전달되었다.

더 짙어진 차귀도의 노을이 아름답게 타올랐다.

두 사람의 귀에는 시원한 파도 소리가 들렸고, 딱 붙어 버린 가슴에서는 빠르게 뛰는 서로의 심장 소리가 느껴졌다.

코끝에 스치던 비릿한 바다 냄새는 점차 그리웠던 서로의 향으로 바뀌었다.

'와 줘서 고마워…….'

'너무 늦게 와서 미안해…….'

노을이 사라지고 나서야 입맞춤이 끝났다.

"나 때문에 미국 일정 도중에 온 거예요?"

은비가 걱정 어린 눈으로 잘생김에 수척함을 묻힌 한별에게 물었다.
"와야지. 그럼."
그가 붉어진 눈으로 그녀를 바라보았다.
"어떡해……."
은비가 한숨을 쉬며 눈살을 찌푸렸다.
한걸음에 달려오느라 고생했을 그의 여정이 눈앞에 그려졌다.
"괜찮아."
그가 그녀의 머리를 쓰다듬었다.
"일주일은 걸릴 거랬잖아요. 이렇게 오면 어떡해. 하아… 남자 앞길 망치고 싶은 생각은 없는데."
"나도 마찬가지거든. 그래서 온 거라고."
"에이… 할망도 계시고 여기서 잘 있었는데… 뭐 하러……."
"얼굴을 봐야 마음이 놓일 것 같은데 어떡해. 그럼."
"사실… 나도 너무 보고 싶었어. 흐어엉……."
보고 싶었다는 말을 밖으로 내자마자 다시 울컥해진 그녀였다.
"어디… 다친 데는 없고?"
"응. 말짱해."
"마음은… 마음은 괜찮아?"
"그럼, 말짱해요."

한별은 은비가 말은 이렇게 해도 그간 그녀의 마음이 좋지 않았을 거라는 것을 알고 있었다.

그는 그윽한 눈빛을 보내며 다시 한번 자신의 품에 그녀를 꼭 안았다.

두 사람은 9년 전 함께 걸었던 차귀도 오솔길에 나란히 발걸음을 놓았다.

모든 것이 그때 그대로였다.

이곳의 잔풀, 길을 앞장서 날갯짓하는 나비, 시원한 바람, 아름다운 풍경.

그리고 서로 앞에 있는 두 사람.

"좋다……."

한별이 은비의 손을 잡고 걸으며 말했다.

그녀의 얼굴에 행복한 미소가 걸렸다.

"할망! 저 왔어요!"

한별이 큰 소리로 할망을 불렀다.

미국에서도 이따금 선물을 챙겨서 보내곤 했을 만큼 그에게 할망은 특별한 존재였다.

"어? 벌써 잠드셨네. 하긴, 할망은 해 떨어지면 주무셨거든……."

큰 소리로 불렀는데 기척이 없어 보니, 곤히 잠들어 계셨던 것.

반갑게 인사도 할 수 없이 곤히 잠든 할망을 아쉬운 눈길로 바라보았다.

그러나 그의 눈빛이 다시 빛났다.

"어쩔 수 없이 오늘은 여기서 자고 가야겠네."

요트를 타고 바로 이곳을 벗어날 수도 있었지만, 여기까지 와서 할망에게 인사도 못 하고 갈 수는 없었다.

해도 져서 요트를 타고 나가기도 좀 위험했고.

그가 은비의 손을 끌고 전에 자신이 묵었던 방으로 자연스럽게 들어갔다.

"와, 여기를 같이 와 보는 날이 다 있다니……!"

그 옛날에는 유배지였지만, 이제는 휴양지가 된 이곳을 바라보는 한별의 목소리가 감격에 찼다.

아련한 추억이 도사리고 있는 그곳에서 선생과 학생이 아닌 연인으로 오다니, 정말 꿈 같은 일이었다.

대박이다. 진짜!

설레고 흥분된 마음을 감추기 힘들었다.

대강 씻고 난 두 사람이 이부자리에 나란히 누웠다.

"아… 좋다."

한별이 탄탄한 자신의 팔을 베개로 만들어 그녀에게 헌사했다.

그리하여 더욱 가까워진 두 사람.

"다친 곳 없이 잘 있어서 너무 다행이야."

"그럼요. 나 고은비잖아."

"그래도. 그래도 지켜 주고 싶단 말입니다."
"아, 그런데 요트 조종은 또 언제 배운 거예요?"
"9년 전 나 바다에서 죽을 뻔한 거 기억 안 나요? 그 이후에 바다에서 살아남기에 대해 꽂힌 적이 있었거든."
그랬다.
그는 과외 첫날 차귀도 탈출을 감행하다 은비에게 딱 걸려 당황하다 바닷가에 빠졌었다.
철봉만 했지 바다 수영은 못 해 본 그를 그녀가 끌고 나왔던 그날은 정말이지 특별한 날이었다.
벗은 몸으로 첫 인상을 박은 날.
"그래서 요트 조종까지?"
"응. 생각보다 별로 어렵지도 않더라고. 사실 태풍만 아니었으면 수영해서 올 수도 있었어."
"헉, 이런 허세!"
"진짜야. 나, 수영 엄청 열심히 해서 수상인명구조 자격증까지 땄다고."
"대박. 역시 꽂히는 거는 다 박살 내는구나."
"든든하지?"
"네. 든든하네요. 꽂힌 여자는 다른 여자 아니고 나라서."
"그러엄~ 이리 와요, 나의 사랑스러운 고 대리."
"어휴, 너무 고생하고 와서 피곤할 텐데."
시애틀에서 바로 인천으로 가는 것이 없어 공항에서 장시간 대기에, 장시간 비행에… 태풍 때문에 또 제주도 오는 비행도 순조롭지 못해 속이 타들어 가며 이루 말할 수 없는 고생을 했던 그였다.

"은비를 보니까 피곤이 싹 다 날아가 버렸잖아. 나는 밤새 얘기하고 밤새 사랑하고 싶은데… 우리 애기는?"

"말해 뭐 해요. 나는 여기서 완전 푹 쉬었다고. 할망이랑 싱싱한 해산물도 엄청 먹고 완전 체력 보강 제대로 했다니까."

"큭."

"이리 와, 강한별. 그럼, 그간 못다 푼 숙제 오늘 할까?"

은비가 먼저 그를 잡아끌었다.

"그 숙제, 나 제대로 할 건데. 채점 잘 해 줄 수 있나?"

"그럼요. 맡겨만 주시면."

말이 끝나자마자 한별이 그녀의 입에 입을 맞췄다. 입을 맞추며 그녀의 옷을 벗겼다.

미치게 보고 싶었던 그녀가 잘 있다는 걸 알게 되자, 이젠 그녀의 몸도 잘 있는지 제 손끝으로 곳곳을 만져 확인할 셈이었다.

"아- 예뻐."

그가 그녀의 몸을 바라보며 무너져 버릴 듯 말했다.

은비도 그와 입을 맞추며 격해지는 그의 호흡에 따라 그의 옷을 벗겼다.

실오라기 하나 걸치지 않고 이불 속에 들어가 서로의 몸을 탐하는 밤.

  이곳이 둘만의 세상이고 우주인 양 뭐 하나 거칠 것 없이 서로에게 빠져들었다.

  서로의 은밀한 곳에 손길을 더하고, 더욱 은밀한 곳에서 하나가 되며 더는 황홀한 세상이 없다는 듯 미칠 듯이 서로에게 파고들었다.

"사랑해."

"아니, 사랑하단 말로도 부족해."

  두 사람에게 꿈 같았던 차귀도에서의 하룻밤이 지났다.

  그 옛날엔 이곳에서 학업 탐구에 매진했었던 그들이었지만, 어젯밤에는 서로를 탐구하는 시간을 가졌다.

  그것도 매우 열정적으로.

  고 선생에게 5억을 안겨 주기 위해 무섭게 학업에 파고들던 그때의 한별처럼, 어떻게 해서든 꼴통을 일류대에 보내려는 일념으로 열정 가득 가르치던 그때의 은비처럼, 지난밤에도 그들은 서로에게 최선을 다했다.

  그간 서로를 향한 그리움과 걱정으로 심신이 해로웠던 그들에게 어제의 달콤하고도 뜨거운 밤은 특별한 처방이 되어 주었다.

"으응? 우리 한별이가 왔나?"

새벽녘 텃밭에 가려고 밖을 나서던 할망이 밖에 놓인 남자 신발 한 켤레를 보고 중얼거렸다.

'내 언제 올 줄 알았지. 은비 데리러.'

할망은 예상한 일이라는 듯 놀라지도 않고 태연히 가던 발걸음을 이어 갔다.

한별이 그동안 가끔 선물도 보내고 연락도 했었기에 그가 은비를 오랫동안 찾아다녔던 노고를 모르지 않았던 터였다.

그들의 찰떡궁합을 9년 전부터 알아봐 왔기에 언젠가 그 둘이 다시 만날 것이라고 예상도 했었다.

할망이 회심의 미소를 지으며 텃밭으로 향했다.

그 시각 은비와 한별은 새벽녘이 돼서야 잠든 탓에 아침이 되도록 일어날 줄을 몰랐다.

태풍이 지나간 차귀도는 참으로 고요했고, 평화로웠다.

낮이고 밤이고 경적이 울려 대는 도시와 달리 이곳은 자장가처럼 들리는 흐릿한 파도 소리뿐.

숙면을 취하기에 이보다 더 좋을 순 없었다.

해가 좀 더 높이 올라 차귀도를 환히 밝힐 때쯤, 창가로 새어 나오는 빛에 은비가 먼저 스르르 눈을 떴다.

고개를 돌려 보니 그간 쌓인 피로 때문인지 한별은 여전히 깊은 잠에 빠져 있었다.

곤히 자고 있는 그를 보니 온몸이 행복한 느낌으로 휘감겨

저도 모르게 입가가 올라갔다.

"내가 그렇게 걱정됐어? 내가 그렇게 보고 싶었어?"

그를 바라보며 기분 좋게 중얼거리기도 했다.

이렇게 찾아와 줘서, 나를 데리러 와 줘서 얼마나 고마운지.

나의 히어로, 강한별.

얼마나 피곤했는지 깰 줄 모르는 그를 한참 동안 바라보고 난 다음 은비가 몰래 이불 밖으로 빠져나왔다.

"우와- 날씨 진짜 좋다."

툇마루에 나가 보니 화창하게 갠 날이 반겼다.

아침 햇살이 이렇게 반갑긴 처음이었다.

기분 좋은 일만 일어날 것 같은 느낌이 드는 아주 상쾌한 날이었다.

저벅저벅-

은비의 귀에 일찍 집을 나섰던 할망이 돌아오는 소리가 들렸다.

"할망-"

"일어났냐."

"네!"

후다닥 마루 아래 놓여 있는 고무신을 신고 나가 할망 머리에 인 소쿠리를 받아 들었다.

"할망, 와- 얘네들 진짜 싱싱하네요."

할망이 한 소쿠리 되는 밭에서 따온 채소들을 툇마루에 내려놓았다.

"요놈들이 그리 거센 태풍을 맞고도 살아남았어."

"그러네요. 진짜. 엄청나네요."

"왜 서리 맞은 감은 그냥 감보다 더 달고 맛이 기가 막히거든. 요놈들도 맛있나 한번 먹어 보자."

"네, 할망."

은비가 할망을 보고 미소를 지었다.

"간밤에 잠은 잘 잤어? 한별이가 온 것 같던데?"

"네. 데리러… 왔더라고요. 저녁 시간이 좀 지나서. 할망한테 인사드리려고 했는데 먼저 주무시고 계셔서……."

"남는 방이 하나라 둘이 같이 잤시냐?"

할망이 초롱초롱한 눈빛으로 물었다.

"네. 할망, 저희 결혼하기로 했어요. 그래서……."

은비는 괜히 민망함에 얼굴이 달아올랐고, 도둑이 제 발이 저린 모양으로 먼저 실토해 버렸다.

"허허, 둘이 천생연분이야. 그렇게 잘 맞기도 힘들지. 옛날에도 둘이 노닥거리는 게 얼마나 귀엽고, 예뻐 보였는지."

"정말 그랬어요? 할망이 그렇게 생각하는 줄 정말 몰랐네."

"늙은이는 오래 살았으니 젊은 사람들이 못 보는 것도 보이지 않겠냐."

"와- 그런 거군요. 참, 할망은 간밤에 잘 주무셨어요? 엄청 일찍 나갔다 오신 모양인데."

소쿠리에 가득한 채소를 보며 은비가 할망에게 물었다.

"으응… 저녁때는 태풍이 좀 잠잠해지는 것 같더니, 글쎄 밤새 한 차례 더 왔었는지, 어휴 꿈자리가 사나웠어. 잠결에 집이 들썩들썩하고 요란한 소리가 얼마나 나던지… 이런……!"

"아……."

헉! 죄송해요, 할망. 조심히 한다고는 했는데… 저희가 너무 오랜만이라……!

은비가 말은 못 하고 입술만 옴싹달싹거렸다.

"어서 가서 아침 먹자."

"네, 할망."

"할망!"

때마침 머리엔 까치집을 눈은 부스스 뜬 한별이 문을 열고 나왔다.

"한별아-"

두 사람이 반가움에 부둥켜안았다.

세 사람은 아침상에서 그간 못 나눈 회포를 풀며 즐거운 시간을 가졌다.

서로의 건강과 안부를 물으며 따뜻한 시선을 주고받았다.

할망은 모처럼 섬에 사람이 사는 것 같다며 기뻐했다.

두 사람의 결혼식까지 살아 있으면 꼭 가서 축하도 해 주겠노라고 약속도 했다.

이제, 아쉬움을 뒤로하고 서울로 돌아가야 할 시간이 다가왔다.

두 사람은 할망에게 또 오겠다는 인사말을 남기고 부둣가로 향했다.

그곳엔 어제 한별이 타고 온 럭셔리 요트가 어제의 그 자태를 잃지 않고 정박해 있었다.

"아, 맞다!"

요트에 몸을 싣기 전, 한별이 부둣가 근처 어디론가 가더니 갑자기 돌멩이 하나를 주워 땅을 파기 시작했다.

"어머! 팀장님, 지금 뭐 하는 거예요?"

은비가 그의 기이한 행동에 당황해하며 물었다.

"아, 비행기 타고 오면서 잊고 있었던 게 생각났거든. 잠깐만요."

한별이 그녀에게 대꾸를 해 주곤 다시 땅을 팠다.

"찾았다!"

그의 손에 들린 건 작은 박스였다.

한별의 표정이 사뭇 감격스러워 보였다.

"응? 이게 다 뭐예요?"

의문의 박스를 보고 묻는 은비에게 그가 박스를 칭칭 감았던 테이프를 뜯어 뚜껑을 개봉해 보여 주었다.

"우와, 이게 다 뭐야."

상자 안엔 고 선생이 한별에게 줬던 공부 스케줄이 적힌 종이 뭉치, 고 선생표 수능 비법 노트, 매주 고 선생이 칭찬의 의미로 주었던 선물 중 몇 가지, 연습장, 한별의 일기장 등 9년 전의 향기가 고스란히 묻어난 물건들이 들어 있었다.

두 사람은 잠시 타임머신이라도 탄 듯 마주 앉아 추억이 돋는 물건들을 감상했다.

"와- 이거 진짜 지금 봐도 머리에 쏙쏙 들어오는 비법 노트다. 이걸 여기에 썩힐 게 아니라 책으로 냈어야 하는데……!"

은비는 자신이 적어 놓은 노트를 보며 감탄했다.

"이게 뭐라고 하나씩 까먹는 게 얼마나 맛있고 감질났던지……."

한별은 곰돌이 젤리 봉지를 보며 자신의 가장 빈곤했던 시절을 떠올리며 미소를 지었다.

"어? 여기도 써 있네!"

은비가 그의 일기장을 보는데, 어디선가 보았던 낯설지 않은 문구가 적혀 있었다.

"고 선생, 내가 꼭 선물해 줄게! 지난번 팀장님 서재에서 옛날 문제집에서도 이렇게 쓴 거 봤었거든요. 도대체 뭘 선물해 준다고 했던 거예요?"

"아… 그거, 벌써 했는데?"

"진짜? 뭐지"

"그때 고 대리 집에 갔다가……."

"설…마 이거?"

은비의 눈길이 고개 아래 풍만한 곳으로 떨어졌다.

"맞아요. 지금 입고 있는 거."

"으- 이 변태!"

"지금 와서 하는 말이지만, 그때 속옷 본 거 정말 고의 아니었어요. 진짜 우연히 봤다고."

"아니, 보면서 침 질질 흘리고 있던데, 그 말을 내가 믿을 줄 알고?"

"아, 정말이에요, 고 대리. 암튼, 그 숙원 사업을 해결해서 행복하네요."

그가 배시시 웃어 보였다.

뜻밖에 즐거운 타임캡슐 개봉이 끝나고, 한별의 에스코트를 받은 은비가 요트에 탑승했다.

난생처음 럭셔리 요트를 타 본 그녀는 모든 것이 신기해 열심히 둘러보았다.

제주도 바다에선 어렵지 않게 요트를 볼 수 있지만, 타 본 건 처음이었다.

"와… 완전 캠핑카의 배 버전이네요. 여기서 몇 날 며칠이고 여행할 수 있겠는데요?"

선상 아래에는 음식을 해서 나눠 먹을 수 있는 공간도 있었고, 침실도 있었다. 정말 매력적인 요트였다.

물론, 울뚝불뚝한 팔로 요트를 운행하는 그보다는 아니었지만.

"할까? 그럼?"

한별이 그녀의 말을 진지하게 받아들였다.

이 남자, 내가 뭐 좋다고 하면 다 들어줄 기세였다.

"어후, 아뇨. 얼른 출근해야죠. 며칠째 얼마나 가시방석이었는데요."

은비가 손사래를 쳤다.

"괜찮아요. 연차 처리 해 놨으니까."

"그래도 물류팀으로 간 지 얼마나 됐다고 이렇게 오래 자리를 비우면 쓰나요. 그리고 팀장님도 바쁘잖아요."

그가 이 말에는 대꾸할 말을 찾지 못했다.

"그렇긴 하지만……."

한별이 아쉬운 눈빛으로 은비를 바라보며 그녀 머리를 한번 쓸어내렸다.

"우리 다음엔 제대로 여행 와요."

은비가 아쉬워하는 그에게 위로의 말을 건넸다.

"다음에 언제?"

이 대답 꼭 받아내고 말겠어!

고 대리가 연차를 하도 안 내려고 해서 장거리 여행을 못 가잖아!

한별이 이번에 알아보니 은비가 연차 휴가를 한 번도 안 써서 그것이 고스란히 남아 있었다.

자신만큼이나 워커홀릭을 인증하는 그녀를 보며 눈을 부

릅뜨고는 대답을 독촉했다.

"신혼여행 때?"

요트에서의 첫날밤은 어떨지 완전 기대가 됩니다요. 이거 제대로 물침대 아닙니까?

"못 말립니다, 고 대리."

끝내 연차 안 쓰고 결혼 휴가 쓰려고?

안 되겠네. 최대한 빨리 결혼을 해야지!

두 사람을 실은 요트가 너른 제주 바다를 항해했다.

햇살은 뜨거웠지만 바람은 시원했다.

할망이 서리 맞은 감이 그냥 감보다 더 달콤하다고 했던가. 태풍 맞고도 버텨 낸 작물들의 맛도 정말 기가 막혔다.

예상치 못한 된서리와 태풍을 맞았던 두 사람의 시간도 평소보다 더 달콤했다.

"그나저나 유안 씨가 참 안타까워요."

"흐음……."

"대체 어디까지 가 보려고 하는지. 되지도 않는 일을."

"이렇게까지 할 줄은 몰랐는데… 후……."

"그래도 팀장님을 얼마나 좋아하면 이렇게까지 해서 날 떼어 놓으려고 하는 걸까요. 안타까운 생각도 들어요. 진짜."

"굳이 그런 것도 아니고, 내가 가진 걸 좋아하는 아이일 뿐이야."

"에이, 설마……?"

정말 좋아하는 것 같았는데.

"그 아이가 나를 좋아한다는 걸 진심으로 느낀 적이 없어요. 그저 나를 다른 누군가에게 뺏기지 않으려는 괜한 오기만 느꼈으니까."

"그렇다면 더 안타깝네요. 이번 사건을 계기로 비효율적인 일은 그만둘 수 있게 만들어 볼까 해요."

은비가 비장하게 말을 꺼냈다.

"어떻게?"

한별이 눈을 크게 뜨고 물었다. 안 그래도 자신도 궁리하고 있던 일이었다. 효율적으로 유안의 마음을 정리하는 법.

은비와의 결혼을 위해 일차적으로 해결되어야 할 일이었다. 그것을 해결해야 더 만만치 않은 2차전을 해 나가리라.

"콩밥?"

"헛, 우리 애기 생각 한번 화끈한데?"

"근데 팀장님, 있잖아요. 그럼 내 마음, 내 사랑은 잘 느껴져요?"

은비의 질문에 그가 씩 웃었다.

"응. 아주 잘, 머리부터 발끝까지. 온몸 구석구석까지 사랑으로 나를 꽉 채워 주잖아."

"제주도까지 왔는데 어머님이랑 할머니께 인사드리고 가면 좋았을 텐데… 많이 아쉽다."

한별이 김포공항행 비행기에서 은비에게 말했다.

"나도 무척 아쉽지만, 회사를 너무 오래 비워서 팀원들한테 미안해서 말이죠. 아무래도 주말까지 쭉 일해야 할 것 같아요."

"안 되는데."

그가 매우 곤란한 표정을 지었다.

"왜? 왜 안 돼요?"

"고 대리, 일은 최대한 효율적으로 금요일까지 다 끝내세요. 주말에는 나랑 가야 할 곳이 있어서."

한별이 눈썹에 힘을 주고 단호하게 말했다.

12장. 괜찮아질 때까지 안아 줄게요

"거기가 어딘데요?"
"으음… 일단, 숨 한번 쉬세요."
후-
"쉬었어요. 어딘데요? 숨을 한번 고르고 가야 하는 곳이?"
"강 회장 집."
"회장님 집이요?"
라임그룹 강 회장님 집을 간단 말이오?
회사의 오너였지만 회사에서조차 단 한 번도 실물을 영접해 보지 못한 강 회장님의 집에 간다니!
은비의 팔에 소름이 돋았고, 잔털이 섰다.
이제야 강 회장의 아들과 사귀고 있다는 사실이 피부로 느껴졌다.

"네. 더 지체할 수가 없을 것 같아요. 이제 정식으로 소개하려고요. 유안이 문제를 해결하려면 먼저 결혼할 사람이 있다고 말씀드리는 게 나을 것 같아서."

한별이 토끼 눈을 뜨고 자신을 바라보는 은비의 머리를 쓰다듬으며 말했다.

"그렇다면 뭐, 팀장님이 발휘한 초능력 저도 발휘해 봐야죠."

그 정도면 엄청 중대한 일이니까!

"사실, 나도 집에 얼마 만에 가 보는 건지 모릅니다. 귀국하고 한 번도 안 갔어요. 아버지랑도 회사에서 보는 게 다였고."

아무리 오랫동안 비웠다 해도 언젠가는 돌아가고 싶고 그리운 곳이 집인데, 한별에게는 집이 마음을 둘 만한 존재가 아닌 것 같아 은비의 마음이 짠했다.

"어떤 새로운 사모님이 계실지 몰라 가고 싶지 않았거든. 차라리 모르고 사는 게 마음이 편해서."

은비는 전에 그가 했던 이야기를 떠올리며 고개를 끄덕여 한별의 마음에 공감을 해 주었다.

"그랬구나. 어쩌면 저도 마음을 단단히 먹어야 하는 일이겠네요. 팀장님의 가족이 된다는 거."

"미안해요."

미안하다고 말하는 한별의 눈빛이 슬프게 빛났다.

"무슨 그런 말이 있어요. 뭐, 계속 가족 구성원이 바뀐다는 건 좀 신기한 일이긴 하지만, 누가 됐든 잘 지내봐야죠. 그리고 그게 팀장님 때문도 아닌데 왜 미안해해요."

그러니까, 그런 슬픈 눈빛 하지 마!

"너무 노력하지 않아도 돼. 어쨌든 은비의 가장 가까운 가족은 내가 될 거고, 널 끝까지 책임지고 챙겨 줄 사람은 나니까."

"여기 만져 봐요. 나 닭살 돋았어! 사람 감동 주는 데는 어쨌든 도가 텄다니까요, 강 팀장님."

"그니까 긴장하지 말고 오기."

"팀장님도요. 우리 다 잘될 거야……."

은비가 그를 바라보며 미소를 지었다.

그러나 안 하려고 했는데, 굳이 할 필요가 없다고 생각했는데, 긴장이 엄습하는 걸 막을 수는 없었다.

은비가 4일을 쉬고 출근한 금요일, 팀원들과 최 대리가 반겨 주는 회사에서 그녀가 아무 일도 없었다는 듯 업무에 몰두했다.

한 주의 마감을 해야 하는 요일이라 바쁘게 돌아가는 물류팀에서 열심히 자기 일을 처리해 나가는 그녀였다.

내일 강 회장님 댁에 가기 위해서는 지금 이렇게 일을 해야 했다.

그래도 며칠 쉬었다고 일하는 기분이 무척 새롭고 좋았다. 평소보다 머리도 휙휙 잘 돌아가는 느낌이었다.

정신없이 야근까지 하고 집에 돌아와 녹초가 된 그녀가 침대에 픽 쓰러져 잠이 들었다.

다음 날 아침-

띵동-

아침부터 벨이 울려 댔다.

이 시각에 집에 오기로 한 사람도 없고, 택배를 시킨 것도 없어 은비가 의아한 마음으로 현관을 향해 걸어 나갔다.

"누구세요?"

은비가 눈을 비비며 현관문을 열었다.

어!

아직 눈도 제대로 못 떴는데, 눈이 번쩍 뜨이게 하는 남자가 그곳에 서 있었다.

"강 팀장님!"

건물주님이 등장했다.

밀린 월세도 없는데 기습 방문.

오늘 있을 거사에 대비해 머리부터 발끝까지 말끔하게 꾸미고 나온 그였다.

그리고 얼굴에는 예쁜 미소.

아침부터 가슴을 뛰게 만드는 남자였다.

근데 애늙은이도 아니고 아침잠이 없나! 주말 아침에 일찍 일어나는 게 취미인가 봐. 이 남자!

오늘 인사드리기로 한 스케줄은 오후인데 아침부터 들이닥치다니!

"아, 뭐예요. 난 이러고 있는데!"

순간, 한별과 극하게 대비되는 자신의 꼴을 발견한 은비가 괜히 투덜댔다.

"그렇게 내추럴해도 예쁜 여자는 내 평생 고 대리가 처음인데?"

"아침부터 놀리기에요?"

"얼른 대충 옷만 걸치고 나와요."

"네에?"

"머리부터 발끝까지 내가 꾸며 줄 거니까."

작정하고 온 모양이니 굳이 마음에도 없는 '괜찮아요.' 대신, 입가에 미소를 띠고 눈을 가늘게 만들며 그를 바라보았다.

"그래도 최소한의 준비는 해야 하니까 일단, 들어오세요."

그를 방으로 들인 다음, 은비는 화장실로 들어가 볼일을 보고 칫솔을 물고 밖으로 나와 한별에게 한라봉 주스 한 잔을 건넸다.

그리고 다시 화장실로 들어가는 그녀.

혼자 바쁘게 이리저리 움직이며 외출 준비를 하고 있었다.

'귀여워 죽겠네… 진짜…….'

가만히 앉아 눈앞에서 종종걸음으로 왔다 갔다 하는 은비의 모습을 한별이 흐뭇하게 바라보았다.

머리를 감고 대충 말린 모습, 옷 갈아입기 편하게 편한 원피스 하나만을 걸친 그녀가 한별 앞에 섰다.

"가요. 이제."

"잠시만."

한별이 몸을 숙여 은비에게 입맞춤을 했다.

짧고 굵은 모닝 키스.

"이걸 빼먹으면 섭섭하지."

"아유- 아침부터 이렇게 설레게 만들기에요?"

"미안. 근데 나도 이렇게 끝내기 싫은데, 우리 그냥 가지 말까?"

그가 그녀의 두 손을 맞잡고 꿈쩍하지 않았다.

"아니요. 내가 무슨 말을 못 하겠네. 큭. 얼른 가요."

그녀가 그의 손을 끌었다.

"아… 정말 아쉬운데…….."

고은비… 너와 함께할 오늘이 기대된다.

나도 그래, 강한별.

분명 굉장히 걱정되는 하루이지만,

그래도 괜찮네. 네가 곁에 있어서…….

나도 그래, 은비야…….

맑고 청량한 주말 아침의 기운이 두 사람을 감쌌다.

은비를 태운 한별의 차가 압구정의 백화점으로 향했다.

호텔도 아닌데, 도착하자마자 주차 요원이 기다렸다는 듯 한별의 차를 반겨 발렛을 해 주었다.

정장을 말쑥하게 차려입은 또 다른 직원이 차에서 내린 두 사람을 안내했다.

"누구예요?"

은비가 그의 귀에 대고 속삭였다.

"쇼핑 어시스트"

그도 그녀의 귓기에 이야기하고는 미소를 지어 보였다.

별게 다 있다는 생각에 눈썹을 한번 치켜떴다 내리고는 그들을 따랐다.

사실, 그녀는 마지막으로 백화점에 간 게 언제인지 기억조차 나지 않았다.

갔더라도 이월 상품 매대에서 전투적으로 최대치 세일 품목 중 가장 좋아 보이는 옷을 고르기 위해 방문했을 것이다.

그녀에게 백화점은 그런 곳이었다.

오늘 보니 이런 화려한 대접을 VIP라고 하는가 보다 싶어 참 신기했다.

쇼핑 어시스트를 따라가다 보니 푹신한 카펫이 깔린 복도가 나왔다.

복도 벽에는 유명 화가의 작품이 걸려 있었다.

쇼핑 어시스트의 걸음이 고급스러운 문 앞에서 멈췄다.

"우와······."

문이 열리니 한껏 화려한 인테리어가 눈에 띄는 개인 쇼퍼룸이 있었다.

소파에 앉자마자 한 직원이 커피와 쿠키, 과일 몇 가지를 서비스해 주었다.

그리고 두 사람이 오기를 기다렸다는 듯 대기하고 있던 스타일리스트가 미리 골라 온 의상과 구두, 가방 등을 들여왔다.

이 모든 것이 이른바 백화점 개인 쇼퍼룸 서비스였다.

"옷 하나 사는데 무슨 사람이 이렇게 필요해요?"

은비는 이 모든 게 어색하고 낯설어 한별의 귓가에 대고 심정을 토로했다.

"오늘은 좀 어색해도 이렇게 가자. 이런 거 나 되게 로망이었거든."

한별이 그녀의 손을 꼭 잡으며 나지막한 소리로 말했다.

마음은 좀 불편했지만, 내 남자가 로망이라는데 어쩌리.

"그럼 최대한······."

"최대한 빨리 끝낼 수 있으면 끝내 볼게요."

"아니, 최대한 즐겨 볼게요……!"

이번엔 은비가 그의 귀에 대고 속삭였다.

한별이 그녀를 바라보고 씩 웃었다.

"약혼자분이 굉장한 미인이시네요."

스타일리스트가 한별을 바라보며 이야기했다.

약혼자라니, 그런 이야기를 다른 사람을 통해 들으니 은비의 가슴이 콩콩 뛰었다.

"미인이라기보단 귀여운 여인이죠."

역시… 예쁜 건 아니었어…….

그의 말에 그녀의 얼굴이 살짝 굳어 버렸다.

"팀장님이 위트가 있으셔요. 몸매가 좋으셔서 어떤 옷도 잘 소화하실 수 있을 것 같아요."

스타일리스트의 굴하지 않는 과한 칭찬이 이어졌다.

"몸매가 좋다기보다는 아담하죠. 귀여운 여인이에요."

그렇지… 또렷한 S라인은 아니지… 끙…….

은비는 두 사람의 대화를 통해 한별이 자신을 어떻게 바라보는지 알게 돼 살짝 당황스러웠다.

그런데 가만 생각해 보니 다시 입가에 미소가 새었다.

이런 객관적 콩깍지라니……!

혹시라도 너무나 주관적 콩깍지가 씌어 나중에 그게 벗겨져 왜 이렇게 평범하게 생기고 아담하냐고 말하면 어쩌나 싶었던 적도 있었다.

그런데 뭐, 있는 그대로의 나를 사랑해 줘서 참으로 고맙다!

스타일리스트의 리드에 따라 첫 번째로 입은 옷은 레이스 무늬가 덧대진 베이지색 주름치마에 예쁜 로고가 박힌 흰색 티셔츠였다.

은비가 보기에는 인사를 드리러 가는 옷차림치고는 캐주얼하게 느껴졌다.

"예쁘다……!"

그러나 한별의 반응은 이랬다.

앉아 있는 거만한 폼에 비해 입으로 내뱉는 말은 단순했고, 얼굴엔 애정이 넘쳤다.

두 번째로 입은 옷은 목이 입술 모양으로 파인 H라인 검정 원피스.

'흠, 무난하군.'

은비는 뭐, 썩 맘에는 안 들어도 나쁘지는 않다고 생각했다.

"예쁘다……!"

언뜻 보면 한별의 입가 한쪽에 침이 흐르는 줄. 그의 눈에 은비의 모습은 여신이었다.

세 번째로 입은 옷은 하얀 라운딩 칼라의 옐로 원피스.

'색상이… 좀……. 생기발랄한 이십 대가 아니거든요, 스타일리스트님…….'

은비는 차마 거울을 볼 용기가 없었다.

"예쁘다……!"

강 팀장님, 혹시 아는 감탄사가 그것뿐인가요?

듣다 보니 식상한 감탄사가 지루할 지경이었다.

네 번째로 입은 옷은 하얀 블라우스에 H라인 검정 치마.

그나마 입어 본 옷들 중에 가장 무난한 디자인이라 은비는 네 번째 옷 만에 안도의 한숨을 크게 내쉬었다.

늘 하얀 블라우스에 검은 정장 바지만 입던 그녀에겐 이번 스타일은 좀 익숙한 조합이었다.

평소와 뭐 다른 거라면 어마어마한 가격 차이쯤 되리라.

비싼 거라 그런지 은비는 옷이 몸에 닿는 느낌이 무척 좋아 만족스러웠다.

"이거로 할게요. 어때요?"

"흐음… 예쁜데?"

한별이 두 손으로 턱을 괴고는 만족스러운 표정을 지었다.

옷을 고른 후에도 구두와 가방을 고르는 절차가 다 진행되고 나서야 쇼핑이 끝났다.

"아니, 보는 것마다 다 예쁘다고만 하면 어떻게 골라요."

쇼핑이 끝났지만 은비가 볼멘소리를 내뱉었다.

"그럼 어떡합니까. 뭘 입혀 놔도 다 예쁜데."

은비는 방금 생각한 객관적 콩깍지란 말을 취소할까 싶

었다.

다음 일정은 청담동 헤어메이크업 숍.

'후… 인사드리러 가려고 꾸미는 일도 쉽지 않네……! 이렇게까지 하는데 회장님이 좀 잘 봐 주셨으면 좋겠다…….'

은비는 간절함을 담아 기도하는 마음으로 헤어 손질을 받았다.

"손님! 다 됐습니다."

"네!"

숍 원장의 말에 은비가 깜짝 놀라 깼다.

눈을 감고 오늘 무사하기를 기도한다는 것이 그만 꾸벅꾸벅 졸고 말았던 것.

헤어스타일리스트의 손길이 섬세해 솔솔 잠이 온 모양이었다.

아침부터 한별의 손에 이끌려 여기저기 다니다 보니 피곤하기도 했던 그녀였다.

잠에서 깬 은비가 거울을 바라보니 엄청 예쁜 여자가 앉아 있었다.

헤어스타일만 바꿨을 뿐인데 이런 변화가 놀랍기도 하고, 기분이 좋기도 했다.

조금 졸고 났더니 기분도 한결 개운해진 상태.

어느새 은비 곁으로 다가온 한별의 모습이 거울 속에 비쳤다.

그녀가 깜짝 놀라 하는 모습을 다 지켜봤는지 큭큭 웃어대는 그였다.

"졸고 있는 거 사진 다 찍어 놨거든요."

"팀장님, 그런 건 뭐 하러 찍었어요?"

"우울할 때 보려고. 너무 웃겨서요."

한별이 미소를 씩 지었다.

분명, 강 회장에게 인사드리러 가는 날이라 긴장이 되는데도 함께하는 순간들이 참 즐거웠다.

메이크업까지 마친 은비가 한별의 팔짱을 끼고 숍을 나섰다.

은비는 처음에는 뭐 이런 겉치레가 중요한가 싶었지만, 막상 이렇게 꾸미고 나니 기분이 상당히 새롭고 좋았다.

두 사람은 앞으로 있을 일정이 인사를 드리러 가는 일인지, 데이트인지 모를 정도로 그저 설레었다.

강 회장의 집에서는 간단히 차만 마시기로 한 거라 두 사람은 근처 맛집에서 맛있는 점심도 먹고 나서 슬슬 본래의 목적지로 향했다.

"숨 좀 편안하게 쉬어요."

한별이 호흡이 불안정해 보이는 은비에게 말했다.

"점심을 너무 많이 먹었나 봐요. 배가 나와 보이는 것 같아서."

"아… 괜찮아. 배 나온 게 더 귀여워."

"팀장님 눈에만 그렇죠."

은비가 그를 보고 눈을 찡그렸다.

한별의 포르쉐가 어느덧 강 회장 집 앞에 다다랐다.

차고에 차를 넣고, 한별이 은비와 함께 위압적인 대문 앞에 섰다.

"비밀번호 몰라요?"

인터폰을 누르려는 그에게 은비가 물었다.

"응. 9년 만이라니까."

"아… 맞다……."

한별도 긴장되긴 마찬가지였다.

인터폰을 누르려다 말고 그가 몸을 다시 은비 쪽으로 틀었다.

그리고 주머니에서 조그마한 보석 상자를 꺼냈다.

그 안에는 로즈골드와 화이트골드 조합의 웨이브링 펜던트가 있는 목걸이가 있었다.

"예쁘다……!"

은비는 그때 알았다. 예쁜 것에 '예쁘다.'라는 표현이 가장 제격이라는 것을.

한별이 그녀의 목에 그것을 걸어 주었다.

"지금 나한테 목줄 매는 거죠?"

"네- 나한테서 벗어나지 말라고."

"와- 무서운데요?"

"행운의 목걸이가 될 겁니다."

단추 하나를 푼 은비의 블라우스 사이로 목걸이가 반짝였다.

그녀가 손으로 그것을 매만졌다.

띵동-

드디어 한별이 인터폰을 눌렀다.

딱-

강 회장 집 대문이 자동으로 즉각 열렸다.

한 걸음, 두 걸음.

현관까지 아주 많은 발자국을 새기며 올라갔다.

생각은 했지만 집의 규모가 그 이상으로 상당했다.

걸음을 옮길 때마다 가슴이 쿵쿵 뛰었다.

은비는 지금 이 순간이 라임몰 면접 때보다 백배는 더 긴장되었다.

"오셨습니다."

강 회장의 집사가 문을 열어 한별을 맞았다.

"안녕하세요! 고은비라고 합니다."

무표정한 얼굴로 간단히 눈인사만 한 한별과 달리 은비는 얼굴에 미소를 띠고 생기발랄하게 인사를 건넸다.

그녀를 맞는 집사의 얼굴에 미소가 번졌다.

그때였다.

"두두두두두… 넌 느구냐!"

으응?

위용이 대단한 대저택과 어울리지 않는 꼬마가 현관에서 한별을 가격하며 물었다.

"정체를 밝혀라!"

난생 처음 보는 꼬마가 그에게 달려와 신발을 벗으려는 그의 다리를 붙잡으며 이렇게 말하는 것이 아닌가.

정체를 밝히지 않으면 바지를 물어뜯을 기세였다.

한별이 보니 좀 짓궂어 보이긴 해도 귀여운 얼굴의 꼬마였다.

"나 강한별인데. 너 누구야?"

"난! 강삼구 아들 강한솔이다!"

"……!"

꼬마의 이야기에 한별의 얼굴이 굳어졌다.

은비도 분명 한별이 강 회장의 외아들이라고 알고 있었는데, 이게 무슨 일인지 어리둥절했다.

한별과 은비를 더욱 놀라게 한 것은 꼬마 아이를 다독이러 가까이 온 한 여자였다.

6년 전 새로운 드라마를 찍기 전 돌연 잠적해 세간의 도마에 오르던 여배우 한애리.

강 회장!

도대체 무슨 일을 벌인 거야!

한별의 미간이 좁혀졌다.

"들어오세요. 어머! 한별 군 외모가 영화배우보다 낫네!"

티브이 속에서 보던 한애리가 밝은 표정으로 한별과 은비를 반겼다.

그녀가 연예계에서 잠적했을 때가 사십 대 초반이었기 때문에 지금은 사십 대 중반.

강 회장은 오십 대 후반에 한애리를 만나 현재는 육십 대 초반.

두 사람은 스무 살이 좀 안 되는 나이 차를 극복하고 만난 것.

한애리는 고고해 보였던 티브이 속 이미지와 달리 생각보다 발랄했다.

한별은 강 회장의 취향이 굉장히 독특해졌다는 생각이 들어 눈살이 저절로 찌푸려졌다.

"부릉- 타다다다- 퓨퓨퓨!"

양손에 장난감을 들고 끊임없이 장난을 치는 한솔이가 어쩌면 적막할 수 있는 이 공간의 분위기를 무마시키고 있었다.

"이모!"

어찌 된 일인지 한솔이 집 안에 들어선 은비를 친근하게 불렀다.

"응? 이모? 후훗, 엄청 잘생기신 왕자님이네!"

은비는 한솔이 자신을 부르는 소리가 귀여워 살짝 그를 들어 안았다.

"한솔이 도련님, 이모 아니고 예쁜 누나라고 해야지!"

그녀가 초콜릿 하나를 한솔이 주머니에 찔러 주며 귓속말을 했다.

그러나 조만간 누나가 아니라 형수님이라고 불러야 할게야! 꼬마 도련님!

주머니가 두둑해진 한솔의 얼굴에 환한 미소가 번졌다.

언제 떨어질지 모르는 당 충전을 위해 상비하고 있던 초콜릿이 이렇게 요긴할 줄이야!

'후… 도대체 몇 번째 부인인지……! 대단한 강 회장!'

한솔과 한애리를 본 한별은 대충 상황 파악을 끝냈다.

그에겐 뭐, 당황스럽긴 해도 충격적인 일도 아니었다. 또 한 명이 가고 새로운 사람이 그 자리를 대신했을 뿐이었다.

혹시 그가 모르는 사이에 누군가가 다녀갔을 수도 있는 일이었다.

"예쁜 누나! 예쁜 누나! 피슝~! 나랑 노랑!"

한솔은 은비가 마음에 들었는지 그녀 곁에 맴돌았다.

은비도 예상한 시나리오를 뒤집는 이 모든 상황이 당황스러웠지만, 차근차근 적응해 보려고 했다.

피할 수 없는 상황이라면 어떻게든 헤쳐 나가야 하니까.

일단, 자신보다 새로운 어머니를 마주한 한별의 심정이 참담할 것 같아 그를 살폈다.

"괜찮아요?"

"늘 있는 일이라 뭐."

생각보다 괘념치 않는 그의 모습에 은비는 안심했다.

그녀의 시선이 다시 한애리에게 향했다.

잠적한 한애리에 대해 세간의 관심이 쏠렸을 때 은비도 그녀에 관한 기사를 읽어 본 적이 있었다.

천애 고아로 자라 늘 애정 결핍이 있다는 고백부터 연예인이 된 후에도 인기로 채워지지 않는 마음의 공허함에 대해 언급했던 것을 인상 깊게 보았던 기억이 났다.

그리고 이제는 좋은 인연을 만나 평범하게 살고 싶다는 내용.

그것이 그녀의 잠적설을 대체하는 내용으로 회자가 되었었다.

그 기사가 사실이라면 일단, 한애리는 고아였으니 재벌가와 연관이 없는 여자다.

부자이긴 했겠지만, 자수성가.

인상을 보아하니 까칠보다는 유한 성격이 보였다.

경계보다는 같은 편이 되는 게 낫겠다는 생각.

강 회장이 이런 한애리를 택했다면, 자신도 승산이 있다고 여겨졌다.

"들어가죠."

애리와 눈도 마주치지 않는 한별이 은비의 손을 잡고 거실로 향했다.

"아이고, 이게 얼마 만이야, 한별 도련님."

"잘 지내셨어요."

복도 중간쯤에서 주방 아주머니가 반기자 그가 그제야 딱딱한 얼굴을 살짝 풀었다.

"변틴 왈료! 퓸퐁!"

한솔은 갑작스러운 당 충전으로 기분이 상당히 업된 상태로 이리저리 돌아다녔다.

집사, 주방 아주머니, 한애리를 따라 긴 복도를 지나 거실로 들어서자 그곳 가장 가운데 소파에 강삼구 회장이 앉아 있었다.

"앉아라."

고개도 돌리지 않고 한별의 기척을 느낀 그가 묵직하고도 날이 선 목소리를 내뱉었다.

옆모습만 보아도 엄청난 포스가 느껴지는 강 회장이었다.

"9년 만에 집에 오는 꼬라지하고는… 쯧쯧……."

그는 한별을 향해 쓴소리부터 내뱉었다.

"저도 이런 꼬라지 보기 싫어서 말입니다."

그러자 한별이 지지 않고 강 회장에게 쏘아붙였다.

은비는 두 사람의 대화를 듣고 있자니 살얼음판을 걷는 느낌이었다.

강삼구 회장의 얼굴이 보이는 곳까지 걸어와 그와 눈이 마주치기만을 기다렸다.

드디어 강 회장이 은비를 바라보았다.

"아, 안녕하세요. 물류팀 고은비라고 합니다. 늘 존경해 마지않는 회장님을 이렇게 뵙게 돼서 영광입니다."

복잡한 가족사 말고… 물론 사업적으로 말입니다만…….

존경?

은비와 딱 눈이 마주친 상태에서 인사를 받게 된 강삼구 회장의 마음이 살짝 동했다.

응당 우리 라임그룹 계열사 직원이라면 내가 존경스럽기야 하겠지…….

은비의 소개말에 한별은 그녀를 의아하게 바라보았다.

물류팀 고은비라니, 자신의 애인 고은비라고 말하지 않은 것이 좀 뜻밖이었다.

그러나 그녀가 한별을 보며 눈을 찡끗했다.

"으음… 김 실장 통해 얘기는 많이 들었어요, 고 대리. 참 성격이 좋고 한별이에게 굉장히 좋은 영향을 끼치는 여성이라고 하더군요."

김 실장은 두 사람의 아군이 된 게 확실했다.

게다가 맨 처음 '앉아라.'보다는 한층 유한 목소리로 은비를 대하는 강삼구였다.

"아, 네. 김 실장님이랑 저랑 9년 전에 굉장한 협력 관계였었거든요. 그리고 늘 저에게 회장님 자랑을 어찌나 하시던지. 회장님께서 안목이 좋으셔서 좋은 분을 곁에 두셨다고 생각합니다."

여자 보는 안목은 어디 갔던지 간에… 김 실장님은 좋은 분이 분명한 듯합니다.

"훗- 그야 그렇지."

은비의 말에 강 회장은 만족스러운 웃음을 지었다.

내가 곁에 두는 사람 하나는 잘 본다니까! 하는 생각.

"당신도 여기 앉아요."

강 회장이 한애리를 지그시 바라보며 말했다.

"네, 회장님."

애리는 기다렸다는 듯 소파에 앉았다.

"인사드려라. 새어머니시다."

강 회장이 한별을 향해 말했다.

9년 만이긴 합니다만 볼 때마다 어머니가 뉴페이스인 거 정말 지긋지긋합니다.

진정 아버지만 아니라면 그에게 욕을 한 바가지 퍼 주고 싶은 한별이었다.

그래서 애리에게 인사는커녕 콧방귀만 뀌었다.

한애리는 이상할 것도 없는 상황이라는 것을 아는지 쓴 미소만을 살짝 지었다.

어색한 타이밍에 주방 아주머니께서 차와 과일을 막 내오셨다.

"여기……."

은비는 시원해 보이는 배 하나를 포크로 집어 강 회장에게 드렸다.

집에서도 늘 먹을 것이 있으면 할머니 먼저 드리고 엄마를 드리고 그다음이 돼서야 제 차례였던 그녀였다.

긴장한 상태라 손이 덜덜 떨렸지만, 그래도 어떻게든 이 집 식구가 되리라 마음먹었던 터라 모든 필살기를 다 할 생각이었다.

"음… 고마워요."

친절하고 싹싹한 은비의 행동에 강 회장은 좀처럼 권위적인 자신의 페이스를 유지하기가 쉽지 않았다.

한별이에게 이런 다정함을 기대하긴 힘들었으니까.

"고 대리가 전에 한별을 가르쳤던 고 선생이라고 들었는데……!"

한별의 눈빛이 별로 좋지 않은 것을 느낀 강 회장이 그가 아닌 은비에게 말을 걸었다.

"슈웅-! 배틀하쟈! 타닥타닥! 아빠! 턴탱님 아니야! 예쁜 누나야. 누나!"

소파를 빙빙 돌며 대화에 끼어드는 한솔이었다.

예쁜 누나라니. 은비가 준 초콜릿 약발이 잘 먹혀들어 갔다.

한솔이가 왔다 갔다 하자 강 회장은 한솔을 꿀이 떨어지는 눈으로 바라보았다.

그의 눈엔 뭘 해도 예쁜 늦둥이였다.

게다가 그가 예쁜 누나라고 말하니 강삼구는 은비를 살짝 다시 보았다.

"네. 맞습니다. 차귀도에서 강한별 팀장님을 가르쳤었어요."

은비가 강 회장에게 대꾸했다.

"피슈~ 나라라! 공격……!"

한솔이는 거실에서 중대한 대화가 오가고 있는데도 여전히 장난감을 가지고 놀면서 거실 여기저기를 뛰어다녔다.

"어머! 원래 선생님이셨어요? 공부를 잘하셨구나! 나는 공부 잘하는 사람 보면 참 신기해요. 난, 책이 수면제거든… 호호."

한애리가 갑자기 대화에 끼어들었다.

"아… 아뇨. 과외 선생님이요. 제가 학교 다닐 때 워낙 과외를 많이 했었거든요."

"학교가 어디?"

애리가 눈을 초롱초롱하게 뜨고는 은비에게 물었다.

"아, S대 나왔습니다."

"어머, 어머, 어머! S대? 그거 북악산 밑에 있는 거?"

"아… 관악산이요……."

"아~~~ 맞다. 그럼 북악산 밑에는 뭐가 있더라… 유명한 거였는데……?"

"그건 청와대……."

"아~~~ 맞다! 호호호."

의외로 허당끼 있는 한애리의 모습이 조금 놀라워 은비가 답을 하며 눈을 가늘게 뜨고 웃었다.

"이 사람이 이렇게 순수해서……."

강 회장이 애리를 감쌌다.

한별은 그의 행동에 눈이 번쩍 뜨였다.

어머니가 늘 바뀌어도 이런 부드러운 말투를 쓰는 건 처음 보았기 때문이었다.

아무래도 강 회장이 많이 변한 것 같다는 생각이 들었다.

은비는 애리를 보고 살짝 미소를 지어 보였다.

순수라고 하기에는 약산 뿐수기 같지만, 부인에 대한 애정을 보이는 강 회장을 생각하지 않을 수 없었다.

그녀 판단이 맞다면, 강 회장은 아무래도 한애리의 백치미에 푹 빠진 것 같았다.

"추뚱하 꺼야! 간다뻬유유융!"

라임그룹 회장댁 거실은 정신이 하나도 없는 상태였다.

꼬마 도련님 때문에.

강 회장을 기준으로 오른쪽 옆에는 한애리, 왼쪽 옆에는 한별과 은비가 앉아 있었다.

한솔은 계속 뛰어다니고 있었으며, 집사와 주방 아주머니는 조금 떨어져 있는 곳에 서 있었다.
"여보, 한 여사."
강 회장이 나지막한 소리로 애리를 불렀다.
한별은 드디어 올 것이 왔다고 생각했다.
불같은 성미의 강 회장이 자신과 은비 사이의 대화에 끼어든 애리에게 한 소리를 하리라 여겼던 것.
그런 모습을 은비에게 보여 주고 싶지 않아 마음이 살짝 불안하기도 했다.
"정신이 하나도 없네요. 한솔이 뽀로로 좀 틀어 줘요. 얼른."
뽀로로?
그의 입에서 나온 단어가 뽀로로라니!
한별은 강 회장의 말에 자신의 귓구멍을 잠시 파 보았다.
뭐야? 강 회장 진짜 벌써 노망난 거야?
뽀로로가 웬 말이야!
"이이는, 한솔이 벌써 여섯 살이에요. 뽀로로는 더 애기 때 요긴했죠. 요즘은 공룡에 푹 빠졌다니까요. 솔아~ 이리 와 봐."
그제야 한솔이 쪼르륵 달려와 애리 옆에 얌전히 앉았다.
이제야 좀 정상적으로 대화할 수 있는 조용한 분위기가 조성되었다.
"그래서, 한별이 네가 고 대리를 집에 데리고 온 이유가 뭐냐."

"결혼하려고요. 고 대리랑."

"흐음……."

"그러니까 제발 원그룹 이유안과 엮지 마세요. 진짜 진절머리가 날 거 같으니까. 그 말 하려고 왔어요."

"고 대리…도 같은 생각인가?"

"네, 회장님."

은비가 살짝 미소를 지으며 대답했다.

설마 웃는 얼굴에 침은 안 뱉겠지?

"설마, 9년 전부터 강 팀장이 누군지 알고 마음에 두고 있었던 건 아닌지……."

강 회장이 혹시 은비의 접근이 계획적인 건 아닌지 떠보았다.

"어후, 설마요. 당시 강 팀장님이 어떤 상태였는지는 회장님이 더 잘 아시지 않습니까. 그런 학생을 마음에 두기란……."

은비가 고개를 내저었다.

"그거야 그렇지만… 흠……."

강 회장은 그녀의 말에 고개를 끄덕였다.

"제가 먼저 좋아했고, 제가 먼저 결혼하자고 했습니다. 그런 말씀 고 대리한테 무례하네요."

한별이 나서서 이야기를 했다.

"뭣이? 무례?"

"네. 사과하세요, 아버지."

"괜찮아요, 팀장님. 돈 보고 접근하는 골 빈 여자들한테 많이 데이셨나 봐요. 회장님께서. 그런 걱정, 우려 충분히 이해합니다, 회장님."

순간, 한애리의 침 넘기는 소리가 바깥까지 들렸다.

"흐음……."

"저도 돈은 무지 좋아합니다만, 강 팀장님을 더 좋아해서요. 우선순위가 분명합니다, 회장님."

"그래서 기어코?"

강 회장이 은비를 빤히 바라보았다.

"사실, 처음부터 좋아했던 건 아니고요. 강 팀장의 끈질긴 구애에 제가 넘어갔어요. 회장님을 닮아서인지 강 팀장님이 모든 면에 추진력이 뛰어납니다. 게다가 이건 누구를 닮았는지 모르겠지만 굉장한 순정파이고요. 안 넘어갈 수가 없었어요."

추진력?

훗… 그런 면은 녀석이 날 닮긴 했지……!

덕분에 회사 경영에도 탁월하고.

순정파?

그것은 아마도 지 에미를 닮았겠지…….

나밖에 모르던 여자…….

근데 이건 나 디스하는 건가?

나를 들었다 놨다 하다니 만만치 않은 여자군…….

잠시 한별의 엄마를 생각한 강 회장은 이내 자신의 오른쪽 옆에 있는 한애리를 바라보았다.

이제 이 여자에게 정착하고 싶을 만큼 마음에 드는 여자.

자신이야 이렇게 또 다른 로맨스를 찍고 있지만, 앞길이 창창한 강 팀장에게 고 대리는 안 될 말이었다.

라임그룹의 미래를 책임질 자신의 아들 강한별이었다.

"흐음… 그건 그렇지……. 그래도 안 되는 거는 안 되는 거라……."

강 회장이 살짝 흔들리는 기분을 바로잡고 두 사람에게 본심을 드러냈다.

"허락받으러 온 거 아닙니다. 알려 드리러 온 거지."

한별이 강 회장을 향해 시큰둥하게 이야기했다.

"말본새하고는… 끙……. 으음… 고 대리 부모님은 뭐 하시는가?"

"아버지는 어렸을 적에 고기잡이를 나가셨다가 돌아가셨고요. 어머니는 할머니랑 같이 제주도에서 식당을 운영하십니다."

"식당 규모는?"

"음… 여기 거실의 반 정도만 한 것 같아요……."

"엥? 그걸 식당이라고 할 수 있나?"

"전에는 더 작았어요. 그때 과외비 넉넉하게 주셔서 좀 확장했는걸요."

"흐음… 그럼 형제는?"

"형편이 여의치 않아 부모님께서 저 하나만 낳으셨어요. 외동으로 자랐습니다."

"지금 사는 곳은?"

"망원동 빌라 원룸에서 살고 있습니다."

"홀어머니에… 별 볼 일 없는 집안에… 볼 거라곤 S대밖에 없군… 쯧……."

대화를 이어 가던 강 회장이 딱 한마디로 결론을 내 버렸다.

그러자 좋았던 분위기가 순식간에 어둡게 흘러갔다.

강 회장의 말에 잘해 보려던 은비의 마음에도 스크래치가 났다.

"회장님, 강 팀장님도 이렇게 잘 자랐잖아요. 일찍 어머니가 돌아가셨어도 아버지가 이렇게 굳건하게 지켜 주셨던 것처럼, 저도 할머니와 어머니가 늘 잘 잡아 주셔서 이렇게 커 왔습니다."

은비의 말에 강 회장은 양심의 가책을 느꼈다.

한별이를 사랑하지만 늘 방법을 몰랐던 그였다.

아이 엄마가 죽고 나서는 더욱 멀어진 사이.

내가 과연 한별이를 지켜 주었던 것일까…….

"개뿔……!"

순간, 그간 아버지를 경멸하고 살아온 날들이 떠올라 한별이 소리를 냈다.

"……!"

강 회장의 마음이 뜨끔했다.

"뭐 돈은 없는 집입니다만, 먹고살기 충분합니다. 제가 회사도 열심히 다니고 있고요. 작년엔 우수사원상도 받았는걸요."

은비가 한마디를 덧붙였다.

없이 자란 것이 혀를 차는 소리를 들을 만한 건가 싶어 마음은 울컥하지만, 자기 전에 후회할 일은 만들지 말아야지.

"흐음… 고 대리, 강 팀장은 이제 곧 라임몰 부사장이 될 사람이에요. 고 대리가 아무리 똑 부러져도 절대 맞는 옷이 아니란 소립니다."

강 회장이 기어코 은비의 얼굴에 정중하게 침을 뱉어 버렸다.

"아버지!"

한별이 더 참을 수 없다는 듯 강 회장을 쏘아보았다.

강삼구를 향해 한별이 크게 '아버지'라고 부르자 고고 다이노코어 동영상을 보던 한솔이 고개를 갸우뚱거리며 그를 잠시 바라보았다.

"강 팀장…이 이럴수록 우리 그룹이 아주 곤란해진다. 원그룹과의 협력 관계가 애들 장난처럼 보여? 그렇게 상황 판단이 안 되는 게냐?"

"뭐 아까도 말씀드렸지만, 결혼 승낙 받으러 온 자리 아닙니다. 고 대리, 이제 가자. 너랑 결혼한다고 얘기는 했으니까."

"뭐야? 이놈이! 애비 말을 귓등으로 듣는 게냐!"

그렇지! 버럭 해야 강 회장이지!

한별이 강 회장을 탁 쏘아보았다.

더 해 봐!

날 자극할수록 추악한 당신의 본래 모습이 나올 테니!

오늘은 너무 이상하다고!

"여보오오- 화내지 않기로 했잖아요. 우리 한솔이도 있는데."

순간 애리가 나서 강 회장의 기분을 진정시켰다.

"흐음… 고 대리 돈 좋아한다고? 내 섭섭하지 않게 챙……."

그때였다.

"회장님, 김 실장님 전화입니다. 하도 급하다고 하셔서……."

집사가 강 회장에게 휴대폰을 건넸다.

"어어… 김 실장, 뭣이? …잠깐, 통화가 좀 길어질 것 같으니 오늘 얘기는 여기서 끝내지. 회사에서 우연이면 모를까 다시 볼 일은 없을 것 같군요, 고 대리."

강 회장이 싸늘한 말을 전하고는 휴대폰을 들고 자신의 서재 쪽으로 갔다.

"후……."

은비의 입에서 저절로 한숨이 새어 나왔다.

이 자리를 쉽게 보지 않았고, 바로 승낙받을 수 있을 거라 생각하지는 않았다.

하지만, 생각보다 훨씬 에너지 소비가 컸다.

"은비야, 가자."

한별이 그녀의 손을 잡아끌었다.

"한별 군, 내가 은비 씨랑 할 이야기가 있는데. 잠깐이면 돼요."

애리가 나가려는 두 사람을 붙잡았다.

한별이 그녀의 말을 무시하고 은비를 잡아끌었다.

"팀장님, 얘기하고 올게요. 잠깐이라고 하시니까……."

"굳이 그쪽한테 우리 은비 엄한 얘기 듣게 하고 싶은 생각 전혀 없습니다."

그리고 애리를 보며 차갑게 말했다.

"아휴, 한별 군, 그런 거 아니에요. 정말 잠깐이면 된다니까."

애리는 한별을 보며 손사래 쳤다.

"후……."

그러나 은비도 갔다 오겠다고 눈짓을 하니 어쩔 수 없이 그녀의 손을 놓아주었다.

애리와 은비, 두 사람이 한솔이의 방으로 들어갔다.

"은비 씨, 일단, 여기 앉아 봐요."

"네. 무슨 일로……."

"아니, 글쎄… 우리 솔이가 여섯 살인데 아직도 일부터 십까지를 못 세요. 지 이름도 못 쓰고, 내가 너무 걱정이 돼서……."

"……!"

"아들은 엄마 머리 닮는다는데 이거 어떡하지? 내가 애를 늦게 낳은 데다가 회장님이 싫어하셔서 다른 엄마들하고 사귀지도 못하잖아. 한솔이가 워낙 산만해서 가정교사들은 다 일주일도 못 채우고 떨어져 나간다니까……. 내가 너무 답답해서 말이에요."

인사드리러 와서 이게 무슨 상황인지…….

아무래도 한애리가 매스컴에서 보여 준 엘레강스한 이미지는 몽땅 메이킹된 것이 분명했다.

이런 상황에 이런 이야기라니.

아무튼, 고귀한 시어머니는 아닐 것 같아 다행입니다만…….

"혹시 우리 한솔이 공부 좀 봐줄 수 있을까?"

"네에?"

"보니까 한솔이가 은비 씨를 처음 봤는데도 많이 따르는 것 같더라고……."

초콜릿 때문인데, 그거…….

"아까 얘기 들어 보니까 한별 군도 가르쳤다면서요?"

"아… 네……."

"과외비를 얼마나 받고 한 거예요? 한별 군 과외?"

"5억이요."

"어머나, 세상에- 우리 회장님 수준이 어후~! 그때 당시 5억이라니, 실력이 보통이 아닌 게 분명하네요. 나는 은비 씨만 괜찮다면 당장 다음 주부터라도 같이 했으면 좋겠는데……."

한솔이에게 좋은 선생님을 붙여 줄 수 있겠다는 생각에 애리가 몹시 흥분했다.

"근데 제가 집에 드나드는 걸 회장님이 좋아하실까요."

강 회장이 분명 다시는 볼 일이 없다고 말하지 않았던가.

물론 그 이야기를 고분고분 들을 생각은 없지만, 짚고 넘어가야 할 문제였다.

"한솔이 일이라면 뭐든 하는 양반이야."

애리는 은비의 존재를 잊고 있는 모양이었다.

그녀의 관심사는 오로지 한솔이 공부였다.

"아……."

"과외비는 회장님과 상의해서 얘기해 줄게요."

"아, 아닙니다. 곧 가족이 될 텐데, 과외비라뇨."

은근슬쩍 선을 넘어가 보는 은비였다.

"아! 맞다! 그렇지! 그럼, 우리 솔이 쭉 가르쳐 줄 수 있겠네! 아웅, 너무 잘됐다."

은비가 자신의 존재를 상기시키자 애리가 맞장구를 쳤다.

지금 넘어오…신… 거… 맞…죠? 이왕 이렇게 된 거 제가 한솔이의 좋은 형수님 겸 선생님 돼 볼까 봐요.

두 사람의 이야기가 이어지는 동안, 거실엔 한별과 한솔이 대치하고 있었다.

"우리 아빠한테 왜 아저씨도 아빠라고 해?"

"후… 아저씨 아니고 형이다. 그리고 형 아빠도 강삼구 회장님이야."

참으로 기가 막히지만 말이다.

"강삼구는 한솔이 아빤데."

어쩌면 좋을까, 이야기해도 못 알아들을 이 복잡한 이야기를…….

한별은 한솔의 맑은 눈동자를 바라보니 괜히 마음이 짠해졌다.

"한솔이, 강삼구 아빠 좋아?"

한별이 몸을 낮춰 한솔이를 바라보며 물었다.

"어. 최고야."

"그래?"

"어. 한솔이 소원은 다 들어줘."

가진 게 돈뿐이라 애가 사 달라는 거 다 사 주고 그러다가 애를 망칠 셈인지.

한별이 어이없는 강삼구의 육아 방식에 눈살을 찌푸렸다.

"아저씨 형."

"어?"

"같이 배틀하고 놀자."

"……!"

"이 로봇 차로 변신시켜 줘."

"……!"

"같이 레고하자."

"……!"

"같이 킥보드 타러 나가자."

"……!"

강한솔, 너 철인이니?

한별과 은비가 온갖 비밀 이야기가 숨어 있는 대저택을 빠져나왔다.

"어휴-"

나오자마자 한별이 은비를 와락 안았다.

"많이 긴장했었지?"

그리고 그녀의 귀에 흘리는 말.

"네엑. 이런 경우는 처음이라. 윽."

그의 물음에 목이 살짝 졸린 은비가 대답을 했다.

"강 회장 말은 신경 쓰지 마요. 어차피 들을 필요도 없으니까."

몸이 으스러지도록 그녀를 안았다가 놓은 한별이 양손으로 그녀의 어깨를 잡고, 눈을 맞추며 말했다.

"신경이 안 쓰일 수는 없는데, 선조들의 말씀을 떠올리며 걱정은 안 하려고요."

"응?"

"자식 이기는 부모가 없다는 말이 뭐, 괜히 나왔을까 싶어서."

그녀의 말에 한별이 눈웃음을 지었다.

"그나저나 팀장님은 진짜 괜찮은 거 맞아요?"

유명한 여배우가 새로운 어머니로 등장하고, 여섯 살짜리 동생이 생겨 버린 기가 막힌 상황.

은비는 강 회장의 집안 이야기가 아무리 세상에 일급비밀로 부쳐진 상태라고 해도, 한별에게까지 알려지지 않았다는 건 너무 심하다고 생각했다.

"괜찮지 않으면… 어떻게, 나 안아 줄 겁니까?"

"안 괜찮구나……!"

그의 말에 은비의 마음이 순식간에 울컥해 버렸다.

그래서 방금 떨어진 둘 사이를 다시 좁혀 보았다.

"괜찮아질 때까지 안아 줄게요."

은비가 눈물을 뚝 흘리며 눈가가 촉촉해진 그를 안았다.

덩치가 산만 한 한별이 어깨를 좁혀 그녀 안으로 파고들었다.

"팀장님, 남의 눈에 눈물 나게 하면 제 눈에는 피눈물이 난다는 말 있잖아요. 자식 눈에 눈물 나게 하면 더하면 더했지 덜하진 않을 거라고 보네요."

확률적, 통계적으로 증명되지는 않았지만 수많은 경험에 의해 입증된 선조들의 말씀 아닌가!

은비는 세상에 일방적인 상처는 없다고 생각했다.

"고 대리, 나 이제 괜찮아진 것 같아요."

한별이 말은 괜찮다고 했지만 안색이 영 좋지 않았다.

"아직 안 괜찮은 것 같은데요?"

"아냐… 괜찮으니까 나 좀 풀어 줘요. 다리에 쥐……."

그녀와 키를 맞추느라 구부린 한별의 다리에 쥐가 났다.

"어머!"

은비가 재빨리 손가락에 침을 묻혀 그의 코에 세 번을 발랐다.

한별은 그런 그녀의 모습이 귀여워 마냥 지켜보고 있었다.

"이제 괜찮아졌으니까 갑시다."

"어디요?"

"데이트하러."

"벌써 깜깜해졌는데?"

"이렇게 예쁜 옷 입고 집으로 바로 가기 그렇잖아요. 이런 기분으로 헤어지기도 그렇고."

하긴, 지금 헤어진다면 잘 때 떠오를 잔상이라곤 엄한 강 회장 얼굴뿐이리라.

"그래서 이 밤에 어디 가게요?"

"별 보러."

"별? 별? 무슨 별?"

별이 의미하는 게 한 두어 가지 있지 말입니다.

하늘에 떠 있는 별도 있고, '하늘을 보아야 별을 따지'의 별도 있지요…….

어떤 거?

"고은비 머릿속에 있는 별 두 개 다."

그의 말에 은비가 눈을 꼭 감았다 떴다.

강한별, 너는 정말 내 안에 사는구나……!

한별의 차가 은비를 태우고 더욱 짙어지는 어둠 속을 가르며 나아갔다.

차는 서울을 조금 벗어난 낯선 곳으로 향했다.

"강화도?"

헤드라이트에 비친 이정표에 쓰인 글씨를 소리 내어 읽는 그녀였다.

한껏 궁금증을 담은 목소리로.

"아… 맞다. 내가 깜박했네요. 목적지는 강화도에 있는 한 중학교예요. 거기서 우린 별을 볼 거고."

한별은 뭐든 반드시 이유와 목적을 알아야 하는 그녀 성격을 잠시 잊고 있었다는 것을 생각해 냈다.

서프라이즈가 참 힘든 여자, 고은비.

"아… 근데 진짜 별 보려면 천문대에 가야 하는 거 아니에요?"

그녀가 의구심을 품고 물었다.

"그런 거 말고, 그냥 맨눈으로 보고 싶어서 말입니다."

그가 살짝 설레는 목소리로 말했다.

"맨눈으로? 우와, 근데 그러려면 완전 깜깜한 곳이겠네요?"

"빙고!"

그의 빙고 소리에 은비가 입가에 웃음을 띠었다.

"무슨 생각 합니까, 고 대리."

"까만 생각이요……."

두 사람이 마주 보고 웃었다.

좀 전에 무슨 일이 있었는지는 까마득히 잊고 그저 서로에게 집중했다.

즐겁게 이야기를 나누는 사이 차가 어느덧 목적지에 다다랐다.

"여기 정말 깜깜하네요."

칠흑 같은 어둠이라는 말이 여기서 나왔을까.

차에서 내린 은비가 새삼 낯선 밤의 풍경에 놀랐다.

제주도에서 살 때는 이렇게 까만 밤이 낯설지 않았지만, 서울은 달랐다.

워낙 거리에 반짝거리는 게 많았으니까.

운전석에서 내린 한별이 차 앞을 돌아 그녀에게로 왔다.

그리고 손을 내밀었다.

은비가 어둠뿐인 세상 가운데 모습을 드러낸 그의 손을 맞잡았다.

두 사람이 걸음을 나란히 하며 학교로 향했다.

풀벌레 소리와 개구리 소리만 간간이 들리는 굉장히 적막하고 외진 길이었다.

13장. 고 대리, 집으로 갑시다

 어?
 어둠 속을 걸어 도착한 학교에 들어선 은비가 의외의 풍경에 깜짝 놀랐다.
 까만 곳이 맞긴 한데, 이곳 운동장엔 사람들이 많았다.
 군데군데 커다란 천체 망원경으로 별을 보는 사람들이 꽤 있었던 것.
 "우리 애기 사람들이 있어서 실망한 눈친데?"
 한별이 눈을 가늘게 뜨고 그녀를 바라보았다.
 "와, 이게 웬일이에요?"
 "전에는 이렇지 않았는데… 언젠가부터 유명해졌더라고. 게다가 오늘은 주말이니까."

"아… 별 보는 취미가 있는 사람들이 이렇게나 많다니…
놀랍네요."

"우리나라 사람들 진짜 유명한 곳은 귀신같이 알고 온다
니까요."

"그러게요. 와아……."

한적하고 고요한 시골에서 둘이 나란히 앉아 어깨동무하
고 밤하늘의 별을 볼 줄 알았던 은비의 상상이 와장창 깨졌
다.

사람이… 그것도 이렇게나 많이 있을 줄이야.

"그럼 우리도 자리를 잡아 볼까?"

한별이 별을 보기 좋은 장소를 물색했다.

"저기가 좋겠다."

그가 은비의 손을 끌고 뻥 뚫린 하늘이 정면으로 보이는
벤치를 잡았다.

다들 운동장 한가운데 장비들을 세워 놓고 별을 관찰하느
라 뒤쪽에 있는 벤치 몇 개 중에 빈자리가 있었다.

"좋아요!"

두 사람이 나란히 벤치에 앉았다.

"오오오-! 대박!"

"장난 아니죠?"

자리에 앉자 머리 위로 쏟아질 듯 많은 별이 은비의 눈에
들어왔다.

"저거 은하수잖아요!"

"맞아요."

"우와~ 이렇게 서울과 가까운 곳에서 은하수를 맨눈으로 볼 수 있다니… 너무 신기해!"

"오길 잘했죠?"

"네네. 아니, 이렇게 앉아서 볼 게 아닌데? 계속 보고 싶은데, 이렇게 보다간 목 부러질 것 같거든요. 팀장님 차에 돗자리 없어요?"

"전에 편의점에서 샀던 피크닉 매트가 있긴 한데……."

"우리 가위바위보해서 진 사람이 그거 가져오기로 해요."

"지금?"

"네!"

한별의 동공이 살짝 흔들렸다.

질 것 같은데…….

그냥 같이 가면 안 되나?

잠시도 그녀 곁을 떠나고 싶지 않은 그였다.

오늘은 특히 더.

"가위바위보!"

"가위바위보!"

역시나 슬픈 예감은 틀린 적이 없다.

한별의 표정에 절망감이 드리웠다.

"진짜 나 혼자… 가요?"

"네!"

"차가 좀 멀리 있는데……."

왜 이리 굼뜬 거지? 이 남자?

"별로 안 가고 싶은 모양인데, 그럼 그냥 누나가 갔다 올까?"

은비가 우스꽝스러운 표정을 지으며 자리에서 일어나려 했다.

"아… 아니에요, 고 대리. 내가 갈게요."

그제야 한별이 벤치에서 일어나 걸음을 옮겼다.

그런데 느릿느릿 걷는 소리가 들리다가 갑자기 빠르고 큰 발걸음 소리가 들렸다.

은비가 돌아보니 한별이 다시 뒤를 돌아오는 것이 아닌가.

"응? 왜?"

"같이 가죠."

"혹시 깜깜해서 혼자 가기 무서워서 그러는 거예요?"

"에이, 설마. 고 대리 혼자 두고 가는 게 마음에 걸려서… 누가 막 혼자 있다고 와서 해코지라도 하면 어떡해. 어휴, 그럼 큰일이라고. 응? 저기 봐 봐. 남자 혼자 온 사람도 있고… 나, 고 대리 없으면 못 산다고! 그냥, 얼른 같이 가요!"

잠시라도 떨어져 있기 싫은 내 마음 모르겠어?

갑자기 말을 쏟아 내는 한별의 모습을 빤히 보던 은비가 자리에서 일어나 그의 손을 잡았다.

아무래도 무서운 것 같은데?

은비가 할 수 없다는 듯 그와 함께 걸었다.

다시 길을 돌아갔다 온 두 사람이 돗자리를 폈다.

그리고 그 위에 나란히 누웠다.

누워서 보니 온통 별천지.

은비는 세상에 그 어떤 천문대도 이처럼 멋진 곳은 없을 거라고 생각했다.

"자기야, 계속 고개 들고 보니까 목 아파."

"그러네⋯⋯. 우리 이제 그만 갈까?"

조금 떨어진 벤치에서 별을 구경하던 커플들의 대화가 고요를 뚫고 두 사람 귀에 꽂혔다.

"돗자리 가져오길 잘했죠?"

괜히 뿌듯해진 은비가 목소리에 힘을 넣었다.

"응! 우리 애기가 최고."

한별이 우쭐해하는 그녀의 귀에 대고 속삭였다.

편안하게 누운 두 사람의 눈에 한여름 밤하늘을 가로지르는 아름다운 별의 향연이 펼쳐졌다.

학교 운동장에는 거대한 고가의 장비들을 가지고 별을 관찰하는 사람들이 있었지만, 그것 부럽지 않은 편의점 피크닉 매트였다.

더위를 잊게 해 주는 시원한 바람이 기분 좋게 두 사람을 감쌌다.

"참, 여기는 어떻게 알게 된 거예요?"
"아, 이 학교가 엄마 모교거든."
"어머… 그렇구나!"
"엄마가 별 보는 걸 굉장히 좋아하셨어요. 여기서 별을 보며 자랐다고 한 번씩 데리고 와 주셨지. 저기 저 별 보여?"

한별이 유독 빛나는 별 하나를 가리켰다.

"북극성이요?"
"응. 늘 가운데서 빛나는 별. 엄마는 그걸 늘 내 별이라고 말씀해 주셨어."

오늘은 유난히 엄마가 생각나는 하루였다.

그래서 이곳에 오고 싶었는지도.

"그래서 한별이구나……."

정말 닮았다.

빛나는 별과 강한별.

나는 은하수에 묻힌 별들 중 하나 같지만, 너는 사람들 사이에서 저렇게 빛나는 별이야.

그런 네가 어쩌다가 내 옆에 있는 건지… 참 신기해.

"근데, 나는 저 별을 우리 엄마 별이라고 생각해……. 엄마를 생각나게 해 주니까."

한별이 울컥한 목소리로 다시 말을 이었다.

그리고 소리 없는 눈물을 눈 옆으로 자꾸 흘렸다.

"강한별……."

은비는 몸을 옆으로 세워 그를 한참 꼭 안아 토닥였다.

"근데, 그거 알아요? 저 별은 여기 말고 아무 데서나 잘 보여. 심지어 먼지 많은 날 서울 하늘에서도 보인다니까."

그리고 다시 몸을 바로 누워 눈을 반짝이며 말했다.

"그니까 마음껏 그리워하고, 늘 지켜보신다고 생각해요, 팀장님."

은비의 말에 한별이 그제야 눈물을 그쳤.

서울에서는 굳이 고개를 들어 밤하늘을 보려고 하지 않았던 그였다.

엄마를 떠올리면 늘 이곳에서 별을 보고 싶다는 생각을 하던 그에게 그녀의 말이 큰 깨달음을 주었다.

"와… 정말 아름답다……. 밤새 보라고 해도 볼 수 있을 것 같아요. 근데… 은하수가 견우와 직녀를 갈라놓던 별들의 무리인 거 알아요?"

다시 하늘을 보고 누운 은비가 은하수를 보며 갑자기 생각났다는 듯 이야기를 꺼냈다.

"아… 그랬나? 에잇, 괜히 봤네."

갈라놨다는 말이 걸려 한별이 심드렁하게 말했다.

"팀장님, 견우와 직녀를 왜 떨어뜨려 놨는지는 알죠?"

"음… 아마, 일 안 하고 맨날 둘이 놀기만 해서?"

"맞아요……."

"고 대리랑 나는 둘 다 일벌레니까 그런 일은 없을 겁니다."

"그러게요. 훗."

"그리고 원그룹과 협력 관계에 타격이 생겨도 라임몰 고로 또 다른 전환점을 만들 거니까, 괜히 엄한 일 따윈 안 당할 거예요. 걱정하지 않아도 돼요."

눈물을 쏙 들여보내고 호언장담하는 그를 보며 은비가 씩 웃었다.

"팀장님, 내가 바라는 건 딱 하나예요."

"어떤 거?"

"강한별의 행복. 더 상처 따위는 없게."

"고 대리……!"

한별은 그녀의 감격스러운 말에 가슴이 뭉클했다.

"아무리 힘들고 어려운 일이 있어도 너와 함께라면 그럴 수 있을 것 같아……. 은비는?"

너의 존재가 나에겐 위로이고, 선물이고, 사랑이고, 내 전부니까.

"나도."

나도 그래.

두 사람에게 불과 몇 시간 전, 그들을 둘러싸고 있던 험악한 상황이 무한한 우주의 하나의 점처럼 여겨졌다.

1차 별구경을 마친 두 사람이 다시 차에 올랐다.

보조석에 오른 은비의 코끝에 강한별의 쿨내가 강하게 스쳤다.

좋아하는 냄새.

밤이라 그런지 그의 향기만 맡아도 아찔해지는 기분이었다.

"고 대리 집으로 갑시다."

언제 울었냐는 듯 차에 타자마자 터프하게 말하는 한별.

그는 상남자의 면모를 드러내려고 할 때면 은비를 꼭 '고 대리'라고 불렀다.

사실, 은비는 그가 자신을 '고 대리'라고 부를 때 가장 섹시하게 느껴졌다.

상사와 연애하는 기분이 절로 느껴진달까.

"은비야, 배는 안 고파?"

세상 다정다감한 연하남이 되고플 때면 그녀를 은비라고 부르는 그였다.

은비는 그가 자신을 '은비야'라고 부를 때마다 괜히 마음이 간지러웠다.

자신의 이름이 그의 입에서 나오는 것이 새삼스럽고도 설레었다.

이름을 불러 줄 때 꽃이 될 것처럼.

"좀 고프네요. 오랜만에 매운 것도 당기고."

당최 지금 몇 신지 하루가 길어도 참 길다 싶은 그녀였다.

정말 많은 일이 일어났으니까.

그 탓에 좀 피곤해서 그런지 매운 것이 확 당겼다.

"우리 애기, 그럼 뭐 사 줄까요?"

꼭 본인이 나이 많은 오빠라도 되는 양 굴 때면 그녀를 '우리 애기'라고 부르는 한별이었다.

은비는 그가 자신을 '우리 애기'라고 부를 때마다 두 손, 두 발이 다 오그라들어 끝내는 다 없어져 버릴 것만 같았다.

그래도 무척 사랑받는다는 느낌이 들고 세월을 거슬러 어려진 것 같아 그에게 기대고 싶어지기도 했다.

꽁냥거리는 이십 대들의 연애 같기도 하고.

그리하여 결론은 어떻게 불러도 좋다는 것.

반면에 은비는 그를 늘 '팀장님'이라고 불렀다.

사실, 당최 뭐라고 부르는 게 좋을지 몰라서였다.

예전처럼 한별이라고 부르기에는 그때의 모습과 지금의 모습의 간극이 너무 컸다.

"네, 팀장님. 오랜만에 남대문 엽기스러운 떡볶이가 몹시 당기는데요?"

언제나 취향이 확실한 그녀.

물어보면 원하는 걸 즉각 대답한다.

"오케이."

내일 온종일 배가 아플지언정 한별은 은비가 원하는 것을 먹을 작정이었다.

한별은 다시 어둠을 가르며 거칠게 드라이빙을 시작했다.

그녀는 그가 운행하는 차로 교외까지 나온 건 처음이었다.

이렇게 장거리 운전하는 것을 처음 본 은비는 그의 옆모습을 슬쩍 바라보았다.

자신보다 앉은키가 훌쩍 큰 그였다.

옆에서 보니 콧날은 어찌나 아찔하게 오뚝한지.

조각 같은 얼굴인데 곱상하고 귀엽기까지 하다.

게다가 몇 번 접어 올린 셔츠 때문에 드러난 탄탄한 팔뚝에선 힘줄이 툭툭 튀어나와 있잖아.

전방을 주시하는 시크한 눈빛.

무심코 기어에 올린 섬섬옥수.

능숙한 드라이빙 솜씨.

이 모든 말이 한 문장으로 귀결되는 순간이었다.

섹시해……

"음악 들을까?"

그의 말에 은비가 고개를 끄덕였다.

신호 때문에 정차하게 되자 한별이 음악을 틀었다.

차 안은 그가 선곡한 감미로운 곡들로 가득 찼다.

좋은 차라 그런지 사운드마저 빵빵해 은비는 마치 콘서트에 온 느낌이 들었다.

창밖으론 여전히 빛나는 별이 어둠을 비추고 있었고,

차 안에는 이젠 바라만 보아도 마냥 좋은 내 남자와 단둘이다.

같은 곳에 있고, 같은 음악을 듣고 있자니.

아… 참 좋다…….

은비는 슬쩍 내밀어 온 그의 손을 맞잡았다.

"우리 이제 두 번째 별 보러 가는 거예요?"

괜히 음악과 분위기에 한껏 고무된 은비가 그에게 물었다.

확실히 하고 가자고.

'당연하지!'

한별이 그녀를 보며 눈을 찡긋했다.

"안 피곤해요?"

"전혀."

"그렇구나……."

밤은 깊어지고, 감미로운 음악이 지속되자 순간 살짝 눈이 감기는 그녀였다.

"우리 은비, 피곤해?"

그 모습을 알아차린 그가 살짝 걱정되는 얼굴로 물었다.

"뭐, 조금요."

"자-"

은비의 대답에 휴식을 권하는 게 아니라 이런 건 또 언제 구비해 두었는지 자양강장제를 내밀었다.

그녀가 가장 좋아하는 음료.

은비가 그것을 반갑게 전해 받고 한입에 쭉 들이켰다.

"크… 좋다아. 근데, 팀장님은 안 드세요?"

"아, 난 괜찮습니다. 전혀 안 피곤합니다, 고 대리."

은비가 운전하는 한별을 빤히 바라보았다.
자양강장제도 필요 없는 나의 연하남······.
젊음이 좋구나!

📁

"혼자옵서예!"
김점순 해녀촌 식당에 중년의 한 여성이 웬 남자를 대동하고 들어왔다.
외모에 대단한 치장을 한 그녀가 미간을 찌푸리며 식당을 쭉 둘러봤다.
함께 온 남자는 그녀의 가방을 들고 서 있었다.
"두 분이세요? 이쪽으로 앉으세요. 오늘 생물이 좋은 게 많이 들어왔는데, 잘 오셨네!"
은비 엄마가 기분 좋게 웃으며 그 여성에게 가장 좋은 창가 쪽 자리를 안내했다.
"여기가 고은비 양 집?"
딸의 이름이 내뱉어지자 은비 엄마가 쟁반을 들기 위해 살짝 구부린 허리를 쭉 폈다.
"누구시죠? 고은비가 제 딸입니다만."
"참 내··· 이렇게 사는 수준으로··· 쯧쯧."
중년 여성의 입에서 은비 엄마의 귀에 거슬리는 소리가 새어 나왔다.

"어후, 비린내 한번 고약하네. 문 기사, 가방에 내 손수건 좀."

"넵."

그런데, 여자의 가방에서 손수건을 찾는 문 기사의 손길이 더뎠다.

은비 엄마는 그 남자를 아슬아슬하게 쳐다보았다.

"아우! 이 굼벵아, 빨리 못 해!"

그러다 그녀의 안하무인 건방진 태도에 순간 기가 찼다.

"누구신데 우리 딸을 아시는 거죠?"

은비 엄마가 통성명도 없이 무례한 행동을 보이는 여자에게 조심스레 말을 건넸다.

식당에 손님도 한 테이블 있는 상황이라 최대한 조용히 이야기하는 중이었다.

"딸 단속 좀 잘하세요, 아줌마. 어디 겁도 없이 내 딸 약혼자한테 꼬리를 쳐?"

여자는 남자를 닦달해 건네받은 손수건으로 코를 막았다 뗐다 하며 자초지종 설명도 없이 험한 말을 내뱉었다.

"그게 무슨……."

은비 엄마가 서빙하려던 쟁반을 다시 제자리에 갖다 놓으며 말했다.

정말 황당한 상황이었다.

딸 단속이라니, 은비가 뭐? 댁의 약혼자한테?

"모르는 척하시기는. 우리 둘째 딸이 지금 라임그룹 강한별 팀장하고 혼담이 오가는데, 눈치 없이 댁의 딸이 골치 아프게 끼어들잖아. 당장 그만두게 하라고."

라임그룹 강한별?

은비 엄마가 그 여자의 말을 곱씹었다.

식당에서 일하며 웬만한 손님들 성격은 말 한마디에도 단숨에 파악할 수 있었다. 하물며 손님들 사이에 오가는 대화 한마디만 들어도 전체 시나리오가 간파됐다.

얼마 전 은비가 옛날 과외했던 학생 강한별이 라임그룹 회장 아들이었다고 얘기한 소리를 들은 적은 있었다.

'은비 이것이 한별이랑 눈이 맞았구먼! 엄마한테는 일언반구 얘기도 없고!'

은비 엄마는 바로 감을 잡았다. 이게 무슨 상황인지.

"우리 아이가 그렇게 남의 남자 넘보고 그러는 경우 없는 아이는 아닙니다."

자신이 아무리 결혼을 닦달했어도 본인 주관이 뚜렷한 아이 아닌가.

객관적으로 엄청난 외모도 아닐뿐더러, 성격도 애교가 많은 편은 아니라 애인 있는 남자가 은비를 보고 넘어올 리도 없고.

있다 한들 누구보다도 착하고 바르게 자라온 딸이니까, 그릴 리 없었다.

이건 분명 반대 상황이었다.

"뭐? 자기 딸을 이렇게 모르시나……. 이렇게 놔 키우니까 밖에서 무슨 짓을 하고 다니는지 모르지. 어후, 문 기사, 향수 좀-"

코를 틀어막아도 냄새가 괴로운지 옆에 있는 남자에게 별걸 다 달라고 하는 여자였다.

"더 길게 얘기 안 합니다. 이거면 섭섭지 않은 보상 될 테니, 뭐 좋게좋게 하자고."

문 기사에게 가방을 낚아채듯 가져온 여자가 그 안에서 돈 봉투를 꺼내 식당 테이블에 내던졌다.

그것을 본 은비 엄마의 미간이 구겨졌다.

"뭐, 아이들끼리 해결할 문제를 우리가 얘기하는 건 아니라고 보는데요."

얼마나 자식이 못났으면 엄마가 이렇게 뒤처리를 하고 다녀야 할꼬.

아줌마, 안됐네그려.

"댁의 딸이 보통 독종이라 말이지……!"

유안이 손을 써도 먹히지 않는 은비라는 사실을 익히 들은 여자였다.

"부잣집 사모님께 자존심 상하실까 봐 이런 말씀까지는 안 드리려 했는데……."

은비 엄마가 운을 뗐다.

"지금 대단한 착각을 하고 계시네요. 은비랑 강한별이랑 먼저 약혼한 사이예요. 지금 댁의 딸이 끼어든 거고."

"뭐야?"

팩트 폭격을 당한 여자의 동공이 흔들렸다.

"저거 보여요? 저거?"

은비 엄마가 식당 카운터에 일렬로 세워 놓은 무언가를 가리켰다.

얼마 전 은비가 미국에 출장 다녀온 상사가 그곳에서 굉장히 인기가 좋은 제품들이어서 선물로 사 왔다는 영양제가 있었다.

어떤 상사길래 이런 것까지 챙겨 주나 했더니, 오늘에서야 의문이 싹 풀렸다.

"이거 우리 예비 사위가 장모님 건강 챙기라고 미국에서 사다 준 거예요."

원그룹 회장 사모의 눈에 들어온 것은 그녀 말대로 미국에서만 판매되는 여러 개의 고가의 영양제였다.

효과가 최고라는 갱년기 영양제가 특히 눈에 띄었다.

재벌 사모들 사이에서도 구하면 자랑하기 바빴던 제품이었다.

유안의 엄마는 순간 어안이 벙벙해 할 말을 잊었다.

강한별이 은비 엄마에게 저걸 줬다니……!

짜증 반, 부러움 반이었다.

물론, 은비 엄마는 그게 얼마나 고가의 영양제인지 몰랐지만, 생각나는 대로 유리한 카드를 그녀에게 들이댄 것이었다.

"정말 맛있게 잘 먹었습니다. 여기-"

마침, 식사를 마친 손님이 계산을 하려고 카운터로 왔다.

은비 엄마는 재빨리 계산을 마치고 손님을 배웅했다.

"얼른 이거 다시 들고 가서 댁 딸내미한테 괜히 서로 좋아하는 애들 사이 끼어들지 말고 마음 접으라고 하세요. 애들이 서로 보통 좋아하는 게 아니던데."

텅 빈 식당에서 은비 엄마가 테이블에 놓인 봉투를 그 여자 쪽으로 밀었다.

"재벌 3세 예비사위라 아깝다 이거야? 이 돈이면 이런 식당 열 개는 더 차릴 수 있는 돈이야. 이것도 못 챙기고 나가 떨어지기 전에 상황 판단 제대로 하세요, 아줌마. 아으~ 짜증 나."

여자는 분에 못 이겨 고함까지 질렀다.

"보자 보자 하니까, 이 미친년아, 돈이면 다 되는 줄 알아? 니가 사랑을 알아?"

손님이 완전히 나가자 은비 엄마가 본색을 드러내기 시작했다.

은비 엄마의 첫사랑은 고필주.

은비의 아빠였다.

아, 마지막 사랑도.

그녀는 물이 무서워 물질은 못 하겠고, 엄마가 따온 해산물이 제값을 못 받는 것이 속상해 자신이 직접 요리를 해 팔아 보겠다고 식당을 열었다.

음식 솜씨 하나는 동네에서 소문이 파다할 정도로 끝내주었다.

그녀에겐 바다 앞에 문 연 김점순 해녀촌으로 제주도 최고의 맛집이 되고자 했던 포부가 있었다.

패기가 넘쳤던 제주 토박이 어부 은비 아빠 고필주는 푸릇한 젊은 날 맛있는 음식을 만드는 당차고 명랑한 그녀를 보고 첫눈에 반했다.

음식은 또 얼마나 맛깔나게 하는지, 그녀가 만든 음식을 먹으면 기분이 좋아졌다.

그리하여 시작된 사랑.

파도가 센 바다로 남편을 보내는 아내의 마음은 늘 좌불안석이었지만, 바다를 좋아하고 평생 어부로 살 거라는 필주의 고집을 꺾을 수 없었다.

늘 만선으로 돌아오는 날이면 함박웃음으로 아내를 번쩍 안던 필주.

은비 엄마는 그런 필주를 위해 최고의 상을 차려 주곤 했다.

사는 게 힘든 줄 몰랐던 날이었다. 필주만 있으면 세상이 행복 그 자체였던 날들이었다.

그날, 갑작스레 방향을 바꾼 태풍만 아니었어도 오래 이어졌을 행복이었다.

그러나 필주가 그 좋아하는 바다에서 나오지 못한 이후, 그를 가슴에 묻고 어머니와 딸과 함께 억척스럽게 살아왔다.

그래도 살 수 있었던 건, 필주와의 추억 그리고 필주의 선물인 은비 때문이었다.

은비 엄마는 사랑이란 존재 이유가 되어 주는 것이라고 믿어 의심치 않았다.

딸에게 이렇다 할 만한 뒷바라지 하나 못 했는데도 잘 커 준 것이 늘 대견했고, 고마웠고, 미안했다.

은비가 장성해서는 오히려 집안에 큰 보탬이 되는 딸로 자라 늘 엄마의 큰 자랑거리였다.

하지만, 어릴 때 같이 자라온 동네 친구들은 다 결혼했는데, 오랫동안 남자 친구도 없이 지내는 딸을 보며 혹시라도 타향살이가 외롭지는 않을까 밤마다 걱정하며 잠이 들곤 했던 엄마이기도 했다.

이제는 좀 기댈 수 있는 사람을 만나도 좋을 텐데.

그 사람이 부자는 아니라도 생활력이 강하고 은비만을 사랑해 주는 그런 남자를 만나면 좋겠다고 바라 왔었다.

그런데 라임그룹 회장 아들 강한별이라니!

'역시 우리 딸 대단해!'

가진 건 없어 경제적으로 꿀리는 사돈이 될지언정 두 사람의 사랑을 응원할 생각이었다.

세상에서 가장 사랑하는 딸의 사랑이니까.

그것이 그 아이의 존재 이유가 될 테니까.

엄마로서 해 줄 수 있는 것은 그것을 응원해 주는 일일 것이다.

근데 이것이 한별이랑 사귀면 사귄다고 미리 얘기를 했으면 좀 덜 당황스러웠을 것을!

은비 엄마에게 한 방 먹은 여자가 적잖이 충격을 받아 잠시 멀뚱하게 서 있었다.

누가 이렇게 자신을 물 먹여 본 것이 언젠지 기억이 나지 않을 정도라 생소했다.

그간 진상 갑질은 몸에 밴 자기만의 특권이라고 여겼으니까.

"뭐, 미친년? 이 아줌마가 한번 해보자는 거야?"

이내 정신을 차린 여자가 은비 엄마를 향해 눈에 쌍심지를 켜며 밀쳤다.

은비 엄마는 바닥에 엉덩방아를 찧었고 그 바람에 옆에 있던 테이블 의자가 같이 넘어지며 부서졌다.

주방에서 홀에 벌어진 일을 잠자코 지켜보던 은비 할망이 소금 소쿠리를 홀 쪽으로 스르르 밀어 놓고는 슬그머니 뒷방으로 들어갔다.

'우리 딸이 남편은 저세상 가고 없어도, 이렇게 에미가 시퍼렇게 살아 있다고. 못된 것아, 어디서 날을 세워!'

속상한 마음에 중얼중얼하면서.

"여보세요. 여기 은비 집이우다. 웬 여자가 식당에서 난동을 부리고 은비 어멍을 쳤우다. 얼른 옵서예."

뒷방에서 할망이 경찰서에 전화를 걸었다.

그곳이 여기서 멀지 않으므로 5분 내로 도착할 예정.

"헉, 괜찮으세요?"

문 기사가 바닥에 내동댕이쳐진 은비 엄마에게 달려갔다.

"문 기사, 지금 뭐 하는 거야. 내 앞에서 왜 저년을 걱정해? 제정신이야?"

"죄송합니다."

"아니, 아저씨가 뭐가 죄송해. 가만있어 봐요. 아주 돈 좀 있다고 뵈는 게 없는 모양이지? 네 새끼가 소중하면 남의 새끼도 소중한 거야. 이 아저씨도 누군가의 새끼다, 이년아!"

문 기사를 붙잡고 일어나 그를 자신의 뒤에 세운 은비 엄마가 여자에게 삿대질했다.

"당신이 뭔데 나한테 훈계질이야?"

"나? 라임그룹 회장 아들 강한별 장모 될 사람이다. 어쩔래!"

이 엄청난 사실을 당신 때문에 알게 됐다고!

"내가 우리 은비를 무슨 일이 있어도 한별이랑 결혼하게 할 거니까 그런 줄 알고 써억 나가!"

은비 엄마는 한마디도 지지 않고 여자의 말을 받아쳤다.

"여기까지 와서 이대로는 못 가지. 이런 식으로 나오면 우리 회장님이 당신 가만 안 둬."

"그거야 내 알 바 아니니까, 얼른 썩! 좋은 일이 있으려니까 별 거머리가 다 붙어 달리네. 어후! 소금 어디 있지? 마침 여기 있네."

은비 엄마 눈에 소금이 담긴 소쿠리가 들어왔다.

한 주먹 굵은 소금을 움켜쥐어 뿌리려는 찰나였다.

김점순 해녀촌 식당 문이 여러 사람에 의해 요란하게 열렸다.

"신고 받고 출동했습니다."

갑작스런 경찰 출동에 유안의 엄마 얼굴이 사색이 되었다.

은비 엄마는 고개를 돌려 주방에 있는 할망을 바라보며 씩 웃었고, 안도의 한숨을 내쉬었다.

적어도 자신은 저 여자 몸에 손가락 하나 안 댔으므로.

참길 잘했다!

"업무방해죄, 난동죄, 폭행 및 기물파손죄 등으로 신고됐습니다만. 같이 경찰서로 가셔서 조사받으시죠."

"아니, 경찰 양반. 나 원그룹 회장 사모야. 내가 우리 회장님한테 얘기하면 서울검찰청장님랑 다이렉트로 얘기할 수 있다고!"

"자세한 건 서에 가서서 이야기하시죠."

워낙 작은 동네라 서로 사정을 알고 지내는 이웃 같은 경찰이었다.

그런 권력 행세 따위로 흔들릴 것이 아무것도 없었다.

이 구역 대장은 노장 해녀 은비 할망이므로.

은비 엄마와 유안 엄마 그리고 문 기사가 함께 경찰차에 올랐다.

"뭔 회장 사모년아… 티브이 뉴스에서 봅서예……."

할망이 그들 뒤에 대고 중얼거렸다.

"왜 이렇게 귀가 간지럽지?"

뮬류팀에서 일하고 있는 은비가 오른쪽 귀를 팠다.

'오늘은 엄마한테 전화를 좀 해 봐야겠다.'

지난번에 차귀도에 납치됐을 때도 시간이 없어 엄마에게도 들르지 못했고, 최근 도통 통화도 못 할 만큼 바쁜 나날을 보냈었다.

엄마는 은비가 전화를 먼저 하지 않으면 거의 전화를 하지 않았다.

혹시라도 회사 일로 바쁜데 방해를 하는 건 아닌지 염려가 됐기 때문이다.

강 팀장이 오기 전까지는 워낙 야근도 많이 했던 은비라 낮이고 밤이고 전화를 하는 것을 조심스러워했다.

"고 대리, 차 대리 어디 갔어?"

서 부장님이 은비 옆자리인 차 대리를 찾았다.

"글쎄요. 얘기 못 들었는데요."

그러고 보니 차 대리가 자리를 좀 오래 비우는 것 같았다.

[최 대리, 점심때 잠깐 볼까?]

그의 빈자리를 보던 은비가 휴대폰을 들어 메시지를 적었다. 늘 자신에게 지원의 안부를 묻던 차 대리였기에 최 대리가 생각났던 것.

요즘 자리가 멀어지다 보니 자주 못 봐서 서로 얕고 깊은 얘기를 할 물리적 시간이 너무 부족했다.

메시지를 보내 놓고 다시 일을 하는데 최 대리에게서 답이 없었다.

'으응? 바쁜가…….'

은비는 최 대리가 메시지를 확인했는지 보려고 휴대폰을 들었다가 내려놓았다.

그때였다.

"안녕하십니까."

듣기만 해도 배시시 미소가 퍼지는 목소리가 귀에 꽂혔다.

"강 팀장님."

서 부장이 자리에서 일어나 그를 반겼다.

"네, 서 부장님. 저희 팀에서 라임몰 고 시범 매장에 디피할 상품 선정 때문에 쇼핑몰 재고를 좀 파악하려고 하는데 말입니다. 물류팀에서 직원을 지원해 주시면 같이 좀 살펴볼까 하는데요."

"아… 어이쿠야. 강 팀장님이 그런 일도 직접 하시고. 와, 기획팀 팀원들은 친절한 상사를 둬서 참 좋겠습니다."

"팀원들이 일이 다 많을 때입니다. 제가 잠깐 시간이 돼서 다녀오려는 것뿐이고요."

"아… 네네. 으음… 그런 일은 차 대리가 제격인데…….."

차 대리?

고 대리가 아니라 차 대리라는 말에 강한별의 얼굴이 굳어지고 등줄기에 식은땀이 주르륵 흘렀다.

강 팀장의 표정을 읽은 은비가 눈을 질끈 감고 입술을 깨물어 웃음을 참았다.

"아, 근데 아쉽게도 차 대리가 지금 자리를 비웠네요. 가만… 고 대리?"

서 부장의 이야기에 한별이 식은땀을 손등으로 몰래 훔쳤다.

"네네… 넵, 부장님."

은비가 굉장히 부자연스럽고 어색하게 부장님을 불렀다.

아, 어떡하지. 표정 관리도 안 될 것 같아.

퇴근하고 봐도 되는데, 꼭 이렇게 찾아오고 난리야!

"고 대리, 지금 하는 일 급하지 않으면 우리 강 팀장님 좀 도와줄 수 있을까?"

"아… 네네. 뭐, 딱히 급한 거는… 없고… 하니까…….."

어색한 연기 어쩔 거야!

"바쁜데 미안합니다. 하지만, 우리도 더 지체할 수 없이 시급한 일이라서."

한별이 굉장히 사무적인 말투로 말했다.

강한별… 저번부터 느꼈지만, 연기가 아주… 남우주연상감이다.

"네. 그럼 같이 다녀올게요, 부장님."

은비가 서 부장에게 이야기하자, 고개를 돌린 강 팀장의 얼굴에 미소가 번졌다.

"보고 싶었어요, 고 대리."

두 사람이 물류팀 문을 나서자마자 누가 볼세라 한별이 얼른 은비의 귀에 속삭였다.

은비가 고개를 들어 한참 키가 큰 그를 올려다보며 눈을 가늘게 뜨고 웃었다.

"못 말려 진짜."

한별도 그녀를 바라보고 씩 웃었다.

"참, 라임몰 고는 많이 진척됐어요?"

"그게 고 대리가 없어서 아주 더딥니다. 할 수만 있다면 고 대리 다시 데려오고 싶어요. 아무리 생각해도 기획팀에 고 대리만 한 인재가 없네."

"그러게요. 제가 좀 존재감이 크죠? 근데 어쩌나요. 물류팀이 너무 좋아져 버려서."

"이런……! 혹시 차 대리? 그 사원이 여전히 잘해 주고 그럽니까?"

"네네. 완전 잘해 주네요. 입사 8년 만에 팀에서 이렇게 착한 사람을 다 만나 봤다니까요."

"안 되겠네요. 고 대리 애인 있다고 차 대리한테 얼른 얘기하세요."

"네?"

"혹시라도 차 대리가 고 대리 좋아하면 어떡합니까?"

"에이… 그런 건 아니에요."

번지수가 다르거든요! 그래도 그런 질투 왠지 좋네요!

두 사람이 이야기를 나누던 중 물류 창고에 도착했다.

한별은 은비를 보고 싶어서 불러낸 것이 맞긴 한데, 이곳에서 해야 할 일도 분명 있었다.

"내가 체크할 테니까, 고 대리는 그냥 나만 따라다녀요."

"에이- 나만한 인재가 없다면서요. 같이 해요."

"그럼, 그럴까?"

"네네."

"이런, 자꾸 기대게 되네요. 우리 고 대리에게."

"이럴 때 보면 진짜 애 같다니까."

은비가 장난스레 말했다.

"애? 안 되겠네. 고 대리, 고 대리는 꼼짝 말고 내 옆에 가만히 있어요."

"무슨 말을 못 해요. 이리 줘요. 얼른 같이 해야 빨리 일 끝내고 일찍 퇴근하죠."

두 사람이 차트를 들고 한참 창고를 살폈다.

그런데 눈앞에 희귀한 광경이 펼쳐져 있었다.

나무 상자 몇 개로 만든 카페였다.

"어? 대체 이건 뭐죠?"

"아… 이거 차 대리님 카페예요. 회사에 허락 맡고 만든 거니까 오해 마세요."

"저 뒤에 조그만 텐트랑 테이블은 또 뭡니까? 완전 소꿉장난 같네."

"음… 글쎄요……. 저건 못 보던 건데?"

지난번에만 해도 없던 텐트가 카페 뒤쪽에 쳐 있었다.

"흐음……."

"아무튼 차 대리가 여기서 종종 커피를 내려 주는데……."

"내가 사 주는 것보다 맛있습니까?"

강 팀장이 그녀의 말을 막아섰다.

또 묘한 승부욕 발동 중이었다.

"네. 갓 볶은 거로 내려 준다니까요."

은비의 말에 강 팀장이 휴대폰을 만지작거리기 시작했다.

살짝 불안해진 그녀가 눈을 부릅뜨고 그를 바라보았다.

"설마… 커피 볶으려고 기계 알아보고, 바리스타 자격증 알아보고 뭐 그러는 거 아니죠? 지금?"

"빙고~!"

"못 말려. 진짜. 팀장님이 사 주는 커피가 세상에서 제일 맛있어요. 진심으로."

"진짜?"

"어휴, 나 커피 맛 잘 몰라요. 다 써요. 그냥. 팀장님이랑 마시는 게 좋으니까 그 커피가 가장 맛있다고요."

"후훗."

그때였다.

어디선가 사부작거리는 소리가 들렸다.

"뭐지?"

"텐트에서 나는 소리 같은데요? 내가 귀가 좀 밝아서. 고양이가 들어왔나……?"

강 팀장이 조심스레 텐트 쪽을 향해 갔다.

은비도 그를 따라 조심스레 발걸음을 옮겼다.

"어떡해……!"

그곳에선 고양이의 소리가 아닌 모기만 한 사람의 소리가 새어 나왔다.

"가만히 있어 봐. 곧 지나갈 것 같은데."

"어? 조용하네? 한번 갔나 봐 봐."

두 사람이 잠시 조용히 있자 텐트 안에서 언뜻 최 대리와 차 대리의 소리가 들려왔다.

"고 대리, 차 대리는 최 대리 거였네요."

창고에서 나온 강 팀장이 만족스러운 표정을 지으며 은비에게 말했다.

"이제야 좀 안심되나 봐요?"

그녀가 눈을 흘겨 그를 바라보았다.

"아직 안심은 아닙니다. 매력이 좀 넘쳐야지."

"이그~~ 어? 벌써 시간이 이렇게 됐네요."

창고에 다녀오니 벌써 점심시간이었다.

"뭐 먹고 싶은 거 있어요?"

한별이 그녀를 차에 태우고 홀쭉해진 그녀의 배를 쓰다듬었다.

"음… 완전 꼬들꼬들한 라면이요. 단무지 척 올려서."

어째 늘 먹고 싶은 것들이 왜 이리 저렴한가 싶어서 민망하지만, 먹고 싶으니 어쩔 수가 없었다.

"갑시다."

네가 말하면 나도 급 먹고 싶어진다.

우리 애기가 맛있게 찹찹거리는 장면이 상상되잖아-

"어디요?"

은비가 기대에 찬 눈빛으로 물었다.

"한강! 꼬들거리는 라면은 거기가 최고지."

"오예~!"

강 팀장의 말을 듣고 환호를 질렀다.

"귀여워······."

고작 한강에서 먹는 라면에 세상을 다 가진 듯 기뻐하는 그녀를 보며 강 팀장이 그녀의 머리를 흩트리며 웃었다.

"근데 팀장님, 있잖아요."

한강 공원에 돗자리를 펴고 편의점 단무지를 편의점 라면에 올려 후루룩 먹던 은비가 강 팀장을 불렀다.

"응?"

"전부터 생각했는데 이제 팀도 바뀌었고 해서 회사 밖에서는 말 좀 편하게 해도 될까…요?"

조심스레 강 팀장에게 묻는 중이었다.

"아······."

한별이 진지한 눈빛으로 그녀를 바라보았다.

"아무래도… 좀 그런가요?"

그 표정을 살핀 그녀가 배시시 웃으며 말했다.

"사실, 나도 그게 편해요. 사회생활 하면서 늘 남들에게 어려 보이지 않아야 한다는 강박감이 있었어요. 그래서 미리 얘기 못 했네요. 미안해요."

"그랬구나. 미안하긴. 괜찮아, 한별아."

"헛."

"어색하죠?"

"아뇨. 더 설레는데? 진작 말 놓으라고 할걸."
"그리고 또 하나 말할 게 있는데."
은비가 음흉한 눈빛을 띠며 한별에게 얼굴을 들이댔다.
"응? 뭐?"
뭐, 혹시 라면 맛 키스? 이런 거 원하는 거야?
나야 어떤 맛이라도 좋다고!
"강한별, 이 마지막 단무지는 내가 먹는다."
한 치의 망설임 없이 그녀가 마지막 단무지를 한입에 털어 넣었다.
"헐."
라면엔 김치인 줄 알았던 그간의 세월이 오늘에서야 그걸 넘는 강자가 있다는 걸 알게 된 강 팀장이었다.
라면에는 단무지가 진리.
아쉽게도 그 마지막 반찬이 그녀의 입으로 들어갔다.
"푸하하하!"
이런 생각을 하는 자신의 모습도 웃기고, 은비의 모습도 너무 웃겨 웃음이 끊이질 않았다.
한강에서의 즐거운 시간이 무르익어 갔다.
맑고 깨끗한 서울의 풍경이 두 사람 눈에 들어왔다.
"우리 저기도 가고 저~기도 가고 저기도 가 보자."
한별이 강 너머로 보이는 N타워, 인왕산, 북한산 등을 가리키며 말했다.

"와, 진짜? 너무 좋지! 기대된다."

은비가 옆에 앉은 그에게로 고개를 기댔다.

나보다 나에게 더 관심이 많고 내 꿈을 기억해 주는 남자, 강한별.

너와 함께하는 시간이 참 좋다.

"아, 참. 유안이는 어쩔 셈이야?"

커피를 마시며 한별이 계속 마음에 걸렸던 이야기를 꺼냈다.

은비를 위해서 분명 그냥 넘어갈 수는 없는 일이었기 때문에.

"응… 안 그래도 고민 중이야."

은비도 커피를 쪼르륵 마시고 나서 그에게 대답했다.

눈앞에 펼쳐진 멋진 풍경들처럼 마음을 너그럽게 먹고 살고 싶은데, 참 유안이란 인물이 도와주지 않아 마지막으로 본때를 보여 줘야 하나 생각하고 있었다.

"사실, 회사에 복귀해서 바로 이유안을 만났었어. 혹시라도 진심으로 사죄하면 한 번 정도는 봐줄까 싶었는데, 사죄는커녕… 반성의 기미가 1도 없더라고."

"그래서?"

"그래서 고민 중. 오늘 콩밥을 먹일까, 내일 콩밥을 먹일까 좋은 타이밍을 재 보는 중."

"어쨌든 신고하게 되면 나랑 같이 가."

"왜?"

"나도 당한 게 많아서."

"진짜?"

은비가 순간 욱해서 몸을 틀어 그를 바라보았다.

너 건드린 건 내가 더욱 못 참지!

"신고할 정도는 아니고. 어쨌든, 그런 일에 고 대리 혼자 보낼 수 없잖아. 그러니까 같이 가자고."

"아… 난 또……. 괜찮은데."

"내가 안 괜찮아."

"음… 알겠어."

은비가 약간 뜸을 들인 다음 대답했다.

"왜 고민했어?"

"혼자 가도 되는데, 강 팀장님이 원하는 거 같아서. 근데 그것도 좋을 거 같아서."

한별이 자신의 마음을 알아준 그녀에게 감격스러운 눈빛을 보내며 손바닥을 쫙 펴 세웠다.

뭐, 또 이렇게까지.

은비가 웃으며 그 손에 자신의 손을 찰싹 붙였다 뗐다.

일명 하이파이브.

은비 동네 경찰서에서 그녀의 엄마와 유안의 엄마가 조사를 받고 있었다.

"아… 그게……."

증언을 요구하는 경찰의 말에 문 기사가 주춤했다.

유안의 엄마가 눈을 부릅뜨고 있었고, 은비 엄마도 그의 얼굴을 심각하게 바라보았다.

"보신 대로, 사실만 말씀해 주시면 됩니다."

경찰이 그에게 다시 한번 물었다.

"사… 사모님께서…이분을 밀치셨습니다……."

"아, 그다음에는요?"

"바닥에 쿵……. 좀 아프셨을 겁니다."

문 기사는 증언하는 게 난처했지만, 아까 식당에서 자신을 감쌌던 은비의 엄마를 도저히 모른 척할 수 없었다.

자신이 할 수 있는 일이라면 사실을 말하는 일이라고 생각했다.

비록 이것 때문에 잘리는 한이 있더라도.

할 말은 해야겠다고 생각했다.

기물 파손 정도는 경찰이 직접 확인했고, 폭행죄는 할망과 문 기사의 증언으로 성립되었다.

이 모든 것이 영업장 내에서 일어났으므로 영업방해죄는 자동 성립.

"문 기사……."

유안의 엄마가 이를 꽉 물고 부들거렸다.

그녀는 그의 증언에 배신감이 단전에서부터 올라오는 것을 느꼈다.

'넌 끝이야. 이제……!'

다만, 유일한 동행자이므로 서울로 올라갈 때까지만 참았다가 바로 그를 해고할 작정이었다.

"일 크게 만들지 말고 조용히 합의하고 끝내, 이 아줌마야."

하나부터 열까지 모조리 자신의 죄가 성립된 바람에 굉장히 곤란해진 유안의 엄마는 여전히 거만한 태도로 은비 엄마에게 합의를 요구했다.

"하나를 보면 열을 안다고, 당신이 그간 어떻게 살아왔는지가 내 눈에 보여. 합의는 개뿔! 뿌린 대로 거두고, 준 만큼 돌려받으면서 살아봐!"

합의란 은비 엄마에겐 턱도 없는 일.

유안의 엄마가 조사받은 내용이 합의 없이 서울 관할 경찰서로 이관되었다.

조사 내용이 이관되자마자 특종을 잡으려고 경찰서에 상주하는 기자들에게 이야기가 새 나갔다.

문 기자 그리고 제주 경찰이 유안의 엄마와 함께 김포공항에서 내렸다.

내리자마자 몇몇 기자들이 따라붙었다.

"제주도에는 무슨 일로 가신 겁니까?"

"피해자와는 무슨 관계입니까?"

기자들은 따발총을 쏘듯 질문 세례를 퍼부었다.

"문 기사, 저 사람들 좀 처리해!"

유안 엄마는 운전기사일 뿐 경호원도 아닌 그에게 눈살을 찌푸리며 지시를 내렸다.

기자들보다 훨씬 나이가 지긋한 문 기사가 간신히 그들을 막는 동안, 그녀는 얼굴을 찡그리고 사람들을 밀치고 앞으로 나아갔다.

"여보, 빨리 좀 손 써 봐요! 성가셔서 죽겠네. 진짜."

기자들을 제친 유안의 엄마가 휴대폰을 들어 남편에게 전화해 닦달을 했다.

-그러니까 왜 일은 벌여 가지고… 이 사람이… 후…….

원그룹 회장 귀에 회사 주식이 뚝뚝 떨어지는 소리가 들렸다.

아내의 행동이 못마땅해 죽을 지경이지만, 회사의 이미지 때문에 얼른 해결해 볼 생각이었다.

그러나 유안 엄마의 얼굴이 이미 기자들에 의해 찍혔고, 기사가 올라왔다. 누리꾼들에 의해 기사는 손보는 것이 감당이 안 될 만큼 삽시간으로 퍼졌다.

"엄마, 나야. 은비."

-딸, 이 시간에 웬일이야?

은비 엄마가 경찰서에서 돌아오자마자 은비에게서 전화가 왔다.

아직 퇴근 시간도 전인 것 같은데, 무슨 느낌이라도 있었던지 의아해하는 엄마였다.

"어. 아니, 너무 오랫동안 통화를 못 해서."

-그니까 이 지지배야. 옆집 옥림이 딸은 엄마한테 매~앤날 전화한다더라.

전화할 때마다 옆집 딸은 왜 그리 자주 소환되는지.

"미안해, 엄마. 별일 없지?"

-별일이 아주 많아······. 별일 달일 다 있다고.

"어머! 무슨 일이 그렇게 많았어. 혹시 우리 가게 드디어 맛집 리스트에 오른 거야? 내가 좀 도우러 내려갈까?"

-허이구, 그랬음 이렇게 전화 받을 수나 있는 줄 알아?

아··· 아니구나······!

"그럼 뭔데?"

-있어··· 그런 게······. 근데 딸은 별일 없고?

"어? 나?"

뭔가를 다 알고 있는 것 같은 이 느낌은 뭐지?

은비는 이참에 엄마에게 한별과의 관계를 털어놓기로 했다.

"음··· 그게··· 내가 사귀는 사람이 생겼어, 엄마."

-알어. 한별 학생이지?

"헐! 어떻게 알았어? 대체! 그리고 이젠 학생 아니고 팀장님이야."

-학생이든 팀장이든 간에 암튼, 엄마가 모르는 게 어디 있어!

"근데, 그게 문제가 좀… 있거든……".

-알어. 원그룹 딸래미가 방해한다며?

"악~! 어떻게 알았어. 엄마? 뭐야. 진짜?"

-다 아는 수가 있어.

와, 희대의 미스터리다. 이거.

대체 엄마의 정체가 뭔지 의심이 들 정도였다.

-은비야, 손님 온다! 끊어! 어서 오세요!

"어? 어……. 엄마, 암튼 조만간 한별이랑 같이 인사드리러 갈게."

-그랴. 그놈 얼굴 한번 보자. 얌생이가 얼마나 변했나. 무슨 일 있어도 절대 기죽지 말고. 하던 대로 해. 엄마 딸은 다 잘될 거야.

"어… 엄마……."

순간, 강 회장과 유안의 얼굴이 머리에 스친 은비가 살짝 울컥해진 목소리로 대답했다.

-아, 참. 은비야, 오늘 저녁에 뉴스 보고 너무 놀라지 말어.

"응?"

-엄마랑 할망이 이긴 거니까 그런 줄 알고. 끊는다!

오늘 저녁 뉴스? 이겨? 도대체 무슨 소리야!

그리고 내 얘긴 어디서 누구한테 들었냐고!

전화가 끊어지려는 찰나 티브이, 그년 어쩌고 하는 할망의 희미한 목소리가 들렸다.

뭔가를 더 들으려고 애쓰는 은비의 미간이 좁혀졌다가 완전히 끊어진 전화에 펴졌다.

대체 무슨 일이지?

유안의 엄마가 저녁 뉴스의 핫한 스타로 등장했다.

[원그룹 회장 사모님의 갑질]로 데뷔.

할망의 말은 언제나 옳았다.

"뭔 회장 사모년아… 티브이 뉴스에서 봅서예……."

14장. 함께한 날들이 늘어난 만큼

 퇴근 후, 집에서 씻고 나온 은비가 수건으로 머리를 털며 휴대폰을 켰다.
 "어? 뭐지……?"
 습관처럼 누른 포털사이트 앱 뉴스난에 '원그룹 사모의 갑질'이 도배되어 있었다.
 심각한 얼굴로 기사 제목을 눌렀다.
 "제주도 김점순 해녀촌에서 원그룹 사모가 불분명한 이유로 주인에게 폭언과 폭행… 헐!"
 기사를 읽어 내려가는 그녀의 얼굴이 점차 사색이 되어 갔다.
 '김점순 해녀촌'은 제주 미슐랭 가이드에 오른 것이 아니라, 뉴스 사회란에 오른 상황이었다.

이 정도면 바이럴 마케팅이 아니라, 노이즈 마케팅은 확실히 될 듯했다.

후…….

그런데 기사를 읽어 내려가는 그녀의 심장이 벌렁거렸다.

"이런……."

폭행에 기물 파손이라니……!

두 모녀가 아주 그냥 쌍으로 과한 삽질을 많이 하고 다니고 있었다.

은비는 유안의 엄마가 한 짓을 생각하니 피가 거꾸로 솟는 느낌이 들었다.

[내 언젠가 터질 줄…….]
[하루 이틀이었겠냐……. 내가 들은 것만 해도… 휴…….]
[원그룹 직원들 사이에서는 유명했음…….]
[전국구로 갑질 투어…….]
[얼굴이 갑질상이네…….]
[딸도 만만치 않음…….]

기사 밑에는 셀 수 없이 많은 댓글이 달렸다.

대체 그간 행실을 어떻게 하고 살았는지 불 보듯 뻔했다.

그리하여 제주도의 작은 가게 안에서 일어난 이 사건의 파문이 더욱 큰 것.

세상이 자기들 위주로 돌아간다고 믿는 사람들, 그들이 절대 모르는 진실 하나는 그것이 자신들의 착각이라는 것이다.

스스로를 화려한 갑으로 생각하지만, 남들에게는 추악한 갑인 것을.

은비는 유안이 자신을 납치한 것도 모자라, 제주도 집에 그녀의 엄마가 찾아와서 행패를 부렸다는 사실이 너무 어이가 없었다.

그녀는 엄마에게 전화를 걸려다 멈칫했다.

시간이 딱 저녁 장사로 바쁠 때였다.

아까 엄마랑 할망이 이겼다고 그러면서 놀라지 말라고 그랬지…….

아무렴, 그냥 당할 분들은 절대 아닐 테니.

은비는 엄마와 할망이 최상의 콤비를 보여 줬으리라 믿어 의심치 않았다.

그나마 아까 통화를 한 게 얼마나 다행이었는지.

안 그랬으면 발을 동동 구를 상황이었다.

그녀는 자신으로 인해 괜히 피해를 본 엄마와 할망 때문에 마음이 아팠다.

"이를 어쩐다……."

사실, 은비가 유안을 신고하는 것을 주저했던 까닭은 '문 기사님' 때문이기도 했다.

혹시라도 조사 과정에서 그에게 엄한 불똥은 튀지 않을까 했던 것.

자신을 돕기 위해 최선을 다했던 그를 곤란하게 만들고 싶지 않았다.

그래서 어떻게 하는 것이 지혜로울지 고민하며 상황을 보던 차였다.

그런데 때아닌 유안 엄마의 갑질이 먼저 만천하에 공개되다니!

지금 드는 건 두 가지 마음이었다.

어쩌면 자신이 먼저 유안을 신고했더라면, 제주도 집에까지 그녀의 엄마가 찾아가는 일은 없었을 텐데 싶어 괜히 속상한 거 하나. 대세를 탈 수 있는 엄청난 타이밍이 도래했으므로 아직 신고하지 않길 잘했다 싶은 거 둘.

은비는 계속해서 유안의 엄마로 도배된 뉴스를 스크롤했다.

기사의 헤드라인을 쭉 읽어 내려가던 그녀의 시선이 어디쯤에서 멈췄다.

「원그룹 회장 사모, 운전기사에 갑질 의혹.」

드디어 터질 게 터졌다.

내용인즉슨, 제주도에서 돌아오자마자 당한 문 기사의 해고. 그리고 그가 그간 무차별적으로 당한 인신공격에 관한 이야기였다.

회삿돈으로 월급을 받는 이 회장의 기사였음에도 아내와 딸의 기사 노릇까지 했었으며, 휴일도 없이 일했고, 그 집의 개밥까지 챙겨야 하는 신세였다는 것.

용기를 냈지만, 보복이 있을까 두렵다는 이야기까지.

기사를 쭉 읽어 내려간 은비는 기가 찼다.

그동안 당했을 문 기사의 수모가 안타까웠다.

그녀는 이내 메일을 열어 두근거리는 마음으로 전에 유안의 차에서 녹음했던 파일을 확인했다.

휴대폰은 잃어버렸지만, 메일로 보내 놓은 파일이 문제없이 잘 열려서 다행이었다.

"이거 들고 가자……!"

문 기사가 해고된 것을 안 이상 더 지체할 것 없었다.

"강한별, 나 지금 경찰서에 가 보려고."

은비는 한별과 약속한 대로 그에게 전화를 걸었다.

곧 그가 도착했고, 다시 옷을 갈아입은 그녀가 집 밖으로 나왔다.

은비는 경찰서에서 자신이 납치되었던 상황을 진술하고, 문 기사 갑질 의혹에 신빙성을 더해 줄 녹음 파일도 그곳에 건넸다.

그리고 유안을 곧 소환하겠다는 경찰서의 이야기를 듣고

두 사람이 그곳을 나왔다.

은비는 참 평범하게 살던 자신이었는데, 별 오만 데를 다 와 본다는 생각이 들었다.

그래도 그녀는 한별과 함께여서 참 든든한 기분이 들었다.

'사람이 쉽게 변하지는 않지만… 그래도 이번 기회에 사람이 가장 귀하다는 걸 알았으면 좋겠다.'

유안을 향한 그녀의 진심 어린 바람은 이것뿐이었다.

나름 후련한 발걸음으로 길을 걸었다.

"잘했어. 다 잘될 거야."

한별이 그녀와 나란히 걷다가 그녀의 어깨를 감싸 자신의 품 쪽으로 당겼다.

야무지지만 작은 그녀의 몸이 커다란 그의 품에 쏙 들어갔다.

진한 한별의 쿨내를 마음껏 맡으며 은비가 입가에 미소를 머금었다.

지금 내 곁에 네가 있어서 참 좋다… 강한별…….

Rrrr-

경찰서에서 나와 한별과 함께 길을 걷는 은비의 전화가 요란하게 울렸다.

-은비 씨, 아니 우리 한솔이 때문에. 시간이 언제 돼요?

"아, 안녕하세요. 잘 지내셨죠? 평일은 아무래도 일해야 하니까, 주말이 좋을 것 같아요."

별안간, 강 회장 사모님의 전화였다.

다짜고짜 한솔의 이야기라니.

-그럼 토요일에 우리 집으로 올래요?

입시생도 아닌데, 여섯 살배기 아들 둔 예비 시어머니 마음이 왜 이렇게 급하실까!

"으음… 아무래도 회장님 댁보다는 팀장님 집에서 하는 게 어떨까 싶은데… 어떠세요? 시간은 오전 10시쯤이요."

은비가 통화를 하며 한별을 바라보았다.

그는 그녀에게 손가락으로 오케이 표시를 했다.

한별은 한애리를 다시 보고 싶지는 않았지만, 은비 혼자 강 회장의 집에 보내기도 싫고, 한솔이는 좀 눈에 밟히기도 했던 터였다.

무엇보다 은비가 하는 일을 믿어 주기로 했으니까, 일단 오케이.

-어. 난 괜찮아요. 한솔이랑 집에만 있는 것도 답답한데, 바람도 쐴 겸 나가는 것도 좋고. 한별 군이랑 더 친해질 수 있어서 또 좋고.

"아, 잘됐네요."

한애리의 목소리가 살짝 기대에 찼다.

한별은 휴대폰 밖까지 새어 나온 그녀의 이야기에 자기 이름이 거론되자 입을 비쭉이며 코웃음을 쳤다.

기대할 걸 기대하라는 뜻이었다.

-으응! 고마워요.

"그럼, 그때 뵐게요."

꼴통 고딩 강한별에 이어 망나니 꼬마 도련님 강한솔 과외라니, 은비는 참 얄궂은 운명이라는 생각이 들었다.

전화를 끊은 은비가 고개를 좌우로 내저었다.

"당분간 주말 오전은 한솔이에게 저당 잡혀야겠네."

은비가 한별을 향해 눈을 크게 뜨고 눈썹을 치켜뜨며 말했다.

"휴… 일분일초가 아까운 마당에 이런……."

이번엔 한별이 고개를 좌우로 내저었다.

"강한별, 내 얘기 잘 들어 봐. 나한테 기막힌 작전이 떠올랐어."

은비가 한별과 걷은 건다 말고 섰다.

"무슨 작전?"

한별도 걸음을 멈추고 그녀를 향해 몸을 틀었다.

"뭐, 강 회장 허락이 없더라도 우린 결혼을 하겠지만, 이왕이면 다홍치마라잖아. 이 작전은 강 회장 허락하에 당당히 결혼할 수 있는 작전."

은비의 눈이 밤하늘의 별처럼 반짝였다.

"그게 뭔까?"

그의 눈빛도 기대에 찼다.

우리 고 대리님의 아이디어라 분명 훌륭할 것이라고 믿

었다.

"중국 고대 사상가인 '노자'가 가라사대, '천하에 물보다 더 부드럽고 약한 것은 없다'고 하셨거든."

그녀가 작전 설명에 앞서 '노자' 이야기를 꺼냈다.

'노자' 이야기가 나오자 한별은 그녀가 상당히 위험한 가정교사였던 그 시절을 떠올렸다.

유독 사탐을 좋아했던 그녀.

특히 사상가들의 이야기가 나오면 리얼한 표정은 자동 동반되었다.

그들이 평생에 걸쳐 고뇌해서 알아낸 지혜들을 이렇게 한 페이지에 다 때려 넣을 수 있냐며, 한 사람당 한 장은 할당했어야 한다나 어쨌다나.

그 모습이 얼마나 진지하고 귀여웠던지.

덕분에 예상외로 윤리 공부가 상당히 재밌긴 했다.

이해도 쏙쏙 잘됐었고.

"그래서?"

도대체 그녀가 무슨 이야기를 할지 흥미로워하며 물었다.

"단단하고 강한 것을 치는 데 물보다 나은 것이 없다. 약한 것이 강한 것을 이기고 부드러운 것이 단단한 것을 이긴다.'고도 말씀하셨지."

"으음… 약한 것이 강한 것을 이기고 부드러운 것이 단단한 것을 이긴다… 멋진데?"

한별이 자신의 팔 사이에 끼어 있는 은비의 머리를 쓰담쓰담했다.

그 매력적인 가정교사가 내 애인이 되었다는 사실이 새삼 신기하다는 생각도 하면서.

"또 '손자'는 '손자병법'에 이런 전술을 기록했어."

"어떤 전술일까나."

"용병은 적의 강점은 피하고 약점을 공격해야 한다."

"약점이라……."

"물이 지형의 변화에 따라 자연스러운 흐름을 만들듯 군대도 적의 상황에 따라 적합한 방법으로 승리의 방법을 변화시켜 나가는 것이니라~"

말을 마친 그녀가 자신의 어깨에 걸친 그의 길쭉한 팔을 들어 겨드랑이를 공격했다.

"악, 간지러워!"

겨드랑이 간지럼 기습공격을 당한 한별이 그녀를 꼭 죄었던 몸을 무장 해제시켰다.

"아주 쉽게 예를 들면, 강한별의 약점은 간지럼인 거지. 큰 무기 없이 너를 이길 수 있는 방법이랄까."

"푸하하… 알겠어. 이제 그만!"

계속된 그녀의 공격에 한별이 항복하고 말았다.

"그렇다면, 고은비의 약점은 내가 잘 아는데."

"어? 뭐? 나 그런 거 없는데?"

이건 은비에게 금시초문이었다.

나한테 무슨 약점이 있었더라?

한별이 그녀의 발가락을 가리켰다.

'향긋한 풋을 위한 미스트'를 꼭 챙겨 다니는 그녀 아니던가.

그가 배시시 웃기 시작했다.

"강한벼얼!"

순간, 민망함과 부끄러움으로 은비의 얼굴이 붉게 물들었다.

발 냄새가 그녀의 가장 예민한 핸디캡이라는 걸 본인도 잠시 잊은 탓이었다.

"아, 어떻게. 너무 웃겨… 내가 말하고도 너무 웃겨……."

그가 꼼지락거리고 있는 그녀의 발을 바라보며 눈에서 눈물이 날 정도로 배를 잡고 웃었다.

"너어~!!!"

은비는 그의 등짝을 흠씬 두들겨 팼다.

한참을 웃고, 맞고 하는 시간을 보내다 보니 방금 갔다 온 곳이 엄숙한 경찰서였다는 사실도 잊었다.

"아무튼, 그래서 생각해 봤는데, 강 회장님의 약점을 내가 찾았거든. 그걸 공략하는 거야. 그래서 노자가 말한 대로 부드러운 것으로 강한 것을 이기는 싸움을 하는 거지."

그녀가 다시 진정하고 그의 팔짱을 딱 끼면서 말했다.

"강 회장의 약점이라……."

한별이 제법 진지한 표정으로 한 번도 해 본 적 없는 생각에 빠졌다.

"내가 알아. 그거."

은비가 그를 바라보며 씩 한쪽 입꼬리를 올렸다.

📂

아침, 점심, 저녁으로 원그룹 회장 사모와 그의 딸이 뉴스의 단골 화제로 등장했다.

알고 보니 그들의 갑질은 은비와 문 기사에 한한 것이 아니었다.

새로운 신고가 매일 봇물 터지듯 나와 사건의 꼬리를 물었고, 사람들의 혀를 차게 했다.

처음에는 나 몰라라 하며 오히려 피해자 코스프레를 했던 그들이었다.

그러나 사건은 쏟아져 나오는 증언과 증거 자료 때문에 점차 죄를 인정하는 방향으로 흘러갔다.

그들의 이야기는 매일 네티즌들의 공분을 샀고, 사람들의 술안주로 꼭꼭 씹혔다.

급기야 경찰서 앞 포토라인에서 두 모녀가 고개를 숙인 모습이 뉴스를 통해 방영되었다.

막 재벌의 대열에 올라선 원그룹의 이미지와 주식도 많이 추락한 상태.

"후우······."

은비가 뉴스 기사를 보다가 한숨을 내쉬었다.

정말 뉴스에서나 보던 이런 일이 자신과 엮였다는 사실에 참 기분이 묘했다.

[고은비 양, 증거 자료 제출해 줘서 너무 고맙습니다. 덕분에 제 증언이 힘을 얻었어요. 그게 없었다면 어쩌면 되레 당할 수도 있었는데… 저도 경찰에 은비 양 납치 정황에 대해 상세히 진술했습니다. 범행 동조 혐의가 있을 수도 있었지만, 은비 양이 준 녹음 파일 때문에 그것도 잘 처리될 것 같아요.]

[다행이에요. 제 납치 사건에 대해 진술해 주셔서 감사합니다. 그것도 용기가 필요한 일이었을 텐데 말이죠. 감사합니다.]

은비는 문 기자의 메시지를 받고 씁쓸한 미소를 지었다.

누군가의 혹독한 희생이 있어야만 밝혀지는 사회의 부조리한 모습들이 참 안타깝다는 생각이 들었다.

유안은 은비가 경찰에 납치 사건을 신고한 이후, 회사에 나오지 않고 있었다.

은비는 후임 없이 물류팀으로 간 것이었고, 유안은 무단결근이 이어지다 보니 기획팀은 팀원이 두 명이나 부재한 상황으로 굉장히 분주하게 돌아가고 있었다.

라임몰 고 시범 운영이 코앞이라 팀장인 한별도 요즘은 아무리 효율적으로 일해도 전처럼 정시 퇴근은 힘들었고, 밤낮 없이 일에 매진하고 있는 중이었다.

'강한별… 그러고 보니 오늘은 코빼기도 안 보였네?'

온종일 정신없이 일하느라 깜박하고 있었는데, 은비도 퇴근 말미에서야 그 생각이 났다.

'오늘은 내가 기획팀 쪽으로 한번 가 볼까?'

덕분에 퇴근 시간에 맞춰 일을 다 끝낸 그녀가 가방을 챙겼다.

그때 은비 눈에 짐을 챙기는 옆자리 차 대리가 눈에 들어왔다.

"차 대리, 약속 있나 봐요?"

평소 차분한 그답지 않게 급히 짐을 챙기는 그의 모습을 보고 물었다.

"아… 네……. 금요일이잖아요. 고 대리님은요?"

그가 좀 당황해하며 대답했다.

게다가 지난번 텐트 사건 때문인지 은비의 얼굴을 똑바로 보지도 못하고 묻는 그였다.

"나도 이제 퇴근하려고요."

은비가 그때 생각 때문에 웃음이 삐져나오는 입술을 한번 쿡 깨물고 대답했다.

"네. 주말 잘 보내세요, 고 대리님."

6시가 되자 그가 후다닥 사무실을 나섰다.

필시 여친 만나러 가는, 막 연애를 시작한 남자 친구의 바른 자세였다.
"차 대리도요."
고 대리가 그의 등에 대고 말했다.
불금을 보내라고 말하려다가, 괜히 어감이 어색해 그만두었다.
애인이 있는 줄 몰랐을 때는 아무렇지 않은 말이었는데. 희한한 일이었다.
"아… 네네. 고 대리님도요."
그제야 그가 뒤를 돌아 은비를 보며 말했다.
암, 나도 활활 타는 금요일을 보내야지!
은비가 짐을 챙겨 본관 기획팀 쪽으로 발걸음을 옮겼.
8년 내내 출퇴근하던 익숙한 길이었다.
출근할 때는 파이팅을 외치면서 걸었지만, 퇴근할 때는 사직서를 품고 걷던 길.
그 길을 오랜만에 다른 목적으로 걸으니 느낌이 새로웠다.
지금은 사랑하는 임을 만나러 가는 길이니까.
"라임몰 고 스페셜 존에 설치할 물건들은 저희 쇼핑몰에서 매진 행렬을 여러 차례 했던 제품 위주로 눈길을 끌어 볼 작정입니다. 첫 번째로는……."
기획팀 창문 너머로 보니, 통유리로 된 회의실 안에서 이 과장님이 기획안을 프레젠테이션 중이었다.

"이 과장님, 이미 매진 행렬을 했던 제품을 이렇게 이중으로 홍보할 필요는 없죠. 상당히 비효율적입니다. 하… 대체 아이디어가 이렇게 없어서 어떻게 제 날짜에 시범 매장을 오픈하겠습니까."

강 팀장이 들고 있던 이 과장의 기획안을 회의실 책상에 탁 내려놓으며 인상을 썼다.

꼭 셔츠는 저렇게 걷고 일하더라?

얼른 만지고 싶다. 그 팔뚝.

은비는 흑심을 품으며 그를 바라보았다.

시선을 옆으로 돌려 보니 기획팀의 네 명의 대리들도 자신의 기획안을 들고 우물쭈물하고 있었다.

"여전하네… 모두들……."

은비는 그들의 입 모양만 보고도 무슨 상황인지 단번에 알아차렸다.

복도에서 회의가 끝나기를 기다리는데, 반가운 얼굴이 등장했다.

"최 대리!"

"고 대리님!"

"지금 퇴근하는 거야?"

"네. 지금 좀 늦어서. 얼른 가 볼게요."

"우리 언제 봐야지."

"그러니까요. 제가 다음 주에 물류팀으로 갈게요. 그때 얘기해요, 고 대리님!"

 빠른 걸음을 걸으며 최 대리가 몸은 앞으로 가면서 고개만 돌려 은비에게 이야기했다.

 강 팀장과 사귀기 전만 해도 금요일 퇴근 후엔 늘 최 대리와 함께였던 은비였다.

 그런데 상황이 이렇게나 많이 바뀌었다.

 "그래. 차 대리 일 등으로 퇴근하더라. 얼른 가 봐-"

 은비는 뭐가 그리 급한지 막 뛰어나가는 최 대리의 뒷모습에 대고 씩 웃으며 혼자 중얼거렸다.

 그때였다.

 "아이고, 이거 누구야. 우리 고 대리 아냐?"

 기획팀 문을 활짝 열고 밖으로 나가려던 이 과장이 아는 척을 했다.

 "잘 지내셨어요, 과장님."

 "에휴… 고 대리 없으니까 뭐… 살맛이 안 나……."

 이거 봐라. 나 괴롭히는 재미에 산 거 백번 맞았다.

 어쨌든 은비의 눈에 띄게 이 과장이 수척해진 건 맞는 것 같았다.

 한별이 여전히 은비와의 거래에 얼마나 충실했는지 알 수 있는 부분이었다.

 "요즘도 출장 많이 가세요?"

 "어… 뭐 2도3촌이야. 2일 도시, 3일 농촌… 후……."

"그래도 건강해 보이시네요."

"그렇지. 자연과 자주 접하다 보니……. 참, 근데 기획팀엔 무슨 일이야? 혹시 나 보러 온 거야?"

어휴, 설마요. 그 징글징글한 얼굴을 내가 왜요!

"아… 그냥 뭐… 지나가다가요. 지금 퇴근하시는 거예요?"

"어? 아니… 강 팀장이 가야 가는데… 아직 저러고 있잖아."

이 과장이 창가를 보며 눈짓으로 힐끗 무언가에 몰두 중인 강 팀장을 가리켰다.

"내 생전에 무슨 죄를 지었기에 저런 상사를 만났는지, 원……. 아침마다 파이팅하자고 마인드 컨트롤을 하고 와도 퇴근할 때면 사직서를 품고 간다니까. 휴……."

"와, 이 과장님 그 심정 제가 충분히 이해합니다."

은비가 고개를 끄덕이며 그를 위로했다.

내 기분이 그랬었거든. 이제 내 심정 알겠어요?

"역시, 내 맘 알아주는 건 고 대리밖에 없어. 우리 휴게실 가서 음료수라도 한잔할까?"

이 과장이 은비를 보니 숨통이 트이는지 반짝이는 눈망울로 이야기했다.

"어, 고 대리. 오랜만입니다."

아침에 잠깐 보고 벌써 퇴근 시간이니 오랜만이지.

때마침, 좀 전까지만 해도 자리에서 서류를 보던 한별이 어느새 문 앞까지 나와 있었다.

"아… 네… 강 팀장님. 잘 지내셨어요?"

아침까진 잘 지내 보였는데, 퇴근까진 어떠셨는지요?

"뭐, 고 대리 없어서 바쁘게 지냅니다. 오늘은 이만 퇴근할 건데. 이 과장님도 할 일 다 하셨으면 퇴근하시죠."

"아… 저는 아직 일이……."

"네. 뭐, 그럼 월요일까지 기획안 다시 제출해 주시고요, 전 이만 가 보겠습니다. 야근은 지양하시고 웬만하면 정시에 일 끝내도록 노력하세요."

"네에……."

이 과장의 음성에 유독 힘이 없었다.

괴롭힐 때는 그렇게 빛나던 총기가 다 어디 갔는지.

은비는 어울리지 않는 이 과장의 모습이 어색할 지경이었다.

"과장님, 저… 저도! 막 나가려는 길이라……. 다음에 봬요!"

은비가 작게 중얼거리며 강한별의 뒤를 따랐다.

"아까 오후에 물류팀 갔었는데, 우리 애기 없어서 못 봤잖아-"

"아……!"

오늘은 모처럼 외곽에 있는 물류 센터로 외근을 나갔다 왔던 은비였다.

한별이 그 타이밍에 왔다 간 모양이었다.

"이렇게 바쁜데 뭐 하러 또 왔어. 매일 안 와도 된다고. 견우와 직녀는 되지 말자. 우리."

아깐 서운해했으면서 괜히 안 그런 척하는 그녀였다.

"아니, 바쁘다고 밥 안 먹고, 바쁘다고 볼일 안 보나? 아무리 바빠도 우리 애기 잘 있는지는 한 번 정도 봐야지. 외근하면 외근한다 왜 얘길 안 했어."

알았다. 알았어.

"미안해."

서운했던 것 취소.

기분 좋은 거로 바꿀게.

"그나저나, 내일이네."

"그러게."

내일은 주말이었다.

동시에 작전 개시일이기도 한 날.

파이팅이 절실히 필요한 시점이었다.

기어코 주말 아침이 찾아왔다.

은비는 한별과 활활 타는 금요일을 보낸 탓에 늦잠이 고팠지만, 몸의 요구와 달리 일찍 눈이 떠져 버렸다.

9년 만에 다시 누군가를 가르치는 날이었다.

그런데 상대는 입시생이 아니라 은비와 한별의 어마어마한 조력자가 될 여섯 살 도련님.

노자와 손자까지 언급하며 세운 그들 작전 속 주인공.

한솔이 말하길 자신의 소원은 다 들어주는 강삼구 아빠라고 하질 않았나-

한애리가 말하길 애와 관련된 일이라면 뭐든 하는 남편이라고 하질 않았나-

측근을 통해 직접적으로 들은 강 회장의 약점은 두말할 것 없이 한솔이었다.

관건은 어떻게 그 아이의 입에서 내 소원이 형과 예쁜 누나가 결혼하는 거라고 말하게 하느냐는 것.

절대 강압과 협박이 있어서는 안 된다.

진심을 얻어야 하느니라.

그것이 이 작전의 성공과 실패를 가리게 되리라.

과연 한솔이가 순순히 두 사람의 편이 되어 줄지 궁금한 날이었다.

"이제 살 것 같네."

그녀는 고급스럽게 내린 커피 대신 냉장고에 한가득한 자양강장제를 하나 꺼내 마시곤, 개운한 표정을 지었다.

'최 대리, 자기 어린 조카들 많잖아. 애들한테 호감을 얻으려면 어

떻게 하면 좋을까?'

'고 대리님, 애들도 예쁜 건 귀신같이 안다. 예쁘고 잘생긴 사람 좋아한다니깐.'

'이것들이… 어릴 때부터……!'

'그리고 먹을 거, 장난감 뭐 이런 거 주는 삼촌, 이모야들이 최고지.'

'으음… 그렇군. 고마워, 최 대리.'

 은비는 어젯밤 통화했던 최 대리와의 대화를 기억하며 슬슬 외출 준비를 했다.

 목욕재계 후 그녀가 평소 열지 않던 서랍을 잡아당겼다.

 이 집에 있는 옷과 액세서리 90퍼센트는 한별의 선물.

 방금 당긴 서랍엔 아주 다양한 스타킹이 빼곡했다.

 "으윽, 변태. 근데 나도 참 무심했네. 이렇게 많이 사다 놨는데, 한 번 신은 적이 없었다니……."

 그중 살색 스타킹을 꺼내 신고 옷장을 열어 가장 화려하고 예뻐 보이는 원피스를 꺼내 입었다.

 그리고 평소 질끈 묶던 머리는 풀어 길게 늘어뜨렸다.

 화장도 평소보다 더 진하게 하고, 입술도 생기가 돋게 빨간 것으로 발랐다.

 귀걸이도 눈에 띌 만큼 반짝이고 예쁜 것으로 골랐다.

 "뭐, 나름 괜찮네."

워낙 꾸미는 데 소질이 없어 평소 대충 편하고 수수하게 하고 다녔던 그녀였다.

그런데 한별이 취향껏 고른 아이템들이 괜찮아서 그런지 오늘은 꽤 괜찮아 보였다.

"우리 한솔이 예쁜 누나랑 그럼 한글 공부 해 볼까요?"

괜히 목소리도 앙증맞게 내 보려고 거울 앞에서 입을 오므려 보았다.

"하… 쉽지 않네."

그러나 평소답지 않은 자신의 모습에 은비는 손이 오그라들 것 같아 연습은 포기했다.

"최대한 자연스럽게 하자고!"

9년 전 한별과의 수업도 그랬었다.

대단한 각오를 하고 만났지만, 첫날부터 바다에 빠진 놈을 구하느라 미리 생각했던 근엄한 과외선생님으로의 자세는 잊고 처음부터 본래의 성격을 다 내보이고 시작했었다.

그런데, 그 매력에 강한별이 빠져들었을 줄이야.

강한솔! 너라고 뭐 별다르겠어. 그 형에 그 동생이겠지!

방으로 들어간 그녀가 가방을 챙겨 드디어 빌라 밖으로 나왔다.

날씨도 좋고, 나름 예쁘게 꾸미고 나와서인지 상쾌한 기분마저 들었다.

은비는 베이커리에 들러 한별과 아침으로 먹을 빵 몇 가지를 사 버스에 올랐다.

창밖으로 보이는 주말 아침 한가로운 서울 풍경이 참 좋았다.

서울에 있는 맛집, 명소들을 찾아다니는 것이 꿈이었던 그녀는 이제 제법 서울의 여러 곳에 발자국을 찍었다.

강한별 덕분이었다.

그것은 또한 그만큼 그와 함께한 날들이 늘어 갔다는 뜻이기도 했다.

그러나 아직 더 가 볼 곳이 많아 계속 설레는 중이라는 뜻이기도 했다.

버스는 얼마 가지 않아 한별의 집 근처에 섰다.

"아, 맞다! 그게 있었지!"

한별의 집 앞에 선 은비가 초인종을 누르려다 말고, 지갑 속에 들어 있는 카드 키를 빼 들었다.

입출입이 자유로운 집주인 여자 친구의 특권을 누릴 수 있는 순간이 찾아왔다.

띠리리링- 철컥!

또각또각.

의상에 맞춰 힐까지 신은 그녀가 언제 걸어도 기분 좋은 그의 정원 돌계단을 올랐다.

'여름이 다 지나도록 수영장에는 못 들어가 봤네⋯⋯.'

은비는 집 왼쪽 옆에 자리한 수영장을 아쉬움이 가득한 눈빛으로 힐끗 보며 지나갔다.

그녀가 카드 키를 또 한 번 대고 한별의 집 현관문을 열었다.

'아직 자고 있나?'

신발을 벗고 들어가려는데 집 안에 매우 고요한 기운이 감돌았다.

은비가 부스럭대는 빵 봉지를 다이닝룸 테이블에 올린 다음, 한별의 방으로 향했다.

그런데 그곳에 한별의 모습이 보이지 않았다.

커다랗고 하얀 구름 덩이 같은 이불만 덩그러니.

필시, 그 구름 안에 숨어 자고 있을 터였다.

폭신폭신한 게 아주 꿀잠을 자고 있겠지!

그녀도 그 이부자리를 경험해 보았던 터라 잘 알고 있었다.

은비가 시간을 확인해 보니 한솔이가 오기까지는 한 시간이 남았다.

아- 그 폭신폭신한 구름 안에 함께 들어가고 싶다.

그 생각을 행동으로 옮기려는 찰나, 그녀가 한별의 침대 앞에서 멈칫했다.

으음…….

입고 있는 원피스가 마음에 걸렸다.

아무래도 구겨질 것 같았다.

중요한 날인데 구김 간 옷을 입고 갈 수는 없었다.

요즘은 애들도 얼마나 귀신같이 예쁜 것만 찾는지, 원-

"강한벼-얼."

시간도 얼마 없는데 그를 깨워 아침이나 먹어야겠다는 생각으로 한별을 불렀다.

느릿느릿 움직이는 구름 속에서 한별의 얼굴이 배꼼 보였다.

부스스한 머리, 다 뜨지 못한 눈이 더 자고 싶어 하는 그의 현재 상황을 잘 말해 주었다.

그러나 반쯤 감기고, 반쯤 떠 있는 한별의 눈이 은비를 향하더니 서서히 눈꺼풀이 위로 올라가 커다랗고 깊은 눈동자를 드러냈다.

"고은비?!"

"일어나. 얼른 씻고 준비해야지."

아직 눈곱이 낀 탓인지 그가 몽롱한 가운데, 눈꺼풀 사이로 보이는 은비의 모습이 너무나 섹시해 잠은 깼고 정신은 아찔해졌다.

"아니, 내가 데리러 가려고 했는데, 왜 이렇게 일찍 왔어."

"중요한 날이잖아."

"아무래도 취소해야 할 것 같은데."

"뭐어?"

기껏 주말 아침 늦잠을 반납하고 부지런히 꾸미고 왔더니, 이건 뭔 소리?

"더 자고 싶구나?"

"그런 거 아니야."

"아니긴, 어쨌든 안 돼. 얼른 일어나 봐. 아침도 먹고 한솔이 맞을 준비도 해야지."

"그런 거 아니래도."

근데, 부스스한 가운데도 이렇게 잘생길 수 있는 건지. 은비는 오늘따라 그의 모습이 또 낯설도록 잘생겨 보여 마음이 설레었다.

"그럼 왜?"

"너무 예쁘잖아."

그의 말에 은비가 자신의 모습을 아래로 내려다보았다.

"나? 오늘 한솔이 만난다고 신경 좀 썼지. 꾸미니까 또 다르지?"

"나 만날 때는 그냥 만나더니, 진짜 이거 반칙이다."

"뭐가 또?"

그가 은비의 스타킹을 가리켰다.

그녀가 눈을 찡그렸다.

"그냥 다 취소하고 종일 안고 있자."

한별의 마음은 진심이었다.

"40분밖에 안 남았어. 이제."

하… 나도 그러고 싶지만…….

"얼른 일어……."

그때였다.

[은비 양, 한솔이 준비가 늦어져서 한 시간 정도 늦을 것 같아요. 미안-]

이렇게 반가운 소식이 또 있을까.

메시지를 받은 은비가 배시시 웃었다.

[네. 조심히 오세요.]

그녀가 답장을 보낸 다음 한별이가 타고 있는 구름 속으로 퐁당 뛰어들었다.

원피스가 구겨지지 않게 최대한 반듯하게.

그가 그런 그녀를 두 팔 벌려 맞이했다.

"밤새 잘 있었어?"

그가 그녀의 귀에 얼굴을 묻고 물었다.

"괜히 긴장돼서 일찍 눈이 떠지더라고."

"그럼, 우리 은비 피곤하겠네."

"좀만 더 안고 있다가 내가 커피 타 줄게."

"아… 이렇게 누워 있으니까 너무 좋다."

"아침은 먹었어?"

"아니, 강 팀장이랑 같이 먹으려고 샌드위치 사 왔지."

"진짜? 이런 센스쟁이."

"아, 좋다. 포근해."

이불 속에서 꼭 안고 나누는 사랑의 밀어가 두 사람의 달콤한 아침의 시작을 알렸다.

구름이 아니었나 보다.
솜사탕이었나 보다.

띵동.
현관문을 열자 한껏 꾸민 한애리와 그의 손을 잡고 있는 강한솔이 등장했다.
"오셨어요. 안녕! 한솔-"
은비가 두 사람을 맞이했다.
한별은 입구에 이어져 있는 복도 쪽에 몸을 삐딱하게 세우고 있었다.
"어머, 여기가 한별 군 집이구나. 좋네."
신을 벗으며 한애리가 재빨리 눈동자를 굴리며 집 안을 살폈다.
한솔은 이 집이 낯선지 집에서처럼 정신없이 굴지 않았다.
은비를 보고도 본척만척.
한별을 보고도 본척만척.
"한솔아, 안녕! 나 기억나지? 지난번에 한솔이 집에서 봤었잖아."
그때 나 좋아했었잖아!
은비는 최대한 방끗 웃으며 한솔이를 바라보았다.
"아니. 생각 안 나는데."
"어? 진짜?"

뭐야, 이 반응?

초콜릿 먹은 거 기억 못 하면 정말 치사한데!

"엄마- 나 집에 갈래."

급기야 한솔이 엄마 손을 잡아끌었다.

헉! 뭐지. 이게 아닌데?

'꾸며도 너무 꾸몄나. 딴 사람 같게. 아이…….'

예상치 못한 예비 꼬마 도련님의 반응에 은비가 진땀을 뺐다.

"강한솔-"

그때, 한별이 묵직한 목소리로 한솔을 불렀다.

그는 애리와 한솔이 자신의 집에 발을 딛게 하는 게 사실 썩 유쾌한 일은 아니었다.

아마 은비를 만나기 전이었으면 이런 일은 상상도 할 수 없었을 일이었다.

그러나 엄마의 부재로 인한 마음의 빈자리, 늘 마음을 짓눌렀던 아버지에 대한 혐오가 그녀의 사랑으로 인해 많이 채워지고 누그러진 상태였다.

그래서 오늘의 상황도 가능한 것이었다.

'난 한솔이가 좀 애잔하게 느껴져……. 뭐, 완전 오지랖이긴 한데… 지금이야 애가 어리고 부인이 젊고 그러니까 회장님의 혼이 쏙 빠졌지만, 사람은 변하기 마련이고… 강 회장님은 특히 그런 부분에

약한 분이시니까… 또 혹시라도… 모를 일이지. 게다가 나중에 아빠가 어떤 사람인지 알면…….'

지난밤 사랑을 나누고 나서 서로에 대해 이야기하며 은비가 했던 말이었다.

그 이야기를 듣고 보니 그랬다.

사람 속이 뭐 그리 쉽게 변하겠나.

언젠가 또 한애리가 아버지에게 버려진다면, 한솔이도 자신과 같은 아픔을 겪으며 살아가야 할지도 모른다.

차라리 강 회장이 그냥 변한 거면 좋겠네. 더는 어린애한테 못할 짓은 말아야지.

한별은 한솔을 생각하니 마음이 찌르르한 기분이 들었다.

또한 모든 사람이 변하기 마련이라면 자신은 아버지와 반대로 한 여자를 어제보다 오늘, 오늘보다 내일 더 사랑하는 쪽으로 변하리라 다짐했던 지난밤이기도 했다.

언제나 결론은 최대한 은비를 모든 사람에게 축복받는 신부로 만들기 위해 미션을 성공해야 하다는 것.

"강한솔-"

한솔이 한별의 목소리를 듣고 엄마 다리 뒤로 몸을 숨기며 눈을 위로 뜨고 그를 힐끔 쳐다보았다.

사생활 노출을 극도로 싫어하는 강 회장 때문에 유치원 하원 후에는 집에서만 놀던 한솔이었다.

뭐, 그래도 넓은 정원에 놀이터도 있고, 놀이방도 키즈 카페보다 훨씬 높은 수준이었으니 다른 곳이 필요하지도 않았다.

어쨌든 그래서 자기 집이 아닌 다른 집은 한솔이에게 너무도 낯선 세상이었다.

그래서 괜히 긴장된 마음에 은비와 한별이의 얼굴도 알아보지 못한 것.

일단 은비와 함께 맛있는 걸 먹으며 긴장을 풀려고 했던 첫 번째 계획은 무산되고, 한별이 등판하기로 한 두 번째 작전으로 바로 넘어갔다.

"아저씨 형 집에 티라노사우르스 있다."

한별이 그에게 굵고 짧은 한마디를 던졌다.

그러자 한솔의 눈빛이 급 달라졌다.

엄마 다리를 붙잡은 손을 놓고, 우뚝 서서 한별의 눈을 뚫어지게 쳐다보았다.

아마도 다음 말을 기대하는 듯했다.

"트리케라톱스, 스테고사우르스도 있지."

이제 한솔이 엄마에게서 한 발짝 떨어졌다.

"파키케팔로랑 펜타케라랑 스피노는?"

질문까지 던졌다.

"당연히 있지."

형님이 좀 철저해야 말이지. 지난번에 니 취향 다 파악해서 준비해 놨다!

"진짜야?"

"어. 심지어 티라노 쿵쿵이랑 베이플레이드 팽이도 있어."

"우와."

사실, 이거 한솔이 집에 다 있는 장난감들이었다. 시즌별로 유행하는 장난감들은 다 사다 대령하는 강 회장이었으니까.

근데도 낯선 집에 그것이 있다고 하니 반가운 친구를 만난 듯이 정말 좋아하는 꼬마 한솔이었다.

"아저씨 형 따라와 봐."

그가 흥분한 듯 허공에 발차기하며 한별을 따라갔다.

애리가 그 모습을 흐뭇하게 바라보았다.

엄마는 다른 형제지만, 그녀에게 그건 중요하지 않았다.

그저 한솔이가 좋아하면 그게 다였다.

한별의 집에는 그의 침실 안쪽에 비밀의 방이 있었다.

책장을 밀면 나오는 방.

전에 유안이 한별의 집에 무작정 찾아와 그들의 밤을 방해했을 때, 은비가 은신해 있던 곳이기도 했다.

그곳엔 온갖 피규어가 가득했다.

무척 아끼는 피규어들이 많아 누군가가 손대는 것조차 질색하는 그였지만, 큰마음 먹고 한솔을 이곳에 데려갈 작정이었다.

사실, 이번 작전을 꾸미며 공룡 피규어까지 입고한 상태.

그 무엇보다 은비와의 결혼이 가장 중요하니까, 시원하게 오픈할 생각이었다.

"아무래도 한솔이가 좀 낯선가 봐요. 일단, 서로 친해지는 시간을 먼저 가져야 할 것 같은데요?"

은비가 애리를 다이닝룸으로 안내하며 말을 붙였다.

"아무래도 한솔이가 밖에 잘 안 다니다 보니까……."

애리가 입술을 꾹 깨물며 대답했다.

"두세 번 오다 보면 적응될 거예요. 애들이 어른보다 적응력이 훨씬 빠르다고 그러더라고요."

은비가 말하자, 애리가 그제야 미소를 지었다.

"음… 사모님, 회장님은 계속 저를 좀 탐탁지 않게 생각하시죠?"

한별이 한솔이와 함께 있는 시간이 생각보다 길어지자, 은비가 차를 한잔 내오며 애리와의 대화를 시도했다.

"그러게요. 그나마 원그룹 사건이 터지고 요즘 한별 군과 유안과의 결혼 얘기는 쏙 들어갔어요. 그래도 도통 속을 알 수 없는 양반이라……."

은비는 강 회장 이야기를 꺼내는 애리의 목소리가 지난번보다 좀 어둡다는 것을 느꼈다.

"오늘 여기 오시는 거에 대해서는 뭐라고 안 하셨어요?"

"응… 한솔이가 누나 좋다고 하고, 나도 자꾸 얘기하고 그러니까. 뭐, 그리고 은비 씨 능력이야 한별 군 가르칠 때부터 해서 회장님이 누구보다 더 잘 아시니까. 굳이 말리지는 않았어요."

"아… 근데… 요즘 사모님이랑 회장님은 어떠세요?"

회장님에 관해 이야기하는 애리의 표정이 이상하게 전과 같지 않아 은비가 슬쩍 물어보았다.

"그때 뵈니까 회장님이 사모님 엄청 아끼고 그러시는 게 눈에 보이던데요. 강 팀장님도 많이 놀랐다고 하더라고요. 그런 분이 아닌데 변했다며……."

"맞아. 우리 회장님 많이 변했어."

애리가 앞에 놓인 찻잔을 들어 한 모금 마신 다음 그것을 내려놓으며 의자 등받이에 몸을 기댔다.

"우리가 만난 지가 벌써 6년째이긴 한데… 그때랑 달라도 너무 달라졌지. 오십 대에서 육십 대로 넘어가니까 일단 체력이… 어휴……."

"네?"

은비가 말한 게 그 뜻이 아닌데, 오히려 이야기가 다른 방향으로 흘러갔다.

정방향이 아닌 아예 반대 방향.

"한솔이 좋다는 거 다 사 주면 뭐 해. 정원 놀이터에서 놀아 줄 때도 그네 한번 태워 주는 게 뭐 힘들다고 금방 지친다니까. 이제 늙어서 부인이랑 자식 위하는 마음은 더 애틋한 것 같긴 한데, 그럼 뭐 하냐고……."

"아……."

"아무리 몸에 좋다는 거 다 사다 먹여 봐도 소용이 하~나 없어. 진짜 허무해. 거기에 돈 쓴 것만 해도 말도 못 한다구."

그때 보니 아직도 서슬이 시퍼렇던데… 잘못 봤나?

"그래서 나, 은비 씨한테 이런 이야기 하기 좀 그렇지만, 어디 얘기할 데도 없고 말이에요. 요즘 밤마다 너무 외롭다니까."

"……!"

헐, 그게 아니구나!

한애리는 슬쩍 눈물까지 훔쳤다.

난감한 주제에 은비는 뭐라 대꾸할 말을 찾기 어려웠다.

그 시각 한별은 한솔과 밀담 중이었다.

"아저씨 형이 이제 엄청난 걸 보여 줄 거야."

한별의 말에 한솔이는 기대감에 기분이 날아갈 것 같았다.

"그니까, 아저씨 형 말 잘 들어 봐."

"어."

"'어' 말고 '네'."

"넵, 아저씨 형."

"이제 아저씨 형 말고 형님."

"형-님."

"차렷, 열중쉬어, 차렷. 준비됐나, 강한솔."

"넵! 형님!"

"크게 외친다. '열려라 참깨!'"
"열려라 참깨!"
한솔이 말하는 동시에 발을 동동 굴렀다.
너무 기대되어 못 견디겠다는 듯.
드디어 한별이 책장을 쓱 밀었다.
"우와!"
비밀의 방에 들어온 한솔이 폴짝폴짝 뛰었다.
　책장 뒤에 방이 있다는 것도 신기한데, 그 안에 온갖 로봇과 자동차 그리고 티브이에서 보던 캐릭터와 공룡 피규어들이 멋진 장식장에 빼곡히 전시되어 있다니 이곳은 별천지였다.
　한솔은 벌린 입을 다물 줄 몰랐다.
"이쪽에 있는 건 형님이 직접 만들고 색칠까지 한 거야. 세상에 하나밖에 없는 것들."
　한별이 건담 프라모델을 가리키며 말했다.
"우와."
한솔이는 태어나 이렇게 멋진 로봇은 처음 보았다.
이건 그의 집에도 없는 완전 새로운 종류의 로봇이었다.
이곳은 완전 신세계였다.
　방방 뛰어 다니며 손가락으로 아는 장난감들의 이름을 부르며 신이 났다.
"강한솔- 강한솔-"

한별이 다시 그를 불렀다.

한솔은 장난감을 보느라 대답할 정신도 잃어버렸다.

"대답해야지."

"넵! 형-님."

여러 번 불러야 들리는지 그제야 대답을 하는 아이였다.

"여기 앉아 봐. 이거 들고."

한별은 A4용지 하나를 들고 한솔이 앞에 두고 연필을 그에게 건넸다.

"형님이 쓰는 거 잘 따라 쓰면… 아니 따라 그리면 이 중에서 마음에 드는 거 하나 준다."

"우와! 진짜?"

"그럼! 거짓말이 세상에서 제일 나쁜 거 알지?"

"응!"

"응 말고 네."

"네!"

"형님은 좋은 사람이라 거짓말 안 해."

"히히힛."

"잘 들어 봐. 티-라-노-사-우-르-스."

"푸하하! 이거 내가 제일 좋아하는 공룡이야."

한솔은 신이 나서 한별이 적어 준 글씨를 따라 적었다.

이 공룡은 받침이 없고 자음, 모음이 쉬워 재밌게 한글을 가르치기 좋겠다는 생각이 든 한별과 은비의 아이디어였다.

"또! 또 쓸래!"

"진짜? 그럼 이번에는 이거 한번 써 보자. '똥' 글자가 되게 웃기게 생겼거든."

"하하하하하!"

한솔이가 한별이가 쓴 글자를 보자마자 배꼽을 잡고 웃기 시작했다.

한별도 그런 한솔을 보니 피식 웃음이 새어 나왔다.

9년 전 은비가 자신에게 먼저 흥미를 끌고 재밌게 공부를 가르쳐 줬듯 한별이도 한솔이의 눈높이에 맞춰 한글을 가르치고 있었다.

비밀의 방에선 생각보다 화기애애하고 유익한 시간들이 흐르고 있었다.

은비와 이야기된 2단계는 여기까지였고, 성과는 상당했다.

"참, 이건 형님이 참고로 말하는 건데, 나중에 형님이랑 아까 봤던 예쁜 누님이 결혼을 하면, 형님이 기분이 참 좋아서 여기 있는 거 한솔이 다 줄 거야."

노자, 순자 다 제친 강한별만의 필살기가 펼쳐졌다.

일명 꼬시기.

"우하! 히힛! 으하핫!"

"근데 강삼구 아빠가 자꾸 결혼하지 말라네? 뭐, 그렇다고."

그 말에 한솔이 눈이 사뭇 진지해졌다.

이 무슨 아니 될 말씀인가!

이 신세계를 목전에 두고 안녕해야 하는가.

"아무튼, 이건 한솔이랑 형님만 아는 비밀이야. 알겠지?"

"넵! 형님!"

한별은 살짝 속이 쓰렸지만 - 그에게도 엄청난 물건이었기에 - 호언장담을 해 버렸다.

다시 방을 둘러본 한솔이는 난리가 났다.

이미 이 모든 것이 자기 것인 양 마음이 아주 부자가 되었다.

완전 기분 최고!

한솔이는 방을 박차고 나가 엄마에게로 향했다.

"엄마! 형님이랑 누님이랑 결혼시켜 줘!"

갑자기 튀어나와 신이 나서 한솔이 내뱉는 말에 한애리와 은비는 어안이 벙벙했다.

은비는 한솔을 따라 나온 한별을 보며 눈을 크게 떴다.

2단계 성공?

와, 이거 빨라도 너무 빠른 성공인데?

게다가 바로 결혼 얘기까지?

강한별 대체 한솔이를 어떻게 구워삶은 거야?

"한솔아, 갑자기 그게 무슨 소리야?"

"아, 그게… 그냥! 그냥 내 소원이야! 엄마~"

글자도 아직 잘 모르는 여섯 살이지만, 비밀이 뭔지는 아는 꼬마 한솔이었다.

📂

"고 대리님, 여기."

오랜만에 휴게실에서 만난 최 대리가 은비에게 흰 봉투를 건넸다.

"뭐야? 이게? 사이즈가 돈 봉투는 아니고… 뭐지?"

"아이, 한번 열어 보세요."

은비가 심상치 않은 봉투를 돌려 앞면부터 살폈다.

발신인 주소 쪽에 차준영, 최지원 두 사람의 이름이 적혀 있었다.

설마?

"인생 종결? 항상 인내하고 희생하며 두 사람이 결실을 맺으며 살겠습니다아? 어머! 이거 뭐야?"

"저 결혼해요, 고 대리님."

이 커플은 가는 길이 아우토반이었다.

속도 제한이 없다.

"와, 축하해! 최 대리."

"다 고 대리님 덕분이에요. 꼭 오셔야 해요. 그리고 부탁도 있어요."

"으응? 부탁?"

"부케요. 고 대리님이 받아 주세요."

"부케를? 우와, 나야 영광이지, 최 대리."

은비가 최 대리를 보고 환하게 웃었다.

기획팀 같으면 월요일부터 밀려드는 업무 때문에 목이 뻣뻣해지도록 일만 했겠지만, 물류팀에서 은비가 할 일은 많지 않았다.

일을 즐기는 그녀로서는 좀 심심한 상황.

그때 한별에게 메시지가 도착했다.

[고 대리, 얼굴 봅시다. 별관 옥상으로-]

얼굴만 잠깐 보고 올까?

[조아염.]

얼굴 안 보인다고 만나면 괜히 닭살 돋아 못 하는 애교를 메시지에서나마 부려 보았다.

은비의 회신을 본 한별이 히죽거리며 들고 있던 볼펜을 탁 내려놓고 자리를 박찼다.

매일 물류팀에 가서 고 대리 볼 일 있다고 말하는 것도 어째 눈치가 좀 이상하고, 동료들이랑 점심도 좀 먹어야 한다는 은비의 이야기 때문에 이제 이렇게 몰래 만나야 하는 처지였지만 그래도 좋았다.

"고 대리!"

"강 팀장님!"

별관 옥상을 앞두고 비상계단에서 조우한 두 사람.

몹시 반갑지만 작은 목소리로 서로를 불렀다.

강 팀장이 한 손에 든 커피를 들어 보였다.

"고 대리 거……."

"안 그래도 지금 완전 커피 확 당겼는데."

"옥상 가서 마시자."

"네."

그가 별관 옥상 철문을 살짝 열고 빠끔히 옥상을 내다보고 나서는 화들짝 놀라 뒷걸음을 쳤다.

"왜 그래요?"

은비가 작은 소리로 물었다.

그러자 강 팀장은 쉿 표시를 하고 아래로 내려가자는 손짓을 했다.

"뭔데?"

궁금한 거 못 참는 거 몰라서 이래?

은비가 팔을 붙잡고 내려가자는 강 팀장의 손을 뿌리치고 기어코 옥상 풍경을 바라보곤 역시나 입을 막고 내려왔다.

그제야 아까 차 대리의 자리가 비어 있었던 것을 기억해 냈다.

자리가 비었던 이유가 최 대리랑 옥상 키스 때문이라니.

차 대리 자리 빌 때마다 상상돼서 어떡해!

"우리는 여기서 즐겨야겠는데?"

강 팀장이 몇 층을 내려온 비상계단에서 은비에게 커피

를 건넸다.

  작은 창 하나가 배경의 다였지만, 두 사람은 괜찮았다.

"오늘 일은 어때요? 할 만해요?"

  강 팀장이 먼저 은비에게 물었다.

  아무래도 물류팀 일이 오랫동안 해 왔던 일과 다르기 때문에 어려움은 없는지 늘 궁금했다.

"뭐, 사실 좀 그래요. 없는 자리 만들어서 온 거니까 일의 정체성도 좀 뚜렷하지 않고 일이 많지도 않고. 이렇게 편하게 다녀도 되나 싶게… 좀……. 강 팀장님은요? 바쁘죠? 많이?"

"다음 주면 라임몰 고 시범 매장 오픈이잖아요. 신경 쓸 일이 많네."

"그렇겠네요… 긴장도 많이 되겠고……. 그래도 뭐, 강 팀장님이 하는 일이니까 잘될 거야."

"아, 참. 이 과장님은 아예 라임몰 고 매장으로 보내 버릴까 봐. 그쪽 일에 더 맞을 것도 같고. 유안이는 뭐, 잠정 퇴사 처리된 상황이고……. 그렇게 되면 은비를 다시 데리고 올 수도 있을 것 같아."

"와, 듣던 중 반가운 소리네. 안 그래도 사사로운 감정 때문에 이동된 인사라 자꾸 나한테 안 맞는 옷 같은 생각이 들었거든. 팀원들은 정말 너무 좋지만… 괜히 민망하기도 하고……."

"좀 더 적극적으로 추진해 볼게요. 아무래도 고 대리가 있는 게 우리 기획팀으로서는 플러스니까."

한별의 말에 은비가 씩 웃었다.

"그리고 나에게도."

말을 이은 그가 음흉한 눈빛을 보냈다.

가까이 두고 뭐 하려고? 응?

은비가 말하지 않아도 그의 말뜻이 무언지 알겠다는 듯 그를 흘겨보았다.

"아, 참. 다음 주에 매장 오픈식 끝나면 우리 제주도 한번 갔다 오자. 어머님이랑 할머님 많이 놀라셨을 것 같은데. 얼굴도 뵙고, 인사도 드리고."

"음… 그럴까? 알겠어요. 엄마한테 얘기해 놓을게요."

"이런 얘기 자꾸 내가 먼저 해서 서운해. 왜 이 사람이 내 남편 될 사람이다 소개하러 가자고 얘기를 안 하는 겁니까, 고 대리."

"아니… 그러려고 그런 게 아니라 바빴잖아……. 우리가… 좀 바빴냐고요"

나도 막 자랑하고 싶고 그래…….

이 멋진 놈, 강한별이 내 애인이다. 사람들에게 얘기하고 싶다고…….

그리고 우리는 언제쯤 결혼할 수 있을지 궁금하다고…….

최 대리처럼 청첩장을 찍을 날이 오긴 할까?

"그니까… 이번에 좀 쉬다 오자. 우리 정말 너무 바빴다."

"아, 참. 주말은 안 될 텐데?"
"왜?"
"잊었어요? 한솔이?"
"아, 맞다. 그렇다면… 출장으로 가지, 뭐. 주중에."
아니, 계획에도 없던 출장이 어디서 튀어나오는 거야?
팀장님 마음에서?

15장. 예고 없는 이벤트로 가득한 인생

 형님네 집에 다녀온 한솔이 집에 돌아와 자신의 방 책상 앞에 앉았다.
 그리고 한참을 나오지 않았다.
 평소에 안 하던 짓이었다.
 책상 앞에 앉는 건 거의 없었을뿐더러 혼자 가만히 저렇게 앉아 있는 아이가 아니었다.
 1분이 멀다고 나와 놀아 달라고 떼쓰던 아이였으니까.
 주말 저녁 식사 시간이 되도록 방에서 꼼짝 않고 있는 한솔을 방문 사이로 빠끔 쳐다보던 강삼구의 눈이 휘둥그레졌다.
 주말마다 자신의 체력을 아주 쏙 빼놓던 늦둥이 녀석이 저러고 있으니 몸은 편하면서도 도대체 무슨 일인지 의아했다.

강삼구가 턱을 들고 한솔이 책상 앞에서 뭘 하고 있는지 보려고 애썼다.

언뜻 보니 커다란 스케치북에 색연필로 무언가를 끼적이는 한솔의 모습이 보였다.

'한솔이를 저렇게 하루아침에 바꿔 놓다니… 역시 고 선생은 타고난 선생일세. 대단해…….'

강삼구는 은비의 교수 능력에 감탄하며 슬쩍 거실로 나왔다.

그의 얼굴엔 미소가 폈고, 마음은 참 흐뭇했다.

사실, 한솔은 스케치북 위에 그림을 그리고 있었다.

아직 한글을 잘 모르는 그였기에 스케치북에는 온갖 그림이 가득했다.

형님네 집 비밀의 방에서 본 장난감들을 기억나는 대로 어설프게 그리는 중이었다.

생각만 해도 흥분되는 그 장난감들이 마음속을 떠나지 않았기 때문이었다.

장난감들을 잔뜩 그린 한솔이 스케치북 한 장을 넘겨 자신이 제일 좋아하는 공룡인 티라노를 그리고 아까 형님이랑 썼던 종이를 꺼내 글씨를 따라 쓰기 시작했다.

다음 주말까지 안 보고 이 글자를 쓰면 형님이 좋은 상을 준다고 했겠다-

때마침 그 타이밍에 강삼구가 한솔의 방을 엿봤던 것.

'티라노사우르스'를 다 쓰고 난 한솔이 곰곰이 생각에 잠겼다.

아무래도 작전이 필요할 것 같았다.

형님과 예쁜 누나를 결혼시킬 작전.

갑자기 무언가 생각난 듯 장난감 서랍 하나를 급히 뒤져 보던 그가 네모난 무언가를 잔뜩 손에 쥐고 넣었다 뺐다를 반복하더니 결국 결심했다는 듯 진지한 표정으로 그것을 주머니에 넣었다.

"한솔아, 저녁 먹자."

강삼구가 다시 한솔의 방을 찾았다.

"아빠!"

그는 강삼구를 보자마자 기다렸다는 듯 그에게 다가가 안겼다.

"아구, 귀여운 내 새끼."

강삼구는 눈에 넣어도 아프지 않을 한솔이를 꼭 안았다 내려놓았다.

안고 거실까지 가고 싶었으나, 여섯 살이 된 한솔이는 이제 제법 무거웠다.

손을 잡고 다이닝룸으로 향하는 두 사람이었다.

"아빠-"

한솔이 다시 강삼구를 불렀다.

"응? 우리 한솔이 아빠한테 하고 싶은 얘기 있어?"

"응."

고개를 크게 몇 번이고 끄덕이는 한솔이었다.

강삼구가 몸을 구부려 그와 눈을 맞췄다.

"무슨 얘기?"

"있잖아. 내 소원 들어줘."

다짜고짜 소원 타령.

"응? 소원? 뭔데? 말만 해. 이 아빠가 뭐든 다……."

"형님이랑 예쁜 누나 결혼시켜 주세요!"

"어?"

강삼구가 예상치 못한 한솔의 말에 당황했다.

아빠의 표정을 보니 역시 이렇게 말로는 쉽지 않겠다는 생각을 한 한솔이 주머니에 손을 찔렀다.

포기란 없다.

될 때까지 한다.

야심차게 준비한 플랜B를 실행 중이었다.

한솔이에게 이번 계획은 통하리라는 강한 믿음이 있었다.

어른들이 이거로 뭐든지 샀으니까.

심지어 이건 자신이 가장 아끼는 거니까.

"이거로 소원 살게요."

이건 또 무슨 소리?

한솔이 주머니에서 네모난 것을 꺼내 내밀었다.

그것의 정체는 이랬다.

포켓몬 카드.

📂

언제나 함께하는 주말은 짧았고, 월요일은 재빨리 찾아왔다.

평소 다른 건물, 다른 팀에서 일하는 한별과 은비였지만, 오늘은 달랐다.

[고 대리, 우리는 오늘 라임몰 고에서 서로에게 줄 선물 하나씩 골라 보는 게 어떨까요.]

같은 공간이지만 멀찌감치 떨어져 있는 한별이 은비에게 메시지를 보냈다.

[그럴까욤?]

한별의 메시지를 보고 재밌는 미션이라도 수행받은 듯 그녀의 마음이 두근거렸다.

그러고 보니 늘 그에게 받기만 했지 자신이 번듯한 선물 한 번 한 기억이 별로 없어 이참에 잘됐다 싶었다.

이곳은 '라임몰 고' 시범 매장 앞 임시 부스였다.

강 팀장이 반년을 공들여 만든 국내 최초로 AI 기술이 탑재된 계산대 없는 대규모 미래형 마트가 드디어 오픈식을 앞두고 있는 상황.

'라임몰 고'는 전용 앱을 켠 후, 쓱 둘러보고 필요한 것을 가지고 나가면 바로 모바일로 결제가 되는 시스템인 '포레스트 고'와 같은 방식을 갖춘 곳이다.

일반인 고객에게 오픈 전, 사내 오픈 행사 참석에 신청한 라임몰 직원 중 100명을 선발해 시범 매장에서 쇼핑을 경험해 보는 이벤트가 열리는 날이었다.

프레스 존에는 벌써 각종 언론사들에서 나온 기자들로 가득한 상태.

"강 팀장님, 이렇게 보니 더 대박이다. 왜 이렇게 잘생겼어?"

"그니까. 듣던 대로 얼굴 천재네."

"자기관리 철저한 거 봐 봐. 저 균형 잡힌 몸하며······."

"심지어 이거 만든 거 봐. 능력도 쩐다."

"이유안이랑 쫑 났으니까 다시 기회가 있을까?"

"와- 근데, 그거 이유안 혼자 북치고 장구 치고 한 거라더라··· 진짜 웃겨."

"진짜? 완전 헐이네. 둘이 좋아했다면 모를까 어디 갑질 그룹 주제에······. 우리 팀장님까지 이미지 훅 갈 뻔했네."

"그니까, 재벌 3세도 나름이지 원그룹은 진짜 아니다."

'라임몰 고'를 기획하고 총괄한 강 팀장이 인사말을 하러 단상에 올라가니 처음 보는 다른 부서 직원들 소리가 은비의 귀에 꽂혔다.

'원그룹도 안 될 말씀이긴 하지만, 일개 평사원이랑 결혼

한다면 또 물고 뜯고 난리 나겠네……. 아무튼 저 남자 내 남자라구……!'

그녀는 선발된 라임몰 직원 100중 한 명으로 끼여 먼발치에서 그를 보며 사람들이 탐내는 저 남자가 내 남자라는 사실이 믿기지 않으면서도 뿌듯한 느낌이 들었다.

"그럼 오픈 행사를 시작하겠습니다."

사회자의 말이 끝나자마자 진행 요원의 안내에 따라 100명의 직원들이 '라임몰 고'에 발을 디뎠다. 기자들도 그들을 따라 흩어져 움직였다.

'라임몰 고'의 상품들은 아직 국내에 첫 론칭을 앞두고 있는 '브랜드' 제품들이 많아 직원들의 눈을 사로잡았다.

특히나 인테리어 감각이 뛰어난 강 팀장이 하나하나 세세하게 지시하고 컨펌해 꾸민 매장 인테리어는 사람들의 감탄을 불러일으켰다.

한껏 감각적이고 모던한 인테리어 덕분에 직원들도 즐거운 마음으로 쇼핑을 할 수 있었다.

이 모든 것이 국내외를 오가며 '라임몰 고'에 총력을 기울인 강 팀장의 노고로 이루어진 것이었다.

'여기에 완전 꽂혀서 일하더니 진짜 잘 만들어 놨네. 와…….'

'라임몰 고' 사업 초창기를 함께 보냈던 은비도 이렇게 멋지게 완성된 매장을 보니 굉장히 놀랍기도 하고 감회가 새로웠다.

'근데 강 팀장 선물은 뭘로 하지… 고민이네.'

이 많은 물건 중 그를 위한 선물로 뭐를 골라야 할지 영 감이 안 왔다.

은비는 일단 둘러보며 고민하기로 하고, 매장 구경에 나섰다.

예쁜 병에 담긴 샐러드부터 해서 자동차 튜닝 용품까지 없는 게 없는 곳이었다.

특히 주얼리 코너에는 처음으로 국내에 선보이는 명품 브랜드들이 여럿 있어 직원들에게 큰 인기였다.

은비도 그곳을 쓱 둘러보았다.

"이건 벌써 누가 예약한 거네? 예쁜 줄은 알아서 1등으로 예약해 놨나 봐……."

"그러게… 진짜 예쁘다……."

직원들의 이야기를 듣고 보니 '예약 중' 택을 달고 있는 반지 하나가 눈에 띄었다.

"진짜 예쁘네……."

그녀가 가장 좋아하는 한강의 야경만큼이나 반짝거리며 예쁜 반지였다.

예약 중이기도 하지만, '0'이 셀 수도 없이 붙은 가격 택을 보고 은비는 "헉" 소리를 내며 다른 쪽으로 발걸음을 옮겼다.

'이거다!'

의류 쪽을 둘러보던 그녀의 눈이 반짝였다.

드디어 마음에 드는 걸 발견했다. 네 취향을 알려 줬다면… 내 취향도 알려 줄 순서지!

은비는 손에 닿은 제품 하나를 쑥 빼 장바구니에 넣었다.

매장을 다 둘러보고 계산대에 줄 설 필요도 없이 출구를 빠져나오니 휴대폰 앱에서 결제 알림이 떴다.

라임몰 고의 쇼핑 방식과 결제 방식까지 기존 쇼핑몰들과는 너무 달라 참 재밌기도 하고 신기하기도 했다.

은비는 몇 번이고 휴대폰을 들여다보다가 매장 밖으로 나왔다.

"이게 누구야. 고 대리!"

그때 낯익지만 반갑지 않은 목소리가 귀에 닿았다.

매장 밖 임시 부스에 테이블 하나를 두고 앉아 있는 이 과장이었다.

"고 대리, 이리 와 봐. 설문지 작성하면 이거 추첨해서 선물 주거든, 얼른 해 봐."

오늘 이 과장님 업무는 쇼핑을 마친 직원들에게 설문을 받고 경품을 주는 일이었다.

다른 직원들에 비해 일찍 쇼핑을 마친 은비였기에 과장님 앞 테이블은 텅 비어 있었다.

"그럼, 한번 해 볼까요?"

은비가 매의 눈으로 경품이 적힌 문구를 쓱 스캔했다.

1등 제주 호텔 숙박권 1명
2등 50만 원 상당 주유 상품권 4명
3등 10만 원 상당 카페 커피 상품권 15명
4등 '라임몰 고' 5만 원권 상품권 20명
5등 영화 예매권 40명

 좋은 게 나오면 이 과장이 분명 자기 달라고 막무가내로 조를 게 눈에 선했다.
 하지만, 경품 추첨은 물론 조그만 행사장의 행운권 추첨에서도 늘 열외였던 그녀였다.
 혹시나 하는 마음은 언제나 큰 실망을 가져다주었었다.
 그래서 언제나 이런 경품 추첨 앞에서 의연했다.
 설마 내가 될 리가 없어!
 아무리 100명 중 80명을 준대도 그중 내 것은 없을 거야…….
 심지어 1등이 제주도 호텔 숙박권이라니! 집이 제주도인데 굳이 필요도 없는 거다…….
 설문지를 다 작성한 은비가 이 과장의 안내에 따라 커다란 볼 안에서 휙 돌아가고 있는 공을 바라보았다.
 그때 눈을 질끈 감고 공 하나를 잡았다. 그동안 그렇게 낚이고도 잡는 순간 괜히 기대되는 이 기분은 또 뭐지.

5등만 돼도 참 좋겠다 싶었다.

"와, 고 대리 뭐 나왔는지 되게 궁금한데요?"

언제 와 있었는지 한별이 은비 뒤에 서 있었다.

그녀가 손에 잡힌 공 하나를 소중히 잡고 있는데, 그가 바짝 다가와 내려다보았다.

침을 한번 꼴깍 삼킨 그녀가 손을 스르르 폈다.

강 팀장과 이 과장이 그녀 손에 있는 공을 주목해 보았다.

이게 뭐라고 괜히 긴장되는지 세 사람은 침을 꼴깍 삼켰다.

1등

"1등이에요! 어머! 세상에! 이거 진짜예요? 어떡해!"

그녀는 극도로 흥분한 상태로 함께 공을 보느라 구부려 있는 강 팀장의 목을 끌어안고 폴짝폴짝 뛰었다.

1등 경품이 뭐였는지는 까마득히 잊었다.

그저 경품 추첨에 1등이 당첨되었다는 사실이 기뻤을 뿐이었다.

드디어 오랜 징크스가 깨지는 순간이었다.

"그렇게 좋아요?"

"네네."

"그거 나랑 가면 되겠네."

"그럼요!"

기분이 좋아 일단 고개를 끄덕이며 대답부터 하고 보았다.

'1등 경품이 제주도 호텔인데, 거길 같이 간다고? 이게 무슨 뜻이지?'

두 사람의 대화를 지켜보던 이 과장의 표정이 어두워졌다.

"이 과장님, 저도 하나 해 보겠습니다."

설문지를 막 작성한 강 팀장이 자신도 공 하나를 뺐다.

이 과장이 어안이 벙벙한 상태에서 그를 챙겼다.

"에이… 5등이네. 5등 경품이 뭐죠? 이 과장님?"

"아… 5등이요? 그게 뭐더라… 잠시만요!"

잠시 정신이 나간 이 과장이 허둥댔다.

"5등? 팀장님, 그거 영화 예매권이에요!"

은비가 그 대신 재빨리 대답했다.

"와우! 그거도 좋네요. 고 대리 오늘 퇴근하고 나랑 갑시다."

"콜!"

은비가 대답을 하는데 뒤에서 웅성거리는 사람들의 소리가 그제야 들렸다.

경품 1등 당첨에 극도로 흥분해 상황 파악이 잘 안 된 상태에서 대화를 나눈 두 사람이었다.

한별과 은비 뒤에는 쇼핑을 마친 직원들이 우르르 나와 설문지를 작성하려고 끝이 없이 이어진 줄에 서 있었다.

그들은 두 사람의 대화와 행동을 다 지켜보았다.

개중에는 본인의 입을 막은 직원도 여럿 있었다.

어쨌건 가장 큰 충격을 받은 사람은 이 과장.

'고 대리가……? 설마……?'

그의 머릿속에 고 대리와 지내온 수많은 세월이 주마등처럼 스쳐 지나갔다.

뒤를 돌아본 한별과 은비는 그제야 자신들이 무슨 대화를 나눴는지 인지했다.

"어떡해. 내가 잠시 미쳤나 봐요."

은비는 당황했고, 강 팀장은 피식 웃었다.

직원들은 어이를 상실하기 일보 직전.

지금 내가 무슨 짓을 한 거지?

내 입으로 지금 강 팀장이랑 제주도 호텔에서 같이 자자는 말에 오케이 한 거야?

은비는 뒤에 서 있는 수많은 직원들을 보니 정신이 번쩍 들었다.

얼굴은 달아오를 대로 달아오른 상태.

심장은 제멋대로 이리저리 날뛰는 상태.

그때였다.

"하하, 고 대리가 제 애인이거든요. 데이트에 요긴하겠어요. 이 경품들 말입니다."

한별이 당첨된 공을 흔들며 뒤에 서 있는 직원들을 바라보며 해맑은 얼굴로 말했다.

그녀는 지금 상황만 해도 충분히 당황스러웠지만, 별안간 커밍아웃해 버린 한별의 말에 영혼이 송두리째 흔들렸다.

이토록 예고 없는 이벤트로 가득한 인생이라니.

아무리 생각해도 강한별을 만나고 나서 제 인생이 무척 특별해 진 게 틀림없었다.

일단, 여길 벗어나자!

때아닌 연애 사실 공개 고백에 당황한 은비가 한달음에 행사장을 벗어날 작정이었다.

평소 웃음기 하나 없이 혹독하게 직원들을 다루며 일에만 매진하는 강 팀장이 빙구 웃음을 날리자 직원들은 그야말로 크나큰 충격에 빠진 상태였다.

저 사람이 강 팀장이 맞는지 의심이 들 정도였다.

그리고 머리에서부터 발끝까지 평범이라고 쓰여 있는 옆에 있는 여자의 정체가 뭔지 강렬한 눈빛으로 쏘아보기도 했다.

직원들의 한별을 향한 시선은 짧게 이어졌지만, 그녀를 주목하는 날카로운 눈빛은 길게 이어졌다.

은비는 한별과 함께 있을 땐 자꾸 잊곤 하지만, 그가 회사에서 어떤 존재감인지 이럴 때는 적나라하게 느껴졌다.

회장님의 아들에 곧 부사장이 될 능력 있는 팀장. 이 거대한 라임몰 고를 일궈 낸 장본인. 남직원들에게는 선망 혹은 재수 없음의 대상, 여직원들에게는 탐나지만 감히 넘볼 수 없는 재벌 3세.

그런데, 애인이 저 여자라고?

그럴 줄 알았으면 나도 한번 들이대 봤지!

1등 경품도 당첨되는 거 보니까, 운빨 하난 기가 막힌 인생인가 본데?

라는 소리 없는 이야기가 그들의 눈빛을 통해 들려왔다.

이런……. 경품 1등 당첨은 태어나서 처음이고, 강 팀장 만난 건 운빨이 아니라 운명인 것을.

두 사람 말고는 알 수 없는 일이었다.

"그렇죠. 고 대리?"

막 자리를 벗어나려는 순간 모두가 주목하고 있는 가운데 한별이 그녀의 팔을 붙잡으며 물었다.

그 때문에 은비가 어쩔 수 없이 몸을 틀어 그를 바라보았다.

당황한 자신과 달리 그는 여유가 넘쳐 보였다.

'괜찮아. 이참에 잘됐지, 뭐.'

따뜻한 눈빛에 소리 없는 말을 담아 보내왔다.

한별과 눈을 마주친 순간 은비의 당황했던 마음도 스르르 풀어져 버렸다.

이 남자, 눈빛 하나로 사람의 마음을 편안하게 하는 재주가 있었다.

그래… 뭐… 사실이니까…….

어쩌면, 바랐던 순간이기도 하니까…….

여보시오! 들! 내가 재벌은 아니지만, 뭐 나름 뭔가 매력 있는지 이렇게 됐수다!

"팀장님, 요긴하다마다요. 우리 팀장님 마인드가 이렇게 살림꾼입니다. 와, 라임몰 고 내실 꽉 찬 거 보셨죠? 근데, 팀장님! 저희가 얼른 빠져 줘야 다음 분이 경품 추첨하실 수 있겠어요. 얼른 가요."

은비는 이 과장이 덜덜 떨리는 손으로 건네는 상품권이 든 봉투를 챙기고는 서둘렀다.

"아차차, 그러네요. 이런, 얼른 갑시다."

강 팀장의 이토록 헤픈 웃음이라니!

직원들은 연달아 충격적인 장면을 목격했다.

"이 과장님, 수고하세요!"

"어… 어……. 잘 가…요오, 고 대리…니임."

이 과장이 평소답지 않게 은비에게 어색한 존댓말을 썼다.

은비는 눈썹을 살짝 위로 치켜떴다 내리고는 강 팀장의 팔을 끌고 짧은 다리와 허리를 쭉 펴고 당당하게 걸었다.

길게 늘어진 줄에 서 있는 사람들의 눈동자가 한 세트가 되어 버린 자신과 한별을 따라 움직이는 것이 보였다.

'네네. 잘들 보십시오. 이 남자가 제 남잡니다……! 오랜 세월을 돌아 만난 운명의 남자죠.'

가만히 보니 오늘은 뽐내기 딱 좋은 날이었다.

각 부서에서 나온 사람들이 한곳에 몰려 있는 날이니까.

이왕 퍼질 소문 전체적으로 골고루 퍼지기에 딱 알맞은 날이었다.

'라임몰 고' 오픈 행사는 온 종일에 걸쳐 성황리에 끝났다.

배포된 보도 자료와 현장을 취재한 기자들을 통해 이제 세상에 공개될 일만 남았다.

한별은 친분이 있는 몇몇 기자와 인터뷰를 마지막으로 오늘 업무를 끝냈다.

종일 분주했던 한별이 퇴근을 준비하며 은비를 찾았다.

저 멀리 직원용 모니터링 용지를 챙기는 그녀의 모습이 눈에 띄었다.

수많은 사람 가운데서도 딱 눈에 띄는 내 여자.

종일 밖에서 고생했는데도 산뜻해 보이는 그녀.

"고 대리! 퇴근합시다!"

강한별이 당당하게 그녀를 불렀다.

이제 모든 것이 자유롭다는 듯, 그 누구도 아랑곳하지 않고, 백 미터쯤 떨어져 일을 보고 있던 그녀를 큰 소리로 불러 댔다.

은비가 그를 향해 손가락으로 오케이 표시를 하고는 하던 일을 마무리 짓고 그에게 달려왔다.

근처에 있던 직원들은 이 모든 것이 현실인가 싶어 두 사람을 번갈아 가며 바라보았다.

"휴우……."

한별의 차에 오른 은비의 입에서 한숨이 저절로 새어 나왔다.

연애 사실이 공개되고 나서 퇴근할 때까지 행사장에 함께 있던 직원들이 얼마나 힐끔힐끔거리고 등에 화살이 와 꽂히는 느낌이던지 내내 긴장했던 탓이었다.

그러다 문득 머릿속에 다신 볼 일 없겠다는 말을 했던 강 회장의 얼굴이 떠올랐다.

"팀장님, 근데 우리 아직 회장님 허락도 안 떨어졌는데……."

"아… 그거? 신경 쓰지 마요. 그리고 우리에겐 꼬맹이가 있잖아. 조그만 게 보통이 아니거든. 꽂히면 직진하는 딱! 강한별 동생. 그니까 걱정하지 마."

은비는 오늘따라 그의 모든 말과 행동이 열 번쯤 당황스러웠고 스무 번쯤 든든하게 느껴졌다.

"그나저나 이제 우리 고 대리 여직원들 공공의 적이 되는 겁니까?"

한별이 그녀의 볼을 잡아당기며 장난스럽게 말했다.

"본인 인기 많다고 이러는 거야? 내 생각엔 뭐, 공공의 적 보단 호기심의 대상이 되지 않을까 싶은데요? 이 여자 정체는 뭔가 싶어서?"

"최대한 정체를 감추세요. 들통나면."

"들통나면요?"

"다 빠져드니까."

은비가 얼굴을 찡그렸다.

그의 여유에 그녀도 마음을 좀 놓았다.

둘의 관계가 만천하에 드러나면 사람들이 호기심을 갖기보단 자신을 물고 뜯을 게 뻔했지만 최대한 담담히 받아들여 볼 생각이었다.

일단은 정상 출근이 가능할지는 잘 모르겠지만.

은비는 한별 몰래 고개를 좌우로 흔들어 보았다.

그때였다.

[고 대리님, 어떻게 된 거야? 지금 강 팀장님이랑 고 대리님이랑 사귄다고 소문 쫙 퍼졌어!]

최 대리의 메시지였다.

한참 전에 온 것인데, 계속 울리는 알림을 이제야 눈치챈 것이었다.

내일까지 갈 것도 없었다.

이로써 소문은 구만리에 퍼졌다는 게 드러났다.

은비는 갑자기 한별이 주사로 아무리 고 대리가 예쁘네 어쩠네 해도 콧방귀조차 안 뀌던 기획팀 팀원들의 표정이 궁금해졌다.

참 두렵고도 기대되는 내일이네…….

"저녁 먹고 영화 보러 가자. 이거로."

한별이 웃으며 5등 경품으로 당첨된 티켓을 들어 보였다.

은비가 미소 띤 얼굴로 고개를 끄덕였다.

내일 일은 내일 걱정하자고!

"은비야! 일어나 봐. 다 왔어."

어딘가에 도착한 한별이 은비를 깨웠다.

'라임몰 고' 시범 매장이 도심과 꽤 떨어져 있는 곳이어서 이동하는 중 잠이 들었던 그녀였다.

"으응? 여기가 어디지?"

"저녁 먹어야지."

한별이 그녀를 깨워 여의도의 한 호텔 레스토랑으로 향했다.

이곳은 은비에게도 아예 낯선 곳은 아니었다.

9년 만에 만난 한별과 처음으로 같이 식사를 했던 곳.

두 사람은 지하 주차장에서부터 엘리베이터를 타고 호텔 꼭대기 층까지 올라갔다.

막 노을이 지는 풍경이 통유리를 통해 보이는 스카이라운지에 두 사람이 마주 보고 앉았다.

이렇게 앉으니 또 벌써 추억이 되어 버린 재회의 순간이 떠올랐다.

자신이 상사라는 사실을 반드시 기억하라던 허세 넘치던 강 팀장의 모습.

상남자로 돌아왔음을 확인사살하던 그의 모습이 떠올라 피식 웃음이 새어 나왔다.

"하늘 진짜 예쁘다……."

붉게 물든 하늘을 보며 은비가 말을 꺼냈다.

엄청난 일이 일어났던 날이 저물어서 그런지 괜히 눈가까지 촉촉해졌다.

"그러게… 그래도 노을 하면 차귀도가 최고였는데."

한별이 그녀의 시선이 머문 곳에 자신의 시선을 두며 말했다.

"어? 근데 뭐지?"

"응? 뭐가 있어?"

"잔디밭이 왜 이렇게 까맣지?"

하늘을 보다 한강을 보려고 아래를 내려다보던 은비가 화들짝 놀랐다.

웬 사람이 이렇게 많은지.

"아… 오늘 그날이잖아."

"무슨 날?"

"불꽃 축제."

"아……!"

여의도로 들어서는 길에 꽉 막혔던 차하며 오가는 사람들이 엄청 많았지만 깜박 조는 바람에 하나도 못 보고 이곳까지 그냥 왔던 탓이었다.

그리고 한강을 수놓는 야경을 아무리 좋아해도 불꽃 축제 때만큼은 찾지 않았더랬다.

이유는 막 상경해 호기심에 한번 참석했다가 깔려 죽을 뻔한 기억 때문이었다.

웬 사람이 그리 많은지 제대로 문화 충격을 받았던 날이었다.

매년 있는 불꽃 축제 때마다 가 보고 싶은 마음은 굴뚝같았지만, 그때 그 기억 때문에 차마 가지 못했었다.

"와, 진짜 기대된다. 너무 멋질 것 같아!"

은비는 오늘은 이렇게 멋진 곳에서 죽을 위험 없이 반짝이는 불꽃을 마음껏 볼 수 있겠다는 사실에 무척 설레었다.

게다가 곁에 있는 사람이 한별이니까 더욱더.

대화가 무르익고 준비된 정찬이 나오면서 바깥은 금세 어두워졌다.

"아, 참. 선물 잘 골라 왔어? 난 준비했는데."

"어, 그럼. 준비했지."

한별의 물음에 대답하는 그녀의 얼굴이 어째 장난기가 가득했다.

"자- 여기."

"어……."

그가 작은 상자를 건네자 은비가 얼떨떨해했다.

그것은 내용물이 확연히 티 나는 반지 케이스였다.

순간, 자신의 선물과 너무 비교되는 건 아닌가 싶어 흠칫 당황했던 것.

어?

주춤하던 손으로 상자를 연 은비의 얼굴에 화색이 감돌았다.

"이거 예약한 사람이 강한별이었던 거야?"

라임몰 고 주얼리 코너에서 직원들의 소유욕을 건드린 마성의 반지가 여기에 있었다.

그가 고개를 끄덕였다.

"고은비."

"응?"

"내가 말이야……."

"응?"

"우리 애기 평생 아끼고, 사랑할게."

난리가 난 바깥과 사람들의 환호성이 들리는 가운데 담담하게 전하는 말.

순간 창밖에서 불꽃 축제의 서막이 울리며 축포가 터졌다.

미치도록 로맨틱한 순간.

"이거 두 번째 프러포즈야."

첫 번째는 거칠고 도발적인 프러포즈였다.

지금 생각해도 얼굴이 확 달아오르는.

두 번째는 쏘 스윗.

"그럼 혹시……."

"응?"

"세 번째도 있어?"

프러포즈가 쑥스러워 은비가 그냥 장난삼아 물어보았다.

"응. 역시 우리 은비는 똑똑하단 말이야."

"그냥 물어본 건데. 아니, 한 번이면 됐지, 왜 비효율적이게… 내가 예스를 안 한 것도 아니고?"

"프러포즈는 결혼 전밖에 못 해 보잖아. 결혼 전까지 틈날 때마다 할 거니까 기대해."

"누가 말려!"

이 순간에도 하늘에 쏘아 올린 불꽃들이 여기저기에서 꽃을 그려 냈다.

황홀했고, 아름다웠다.

"참, 내 거도 줘야지."

"아… 그게…….."

지금 상황에 꺼내기 너무 민망한 거라!

"이따 집에 가서 자기 전에 풀어 봐. 착용한 거 인증샷 꼭 보내고."

"착용 인증샷? 옷? 아님 신발?"

"아니… 있어. 아무튼, 지금 풀어 보면 안 돼. 절대 안 돼."

그녀가 준비한 상자를 쓱 밀며 진지한 표정으로 말했다.

"와, 진짜 궁금한데?"

한별이 반지 케이스와 달리 절대 내용물을 가늠하기 힘든 상자를 건네받았다.

📂

강삼구가 돋보기가 없어 한솔이 내민 카드를 멀찌감치 놓고 눈살을 찌푸려 자세히 쳐다보았다.

그곳엔 웬 찡그린 얼굴의 강아지같이 생긴 놈 하나가 그려져 있었다.

"암…멍…이?"

강삼구는 카드에 적힌 글씨가 흐릿하게나마 보여 읽어 내려갔다.

"허… 찌.르.기?"

포켓몬 암멍이 카드의 기술은 허찌르기였다.

그래… 찔렸다… 허…….

"허허허허… 하하하하!"

강삼구는 한솔의 행동이 귀엽기도 하고 어이가 없기도 해서 너털웃음을 호탕하게 터뜨렸다.

"역시 암멍이는 강했어!"

그의 웃음이 뭔가 좋은 뜻인 거 같아 얼굴이 환해진 한솔이 말했다.

"한솔아, 형이 아빠한테 누나랑 결혼하는 게 소원이라고 말하라고 했어?"

잠시 웃음을 멈추고 묻는 강삼구.

"아니! 그런 거 아니야! 아니야! 절~대 아니야! 한솔이 거짓말 안 해!"

최대한 억울한 표정을 짓자!

"근데, 왜 우리 한솔이 소원이 형아의 결혼일까?"

"한솔이는 형님이 너무 좋아서 형님이 좋은 게 한솔이도 좋아."

최대한 착한 표정을 짓자!

한솔이의 대답에 강삼구는 뒤통수 한 대를 맞은 느낌이 들었다.

자기 아들이지만, 한별이 원하고 그가 좋아하는 게 무언지 생각해 본 적이 없었기 때문이었다.

"그래?"

때문에 강삼구의 목소리가 미세하게 흔들렸다.

"한번 생각해 보자."

"흑… 흑……."

이건 한솔에게 예상치 못했던 실패였다.

"소원이 생각보다 좀 비싸네."

강삼구가 입을 비쭉이며 말했다.

"힝… 힝… 암멍이 하나로는 도저히 안 되는 거야? 그럼? 그거 진짜 좋은 카드라고… 힝……! 아빠아."

"으응……."

"잠깐만 기다려 봐, 아빠."

이대로 물러설 순 없어!

한솔은 다시 자신의 방으로 들어갔다.

"여기 더 있는데… 아빠……."

'몰아붙이기', '발로 차기' 등의 포켓몬 기술 카드를 더 가져온 그였다.

"한솔아, 일단 엄마 기다리시니까 밥 먹으러……."

"으아앙~ 결혼시켜 줘~ 한별이 형님 결혼시켜 줘어어어어엉."

한솔은 무슨 일이 있어도 형님네 집 비밀의 방은 사수해야 했다.

따라서 플랜C를 저절로 가동했다.

포켓몬 카드에도 없는 기술.

일명 조르기.

될 때까지 조른다.

"한솔아……."

"으아앙……."

한솔이 눈에서 닭똥 같은 눈물이 뚝뚝뚝 떨어졌다.

그 모습을 본 강삼구의 얼굴에 곤란함이 묻어났다.

게다가 당황스러운 건 한솔이 이토록 구슬프게 우는 건 태어나서 처음이란 사실이었다.

이 아이, 뭐가 그리 슬퍼서 우는 건지.

평소 갖고 싶은 것을 조를 때보다 훨씬 애를 쓰는 한솔이었다.

"강한솔! 이렇게 운다고 해결될 일이 아니야!"

"으아앙~~"

플랜은 C가 끝이라고요! 다음 계획이 없습니다! 그래서 더 슬퍼요! 아버님!

"녀석… 뚝!"

"으아앙… 꺼억, 꺼억… 눈물이… 계…속……."

"뭐?"

"끄억… 꺼억… 안… 끄억… 울려고… 꺼억…꺼억… 해도… 자꾸… 울음이… 끄억끄억… 나와…요……."

"그게 도대체 무슨 말이야?"

강삼구가 눈살을 찌푸렸다.

"계속… 끄억… 계속… 울음이… 나온다고! 그만 울려고 해도… 계속… 나온다고!"

"아이고, 그랬어?"

"흑흑… 안아 주세요……."

"이리 와 봐."

강삼구가 한솔을 꼭 안아 주었다.

포동한 아이의 살결이 닿는 느낌이 참 좋았다. 안기만 해도 참 귀여웠다.

그간 뭐가 그리도 바쁘고 뭐가 그리도 마음이 허락지 않아서 제 어미를 잃은 한별은 이렇게 안아 주지 못했던 걸까.

한솔이가 계속 한별이 타령을 하는 바람에 자꾸 한별이 생각이 났다.

한솔이처럼 못 해 준 그에게 미안해지는 이 마음.

내가 속절없이 나이를 많이도 먹었나 보군…….

"훌쩍… 훌쩍… 아빠……."

"이제 좀 괜찮아?"

"그게……."

"응?"

"아빠가 형님이랑 예쁜 누나 결혼시켜 주면 괜찮을 것 같아."

"녀석… 또……."

"그리고… 그러면 내가 기분이 너무 좋아서 아빠가 더 할아버지 되어도 진짜 사랑할 거야."

"잉? 기분 안 좋으면 아빠 늙었다고 버릴 거야? 그럼?"

"그런 건 아닌데… 형님 결혼시켜 주면 원래 사랑했던 것보다 조금 더 사랑할게. 그니까 지금 대답해 주세요."

"후……."

한솔이 울음을 그치고 반짝이는 눈망울로 강삼구를 바라보았다.

아래층 주방에서는 얼른 밥 먹으러 내려오라고 애리가 야단이었다.

"아빠랑 그럼 약속 하나 하자."

"뭐?"

"형님이랑 평생 그렇게 서로 사이좋게 지내야 한다. 알겠지?"

"응! 응! 여기!"

한솔이 새끼손가락을 내밀었다!

"아싸~~~! 아빠! 나 내일 한글 공부하러 형님네 갈래!"

"형님네는 주말에 가기로 했잖아······."

"그럼 그때까지 몇 밤 남았어?"

"일곱 밤."

"어휴··· 왜 이렇게 많이 남았어."

닭똥 같은 눈물을 흘리던 한솔의 눈은 언제 울었냐는 듯 초롱초롱해졌고, 잠시 한숨을 쉬던 그는 언제 그랬냐는 듯 통통한 두 발로 집 안 곳곳을 폴짝거리며 뛰어다녔다.

그런 한솔의 모습을 본 강삼구는 슬쩍 미소를 짓다가, 이렇게 쉽게 당해 버린 것이 허무해 한숨을 푹 내쉬었다.

천하의 강삼구가 매몰차게 돌려보낸 고 대리를 다시 맞이해야 한다니······.

기분이 썩 좋지 않았다.

그래도 어쩌면 한별에게 해 줄 수 있는 가장 좋은 것이 이것일까 되뇌어 보기도 했다.

원그룹 이미지가 근 몇 년간 회복되긴 어려워 보여 한별과 유안과의 결혼이 꺼려지는 것이 사실이긴 했다.

가뜩이나 재벌가의 갑질에 피로감을 느끼는 사회적 분위기 속에서 오히려 한별과 고 대리의 결혼이 라임그룹에 신선한 이미지를 줄 수 있겠다는 판단도 들었다.

그렇다면 '라임몰 고'도 성공적으로 이뤄 낼 수 있겠다는 계산도 없지 않았고.

뭐, 한 번쯤 그런 불같은 사랑도 해 봐야 나중에는 더 그런 것에 연연하지 않고 사업에 집중할 수 있겠지.

냉정한 판단으로 자꾸 튀어나오는 부성을 애써 감추는 그였다.

집에 돌아온 한별이 재킷을 벗어 스타일러에 넣어 둔 뒤 다이닝룸으로 향했다.

와인 셀러에 잠시 머문 손길을 이내 거두고 다시 냉장고를 열어 생수를 하나 집어 들었다.

그는 폭신한 소파에 몸을 반쯤 누이고 생수를 벌컥벌컥 마신 다음 입가에 미소를 씩 지었다.

무척 긴 하루였다.

그래도 피곤함보다는 기분 좋은 느낌이 온몸을 감쌌다.

사랑스러운 그녀는 생각만 해도 기분 좋으니까.

게다가 어쩌다 공개까지 해 버린 연애라니.

아까 경품 당첨됐다고 좋아하다가 연애가 들통나 급 당황한 은비를 떠올리자 잇새로 웃음이 삐져나왔다.

그런 그녀와 달리 한별의 마음은 무척 후련했다.

그간 은비를 배려하느라 공개를 하고 싶어도 못 했는데, 그녀가 빼도 박도 못한 상황을 만들었으니 오히려 감사할 따름이었다.

괜히 신나기까지 했다.

누가 봐도 강한별의 사랑은 그녀뿐이라는 걸 당당하게 보여 줘야지!

그는 옷을 하나씩 탈의한 다음, 마지막 하나만 남겨 두고 철봉을 하러 짐으로 들어가려 했다.

[인증샷 보내 주세요.]

네 살 많은 누나는 이렇게나 늘 간결한 메시지를 보낸다.

그 흔한 웃는 이모티콘 하나가 없었다.

그거 없다고 애써 귀엽게 보내려는 그녀의 노고는 티도 안 나는 상황이었다.

"아… 맞다! 선물."

벗은 옷을 주섬주섬 주워 들던 그가 그것을 내려놓고 가방을 뒤져 선물 상자를 꺼냈다.

포장을 푸는 한별의 마음이 참 설레었다.

대체 은비는 자신을 위해 무엇을 골랐을지 너무 기대되었다.

헛.

그는 포장을 벗겨 나온 상자의 뚜껑을 열고 깜짝 놀랐다.

그곳엔 웬 코끼리 한 마리가 한별을 반기고 있는 것이 아닌가!

전혀 예상치 못한 선물이었다.

"이게 뭐야!"

방긋 웃고 있는 코끼리를 잡아 든 그가 자신의 배꼽을 잡았다.

코와 귀가 달랑거리는 코끼리 팬티.

늘 자신의 생각을 뛰어넘는 그녀의 행동은 이렇듯 선물 하나로도 그에게 큰 웃음을 안겼다.

본인 팬티가 잔꽃무늬일 때부터 알아봤다.

서른세 살 아가씨 취향이 보통 앙증맞은 게 아니란 걸.

그녀의 취향은 꽃과 동물.

근데, 이걸 앙증맞다고 하는 게 맞나?

한별이 코끼리의 긴 코를 쓱 들어 올려 보았다가 너무 웃겨 내려놓았다.

"역시… 너랑 있으면 웃을 일이 많다… 고은비……. 음… 선물 받은 기념으로 이거 입고 운동해야겠네!"

한별은 얼른 은비의 선물을 다시 들어 입기 시작했다.

그리고 짐에 있는 커다란 거울 앞에서 코끼리 팬티를 입고 화보 한 장을 찍었다.

"이 사진 귀염둥이에게 전송해 줘."

한별은 휴대폰을 내려놓고 철봉에 매달렸다.

어라? 보내랄 땐 언제고 답장이 없다. 실망했나?

안 되겠다. 코끼리 팬티가 빛나려면 체력이 탄탄해야지!

한별은 금세 얼굴이 붉어지도록 철봉을 오르락내리락거렸다.

📂

"늦었다!"

자다가 살짝 떠진 눈으로 시간을 확인한 은비가 침대에서 벌떡 일어났다.

"내가 미쳤지! 미쳤어! 무슨 이십 대 초반도 아니고!"

그녀는 오늘이 주말도 아닌데, 어제 너무 과한 스케줄을 소화한 걸 후회 중이었다.

일 끝나고 불꽃 축제에 심야 영화까지.

열혈 연애하느라 체력이 다 닳아 없어질 지경이었다.

그 와중에 아직 확인 못 한 한별의 메시지가 있어 그것을 살짝 눌렀다.

풉!

자신이 인증샷을 보내라고 메시지를 먼저 보내 놓고 잠이 들어 미처 확인하지 못했던 한별의 사진이었다.

"와, 내가 잘못했네. 이게 이렇게나 민망한 거구나……!"

웃기지만 생각보다 민망한 사진에 그녀가 자책하고 있었다.

시간이 없어 자세히 못 보는 걸 아쉬워하면서도.

한별의 사진에 정신이 번쩍 난 은비가 폭풍 출근 준비를 시작했다.

대충 준비를 끝낸 그녀가 신발을 신고 막 나가려다가 거울 앞에 잠시 섰다.

갑자기 어제 있었던 일이 떠올랐다.

강 팀장과 고 대리의 공개된 연애.

"모르겠다. 그냥 가자!"

빨리 준비하느라 대충 꾸민 모습이 마음에 좀 걸렸지만, 지각은 더 싫어 그냥 가기로 했다.

괜히 지각이라도 했다간 쌍으로 욕을 먹을 터이니.

은비는 1년에 가장 급한 날 딱 하루만 타는 택시를 오늘 타야겠다는 생각을 하며 집을 나섰다.

빵빵!

큰길까지 달리려고 걸음에 속도를 붙이려는데, 빌라의 좁은 골목 사이를 들어온 차 한 대가 가로막았다.

16장. 네 모든 시절을, 사랑해.

"야, 타!"

드라이버는 오늘도 뽀송뽀송하고 잘생긴 강한별.

"아니, 아침부터 차 뚜껑은 왜 열고 난리야?"

오픈카였다.

보조석 문을 열고 자리에 앉은 은비가 민망해 물었다.

"이제 이래도 되잖아."

"어?"

"자기랑 나랑 같이 출근하는 사이라는 거 보여 줘도 되잖아."

한별은 한껏 들뜬 표정이었다.

내 속은 타들어 가는데.

그래, 온 세상에 다 떠들고 다녀라!

"그래, 근데 얼른 가자. 너무 늦었어! 지각하는 게 세상에서 제일 싫다고!"

"모닝 뽀뽀 해 주면 출발할게."

"하… 쫌! 이리 와!"

쪽!

"읍읍읍!"

그만하고 가자고! 강 팀장님!

"그럼 이제 출바-알!"

한별의 차가 출발하자 그제야 은비가 숨을 고르며 분주했던 마음을 내려놓았다.

"어제 그 많은 스케줄을 소화하고… 강 팀장님, 피곤하지 않았어?"

"응. 전혀. 심지어 집에서 운동까지 하고 잤는걸?"

"진짜? 대단하다……."

"우리 애기 취향 맞춰 주려면 그렇게 해야겠더라고."

"으응? 내 취향?"

"어제 선물."

순간 은비의 얼굴이 확 달아올랐다. 장난삼아 고른 선물에 되레 당한 느낌이 들기도 했다.

"자-"

그가 테이크아웃 커피를 내밀었다.

"하……."

"응? 왜?"

"그냥 너무 좋네. 늦게 일어나서 아무것도 못 먹었거든."

"별것도 아닌데."

"아냐, 너무 고마워. 어떻게 또 이렇게 늦은 거 알고 데리러 와 준 것도."

"이제 아침마다 올까 봐."

"아니, 괜찮아. 회사가 멀지도 않은데, 뭘."

"그게 문젠가."

"그럼?"

"아침부터 보고 싶은 게 문제지."

"이그- 같은 문제 자꾸 풀면 재미없어진다-"

"그래서 말인데, 문제는 해결하려고 있는 거잖아."

"음… 그렇긴 하지. 근데 그게 왜?"

"그니까 나랑 결혼하자. 밤새 같이 자고, 같이 일어나고. 완벽한 문제 해결! 좋잖아?"

"이거 세 번째 프러포즈야?"

"응. 그리고 선물-"

오른손으로 뒷좌석을 뒤적거리던 한별이 무언가를 또 꺼냈다.

"샌드위치네! 맛있겠다."

"우리 결혼해서 매일 아침 같이 먹자."

"근데, 아직 강 회······."
"또 그 소리!"
"그래도."
"고은비, 이거 한번 들어 봐."
 마침 걸린 신호에 한별이 그새 입 안 가득 복스럽게 샌드위치를 베어 먹는 그녀를 바라보며 휴대폰 음성 녹음을 켰다.
 -형님! 형님! 한솔이 티라노사우르스 이제 안 보고 쓸 쑤이써요! 예헤! 으헷!
"어머··· 귀여워······."
"어젯밤에 전화가 왔더라고."
 -그리고 아빠가 형님이랑 누나랑 결혼하래써요!
"어머."
"내가 말했지? 내 동생이라고. 훗-"
 한별이 뿌듯한 얼굴로 대답하는데 은비에게서 더 대꾸가 없다.
 운전하며 슬쩍 그녀를 바라보니 눈가가 촉촉했다.
"감격해서 우는 거야? 나랑 결혼하는 게 그렇게 좋습니까? 고 대리?"
"여기 샌드위치에 생양파랑, 할라피뇨랑 핫 칠리소스까지··· 으흑··· 흑···흑······."
 맛있게 샌드위치를 먹던 은비가 눈물을 흘렸다.
 사실, 그녀는 한솔의 전화 내용을 듣고 눈물이 왈칵 쏟아질 뻔한 걸 너무 주책없어 보일까 봐 꾹 참았다.

한별과 함께했던 그간의 시간이 떠올랐고, 다행히도 끝까지 좋은 추억이 될 수 있겠구나 하는 안도감 때문에 괜히 울컥했던 것.

참았던 눈물이 자꾸 삐질삐질 빠져나오는 중이었다.

하… 틈만 나면 프러포즈를 해 대는 이 멋진 남자가 이제 진짜 내 남편이 된다니.

괜히 쑥스러웠던 은비는 샌드위치의 매운맛 탓이라는 핑계를 대며 아예 눈물을 뚝뚝 흘려 버렸다.

"으… 진짜 맵네. 으흑… 훌쩍… 흐흐흑… 흡… 우웁… 끅…꾹…….''

"이런… 고 대리 매운 거 좋아하잖아?"

한별은 몹시 당황해 아침부터 괜히 은비 취향 저격 샌드위치를 고른 것을 후회했다.

내 소신껏 프레시한 맛을 고를 것을.

"강 팀장님, 아무래도 우리의 결혼 생활이 이 샌드위치 같을 것 같아."

"어? 그건 또 무슨 소리야? 나 절대 우리 애기 안 울립니다."

덩치가 산만 한 그가 얼굴 가득 몹시 억울하다는 표정을 지었다.

"아니, 너무 맛있을 것 같아."

"이런, 고은비."

그제야 살았다며, 은비가 얼굴을 환하게 폈다.

그녀가 흐르는 눈물을 쓱 닦으며 올려다보니 하늘이 참 맑았다.

이제야 보이는 서울의 아침 풍경.

"진짜 잘 보인다."

달리는 차 안에서 탁 트인 시야를 통해 파노라마처럼 펼쳐진 도심의 모습이 은비 눈에 너무 멋져 보였다.

난생처음 오픈카를 타고 출근하는 길이라니, 그녀에게 당분간 다른 호사가 필요 없을 정도였다.

오늘 같은 날은 출근 안 하고 놀러나 갔으면 딱 좋겠다 싶었다.

"근데 말이야, 서울이 그렇게 좋아?"

매일 출근하는 그 길일 텐데 애정 가득한 눈으로 바라보는 그녀를 보며 한별이 신기해했다.

"응. 오늘은 특히 더. 서울 풍경이 내 기분 따라 다르게 느껴지거든. 우울한 날엔 이 도시 전체가 우울해 보이고, 기분 좋은 날엔 또 다 멋있어 보이고. 그래서 난 서울이 좋아. 봐도 봐도 질리지가 않네."

"그래? 그 포인트는 나랑 닮았네? 닮은 정도가 아니라 똑같네. 봐도 봐도 새롭잖아. 질리지 않고. 이제부터 서울 하면 강한별이다. 알겠지?"

넉살좋은 한별을 보며 은비가 피식 웃었다.

"이럴 때 보면 옛날 그 꼴통 때랑 변한 게 없어 보인단 말이야."

"하는 짓이 여전히 귀엽지?"

"하는 짓이 여전히 엉뚱해."

"회사에서는 강 팀장이지만, 은비한테는 늘 있는 그대로의 모습을 보여 주고 싶거든."

"그래서 더 좋아. 나만 아는 강 팀장님 모습. 내가 더 특별해지는 느낌이랄까."

"앞으로 초특급으로 특별한 아내 만들어 줄게. 기대해."

한별이 오른손으로 그녀의 손을 꼭 잡았다.

"어어? 강 팀장님! 회사는 여긴데 왜 계속 직진이야?"

회사를 지나쳐 가는 한별을 보며 은비가 당황해 소리쳤다.

"오늘 우리 회사 안 가."

"뭐라고?"

아니, 초특급 아내 만들어 주려고 일단 회사부터 잘리게 할 셈이야?

그녀는 눈이 튀어나올 지경이었다.

지금 가면 지각은 면할 수 있었다고!

내가 세상에서 가장 싫어하는 게 지각이라고 귀에 못이 박히도록 이야기했을 텐데요!

"나 연차 냈어. 이번 주 쭉-"

순간 은비의 얼굴이 굳었다.

"그건 강 팀장님 사정이지, 난 출근해야 한다고."

"내가 서 부장님한테 전화해 줄까?"

"자기가 왜!"

"나랑 같이 놀러 가야 한다고."

"미쳤어? 진짜?"

"나랑 같이 가자, 은비야."

"아니, 얘기나 들어 보자. 지금 어디 가는 길인데? 계획이 있긴 있는 거야?"

흥분한 은비가 질문을 몰아붙였다.

"공항 가는 길."

대답할수록 가관이었다.

"갑자기 공항은 왜!"

"잊었어? '라임몰 고' 오픈 행사 마치고 인사드리러 가자고 했었잖아."

"그건… 그렇지만, 그럼 오늘 간다고 미리 얘기라도 하든지……."

"어젯밤에 얘기했어."

"기억에 없는데?"

"와인 한 모금 마신 거로 또 다 까먹은 거야? 하여튼! 내 그럴 줄 알았다."

"알면서 왜 확인을 안 했어. 암튼, 지금 이럴 게 아니야. 얼른 전화해야겠다."

"진짜 내가 해 줄까?"

"그런 거 딱 질색이거든. 내 일은 내가 알아서 한다고."

Rrrrrr-

"아, 안녕하세요, 서 부장님. 네네. 제가… 급히 집에 볼일이 생겨서… 네네… 흑흑, 제주도에요… 아무래도 연차를 써야 할 것 같은데요… 아… 네네. 엄청 많이 남아 있어요… 거의 쓴 일이 없어서… 네네… 아… 감사합니다. 갔다 와서 뵐게요."

뚝-

"후-"

은비가 안도의 한숨을 내쉬었다.

이제야 온몸에 긴장이 좀 풀어지는 느낌이었다.

한별은 이제 맘 놓고 가도 되겠다는 듯 웃음을 흘렸다.

"강한별."

"응!"

"꺄~ 회사 안 간다!"

이것은 늘 상상만 했던 일이었다. 괴로운 출근길의 땡땡이.

이 과장 때문에 괴로웠을 때는 특히 매일 생각했다고 해도 과언이 아니었다.

그래도 돌아갈 곳이 없으므로 늘 상상 속에만 있었던 꿈 같은 것.

하지만, 오늘은 은비의 상상 속에 있던 것이 현실이 되었다.

한별은 막 화를 낼 때는 언제고 이렇게 또 좋아하는 그녀를 보며 기분 좋게 웃었다.

"아… 맞다! 엄마한테 전화해야겠다. 갑자기 가면 놀라실 텐데."

순간 이 길의 끝이 여행이 아니라 엄마를 만나러 간다는 생각을 한 은비가 다시 긴장했다.

"우리 엄마가 말이야. 포스가 강 회장님 못지않거든."

"으음……."

한별은 그녀의 말에 괜히 긴장되는 마음을 숨겼다.

"할머니도 만만치 않고. 어쩌나, 우리 강 팀장님 긴장 좀 하셔야겠는데요."

"고 대리, 내가 은근 어른들이 좋아하는 스타일이라고."

어디서 오는 자신감인지 그가 턱을 들고 우쭐대며 말했다.

"그건 뭐, 가 보면 알겠지!"

은비는 걱정 반 기대 반이었다.

보통 딸 가진 엄마들은 백 퍼센트 눈에 차는 사윗감은 없다고 하던데, 제아무리 강한별이라도 한 번에 눈에 들 수 있을지.

오픈카는 출근 시간 지난 서울의 비교적 한적한 도심을 휘돌았다.

도는 동안 곳곳에서 두 사람을 내려 주고 태우고를 반복하며 제대로 드라이브를 마치고 나서야 공항에 다다랐다.

주차하고 차에서 내리는데 한별이 트렁크에서 캐리어 두 개를 꺼냈다.

"짐이 왜 이렇게 많아? 뭔데?"

"아- 이거, 비-밀."

잠시 후, 김점순 해녀촌에 달린 은비네 집 조그마한 거실이 네 사람으로 꽉 들어찼다.

"그래서 우리 은비랑 결혼한다고?"

할망이 한별을 향해 눈을 번뜩였다.

네 사람이 앉았으나, 거의 두 사람의 독대였다.

할망과 한별.

은비의 예상과 달리 엄마는 의외로 혼기 꽉 찬 딸을 구제해 줬다며 싱글벙글이었고 칼을 간 건 할망 쪽이었다.

"네, 할머니."

"허이구……."

한별은 자신의 예상과 달리 진땀을 쏙 빼고 있었다.

"옛날 우리 옆집 살던 강 씨가 그리 고집이 셌어."

"앗… 네……."

"내 그걸 보고 절대 강 씨랑은 결혼을 하는 게 아니라고 했지."

"할머님… 그건……."

"띠는, 띠는 무슨 띠야?"

이제 팀장이라고 아무리 은비가 말을 해도 계속 한별을 학생으로 부르며 말을 딱 자르는 할망이었다.

"말띠입니다."

"이런… 쯧쯧… 말띠랑 범띠가 상극이야! 상극! 잉……. 거 옛날 우리 옆집 살던 부부가 호랑이랑 말이었는데, 그리 둘 다 서로를 이겨 먹으려고 했어. 동구 밖까지 쌈하는 소리가 얼마나 났던지."

"어휴… 그러셨어요?"

"내 그걸 보고는 은비가 범띠니까 말띠랑 결혼은 안 된다 했지."

"할머님… 그건…….."

은비 할망이 한별을 재 보는 기준은 다름 아닌 수많은 세월을 보내며 깨달은 본인의 경험치였다.

"그리고 어리다며. 네 살이나."

"아… 네…….."

"거 은비 할아버지가 나보다 딱 네 살이 어렸어."

"우와… 저희랑 똑같네요, 할머님!"

"그거 아주 못 써. 죽을 때까지 애기야. 아주. 하나부터 백까지 그냥 다- 챙겨 주느라 내 힘들어 죽는 줄 알았어."

"할머니…….."

"내 그걸 보고 절대 우리 은비는 연하는 안 된다 했지."

"그래도 좋은 점이……."

두 사람의 독대를 지켜보던 은비 엄마와 은비는 새어 나오는 웃음을 참고 있었다.

결국은 좋다고 할 거면서 은근 강하게 나오는 할망, 그리고 이런 할망을 한별이 어찌 대처할지 은비와 엄마는 몹시 궁금했다.

"에헴! 근데, 학생 집이 그리 부자야?"

"아… 네……."

이제야 화색이 도는 한별이었다.

그쪽 분야에는 자신 있었다.

"그럼 혹여 밥은 안 굶고 살겠구먼."

"그럼요. 배 두둑이 먹이고도 많이 남아요, 할머님."

"많이 남으면 뭐 해. 돈도 딱 알맞게 있는 게 좋은 거라고. 그거 많아도 탈이 많어요. 그나저나 강씨랑, 말띠랑, 네 살 어린 것만 아니라도 생각을 해 보는 건데… 끙……."

할머니가 고개를 계속 저어 댔다.

"참, 할머니 여기-"

할망이 잠시 말을 끊은 사이 한별이 두 트렁크 가득 챙겨 온 선물 보따리를 풀었다.

"으응?"

말뚝이 박힌 듯 꼼짝 않고 있던 할망이 몸을 스르르 움직였다.

은비와 엄마도 그게 무언지 궁금해 바짝 다가갔다.
"이거 할머님 선물이에요."
한별이 캐리어를 열어 무척 커다랗고 고급스러운 나무 상자를 꺼내 할망 앞에 내려놓았다.
"이게 다 뭐야?"
"아, 별건 아니고- 공진단이에요."
그가 뚜껑을 열어 보이자 다들 눈이 휘둥그레졌다.
금박을 입고 있는 환약.
티브이나 다른 할망에게 좋다고 좋다고 말로만 듣던 공진단을 처음 보는 순간이었다.
"공진단?"
할망이 귀가 좀 어두워졌어도 공진단이란 소리는 선명하게 들었다.
먹기도 전에 벌써 눈부터 밝아지는 느낌이었다.
"네, 할머님. 하루에 한 알씩 꼭꼭 씹어 드시면 되는데요. 기력 달리실 때는 하나 더 드셔도 돼요. 이거 드시면 덜 피로하고 힘이 많이 나실 거예요."
"아니, 이 비싼 걸……. 헥… 대체 이게 몇 알이야?"
"반년은 거뜬히 드실 겁니다. 다 드시면 제가 또 선물해 드릴게요."
"늙은이가 뭐 얼마나 더 살겠다고 이 비싼 걸……."
말은 이렇게 하면서도 할망의 손길은 공진단 케이스를 쓰다듬고 있었다.

"이건, 어머님 선물이요. 어떤 게 좋을지 몰라 고민하다가 전에 뵀을 때부터 보통 피부 미인이 아니셔서 그 피부 영원하시라고 준비했어요."

한별이 이번에는 은비 엄마 선물을 꺼냈다.

그것은 엄마들의 워너비 화장품으로 불리는 것의 풀 세트였다.

"우리 은비가 나를 닮아서 이렇게 피부가 좋잖아. 어머! 이거 나도 얘기만 들었지… 와아… 한번 써 보고 싶었는데! 고마워, 한별 학생."

"엄마까지……. 이제 팀장님이라니까!"

"아, 맞다. 강 팀장."

"편하신 대로 부르세요. 뭐, 아들이라고 부르셔도 되고요!"

'아들'이라는 표현이 스스럼없이 제 입에서 나오자 한별은 괜히 자신의 마음이 울컥했다.

돌아가신 엄마 생각이 나지 않을 수 없었기 때문이었다.

은비 엄마가 할망의 눈치를 살폈다.

할망을 보니 한별에게 말을 더 걸지 않고 선물에 정신이 다 가 있었다.

마음껏 한별과 이야기할 수 있는 기회가 온 것.

"아들? 강 팀장 붙임성 보소! 은비야, 은비야, 우리 한별이가 딱 엄마 스타일이야!"

한별이 좋아하는 은비 엄마를 보고 얼굴에 미소를 띠었다.

엄마가 살아 계셨다면, 강 회장과 달리 은비를 살갑게 맞아 주셨을 텐데…….

은비 엄마처럼.

재벌가의 안주인이었지만 그 누구보다 순수한 마음을 가지고 계셨던 분이었기에 마땅히 그랬을 것이다.

그리고 엄마의 꿈은 늘 한별의 행복이라고 말씀하셨으니까.

한별은 은비 엄마를 보니 자꾸 엄마 생각이 났다.

"난, 한 가지면 돼."

은비 엄마가 한별의 눈을 똑바로 바라보고 말했다.

"네? 어떤…….'

"둘이 재밌게 사는 거. 엄마 바람은 그게 다야."

딸 구제해 줬다고 말은 후련하다 했어도 괜히 눈가가 촉촉해진 엄마가 화장품에 쏠렸던 눈을 한별에게 향했다.

"아유, 어깨가 아주 구만리네. 듬직해! 아주! 은비 아빠가 살아 계셨다면 오늘 무척 기뻐하셨을 것을."

그의 눈가도 촉촉해진 것을 발견한 은비 엄마가 한별의 등을 크게 쓰다듬었다.

"둘이 있을 때는 아주 맨날 웃고 재밌어서 난리 납니다. 저희요. 그니까 그런 걱정은 안 하셔도 됩니다."

"그래. 인생 뭐 있나. 둘이 재밌게 살면, 그게 최고야. 저거 결혼 언제 하나 그게 매일 내 숙제였는데 이제 그냥 마음이 폭 놓이네."

"엄마두… 참! 결혼이 무슨 숙제야!"

"결혼에는 관심도 없지, 나이는 먹어 가지! 엄마는 얼마나 마음에 걸렸는데, 이렇게 엄마 맘은 또 하~~~나도 몰라요. 이것이."

은비가 엄마를 보고 눈을 흘겼다.

"참, 강 팀장님. 그럼 저 캐리어 안에 든 건 뭐야?"

아직 남아 있는 캐리어가 눈에 띄어 물었다.

"아! 맞다. 깜박할 뻔했네. 이거 지난번에 선물로 드렸던 영양제인데요. 동네 분들 나눠 주시면서 우리 은비 신랑감이 주는 거라고! 자랑하시라고요."

한멸이 캐리어를 열자 동네 사람들에게 다 나눠 주고도 남을 영양제가 한가득 들어 있었다.

순간, 공진단 선물 이후 잠자코 그것만 눈에 두던 할망이 고개를 들었다.

할망의 눈빛이 또렷이 빛났다.

동네에서 은비 어릴 때 친구들은 진즉에 결혼해서 애도 낳고 잘 살고 있었다.

그래서 늘 손주랑 손주사위 자랑을 일삼던 옆집 옥분 할망이 머리에 스쳤던 것.

옥분 할망뿐이랴. 끝순이, 말자, 금순이 등등 친구 할망들이 손주사위 자랑을 얼마나 해 대는지 귀가 따가울 정도였다.

그때마다 입도 뻥끗 못 하던 설움을 다 털어 낼 순간이 찾아왔다는 생각에 벌써부터 고소한 생각이 들었다.

"내가 보니까 말이야."

"네, 할머님?"

"우리 한별 학생이 참 변함이 없을 사람이야-"

"네?"

"다 필요 없고, 그거면 되지. 결혼했다고 변하는 놈팽이들이 제일 몹쓸 인간이거든."

할망의 극적인 태세 전환에 은비 엄마와 은비가 눈을 질끈 감고 웃었다.

한별도 이제야 안도의 한숨을 내쉬었다.

은비는 역시 선물은 사람의 마음을 흔드는 묘약이구나 싶어 철저히 준비해 온 한별의 정성에 경의를 표했다.

"아, 참- 할망, 어멍, 이건 내 선물."

은비가 가방을 뒤적여 봉투 하나를 꺼냈다.

"이게 뭐야?"

"이거 제주 호텔 숙박권. 이 호텔 안에 스파, 사우나, 마사지실 그리고 호텔 안에 볼거리, 먹을거리 엄청 많거든. 제주도에서 평생 살면서 이런 데 한 번도 못 가 봤잖아. 한번 다녀오세요."

"얘는……. 그런 데는 뭐, 관광객들이 가는 곳이지. 집 놔두고 그런 델 돈 아깝게 왜 가."

"이거 나 경품 추첨 1등 해서 공짜로 받은 거야. 그니까 부담 갖지 말고. 응? 늘 휴가다운 휴가도 못 가 보고 살았는데 이참에 한번 갔다 오세요."

"집도 좁고 불편한데, 너희가 지내기 힘들지……. 둘이 다녀와-"

"아니, 할망 어멍이 거기 가시면, 우리가 이 집 잘 지키고 있을게요. 우리 둘이 재밌게."

"음… 결혼 전이니까 너무 재미지지는 말구. 그럼 한별 학생이 누추해도 은비 방을 쓰고 은비는 할망 방에서 자면 되겠네."

"그럴게요. 걱정 마."

그럴게. 걱정 마?

은비의 대답을 들은 한별이 그녀를 멀뚱히 바라보았다.

그러자 그녀가 살짝 윙크를 보냈다.

서른세 살에 하는 이런 거짓말이 왜 이렇게 짜릿한지는 아무도 모를 거라는 생각이었다.

은비와 한별을 맞은 할망과 어멍의 마음이 참 오랜만에 설레었다.

이제 가족이 될 새로운 사람과의 만남.

익숙한 곳에서 하는 특별한 여행에 대한 기대.

그리고 동네방네 은비 신랑감을 자랑할 수 있다는 사실 때문에.

"아이고, 시간이 벌써 이렇게 됐네! 점심이 너무 늦었네. 어여 밥 먹자. 모두 식당으로 나와요!"

시간을 확인한 은비 엄마가 깜짝 놀라며 분주히 몸을 움직였다.

"엄마, 이게 다 뭐야!"

엄마 뒤를 따라 식당으로 나간 세 사람의 입이 떡 벌어졌다.

상다리가 부러지지 않은 게 정말 신기할 정도였다.

온갖 해산물과 전, 평소 자주 먹지 않는 육고기에 손맛이 담긴 밑반찬이 가득 들어찬 밥상이었다.

분명 아침에 전화를 해 집에 온다고 했는데, 이 모든 걸 언제 준비했는지 은비와 한별은 놀라울 지경이었다.

"엄마, 언제 이 많은 걸 다 준비했어?"

"그럼 식구 될 사람이 오는데, 이 정도는 기본이지!"

"고럼!"

할망이 엄마의 말에 추임새를 넣었다.

"우리 아들! 딸! 그리고 우리 어멍! 많이 맛있게 드세요! 오늘 내가 실력 발휘 좀 했으니까!"

"잘 먹겠습니다! 어머님!"

한별이 우렁차게 대답하고는 자리에 앉았다.

"음… 은비 에미야, 나는 점심 안 먹어도 될 것 같은데."
 산해진미를 앞에 두고 할망이 선뜻 자리에 앉질 않았다.
"어? 그게 무슨 소리야, 어멍? 밥 한 끼 굶으면 난리 나는 양반이!"
 은비 엄마는 이게 무슨 일인가 싶어 할망 얼굴을 빤히 바라보았다.
"이거 한 개 먹었더니 어휴, 속이 그냥 든든해서 밥 생각이 음써!"
 언제 맛보셨는지 할망 손에는 빈 공진단 케이스가 들어 있었다.

📁

"여보- 삼구 씨! 진짜 당신 왜 이래……."
"후……."
 깊은 밤, 강 회장 안방에서 애리의 걱정스런 목소리와 한숨을 푹 내쉬는 강삼구의 음성이 새어 나왔다.
"아무래도 내일 같이 병원 가 보는 게 좋겠어요."
"후……."
 더는 어쩔 수 없다는 듯 애리가 단호하게 말했다.
 강 회장은 생각지도 못한 자신의 상태에 몹시 괴로워했다.
 이런 문제로 병원이라니. 전 같으면 상상할 수도 없는 일이었겠지만, 애리를 위해 강삼구는 큰마음을 먹었다.

"혹시 알아요? 뭐 해결 방법이 있을지……."

"그럽시다… 그럼. 미안하구려… 애리……."

쎈 비뇨기과.

애리와 삼구가 의사 앞에 손을 모으고 앉아 있었다.

"발기부전의 원인은 여러 가지가 있을 수 있으나, 회장님의 경우는 잦은 성관계로 인한 기력 쇠약으로 보입니다. 뭐, 지금은 아예 관계가 쉽지 않으시겠지만, 당분간 기력 보충에 힘쓰시는 것이 좋을 것 같습니다. 일단, 약 처방 먼저 해드리고요. 오래 지속되면 또 다른 치료법을 병행하실 수 있습니다."

알고 있는 사실인데, 의사의 입을 통해 다시 한번 확인하니 강 회장은 억장이 무너지는 것 같았다.

"남성에게는 이 문제가 그 무엇보다 가장 수치스러운 부분으로 여겨져 자신감이 많이 떨어질 수 있습니다. 따라서 아내분께서 많이 격려해 주시고 도와주셔야 합니다."

그런 말을 듣는 게 더 수치스럽소, 의사 양반.

강삼구는 병원에 괜히 왔다는 생각만 수십 번째 하는 중이었다.

그나마 라임병원을 찾지 않은 게 다행이었다.

되도록 신분이 노출되지 않을 수 있는 한적한 병원을 찾았던 것.

소문이라도 나면 무슨 망신인가 싶어 쉬쉬하며 온 곳이었다.

애리와 함께 병원 문을 나선 강삼구의 어깨가 축 처졌다.

"그러게-"

병원을 나오며 애리가 기운 빠지는 소리를 했다.

"응?"

"세상에 그동안 얼마나 그걸 놀려 가지고 이 지경이 된 거예요?"

나 정말 속상해서, 원!

애리가 삼구를 휙 째려보았다

"미안해. 요즘처럼 강삼구 인생에 이렇게 치욕스러운 날들은 처음이야."

강삼구는 호기롭게 살던 지난 시절이 이제는 돌아갈 수 없는 과거로 여겨지자 눈물이 앞을 가렸다.

"회장님의 경우 잦은 관계가 원인이라잖아요. 뿌린 대로 거둔 거지!"

"으음……."

내가 왜 그렇게 살았을까-

"근데! 이제 나는 어떡하냐고요… 휴……!"

애리는 한숨만 나왔다.

"아까 의사 선생님 말씀 들었잖아. 6개월 동안 천천히 함께 노력해 보면 다시 돌아올 가능성 있다고. 당신이 많이 도와줘야 한다고……."

좀 도와주구려…….

이 순간만큼은 고개 숙인 남자 강삼구였다.

"이그- 내가 못살아."

"미안해……."

"의사 선생님 말씀이 운동도 좀 하면서 체력 관리 하라고 하셨잖아요. 우리 한솔이를 위해서라도 당신이 노력 좀 해."

"응. 애리… 노파심에 하는 얘기지만… 내가 이렇다고 해도 내 곁에 있어 줄 거지?"

삼구가 애처로운 눈빛으로 애리를 바라보았다.

"어머! 이이가 왜 이래? 당신 진짜 갱년기예요? 안 하던 말을 막 하고 이제……."

"그러게… 갱년기인가 봐. 자꾸 눈물도 나고……."

인생 2막이 시작되는 육십 대, 그리고 아직 많은 일을 할 나이에 선고받은 이 청천벽력 같은 소식 앞에 그 잘난 강삼구도 고개를 떨어뜨릴 수밖에 없었다.

이제는 자신이 버림받지 않기 위해 어떻게든 그녀를 붙잡아야 했다.

가뜩이나 요즘 연예계에 복귀하고 싶다는 애리의 말이 핑장히 거슬리고 있었는데, 자신의 상황까지 이러니 불안하기 짝이 없는 마음 상태였다.

많은 여자를 갈아치우고, 그들의 눈물을 쏙 빼던 자신의 업보인가 싶어 이제야 회한하는 그였다.

금일 휴업

큼지막하게 쓴 종이를 가게 입구에 붙인 김점순 해녀촌 식당 홀에선 네 사람만의 즐거운 대화가 늦은 오후까지 이어졌다.

"그래서 할머님이 몰래 신고를 하신 거예요? 와아- 역시! 최고시다!"

할망은 유안 엄마를 된통 혼낸 영웅담을 펼치고 있었다.

한별은 연신 할망의 말에 박수에 엄지까지 척 올리며 대꾸하고 있었다.

덕분에 할망의 기분은 최고였다.

"그럼 잉- 어멍이 당하고 있는데, 내 가만히 있을 수 있나! 고것이 아주 못돼 처먹어 가지고! 돈으로 유세를 부리는 사람이 가장 못난 거야. 응! 한별 학생도 명심해! 그건 있다가도 없고, 없다가도 있는 법인 것을……."

그러면서도 할망은 아까부터 쥐고 있는 빈 공진단 케이스를 손에서 놓지 못하고 있었다.

그간 다 못 전한 이야기를 푸느라 신이 난 가족들, 그리고 리액션이 참 훌륭한 한별을 보는 은비의 마음이 무척 흐뭇했다.

바닷가 쪽으로 난 큰 창문 밖으로 보이는 제주도 하늘은 참 맑았고, 잔잔하게 치는 파란 바다 풍경도 참 아름다웠다.

솔솔 들어오는 바닷바람이 마음까지 시원하게 만들어 줬다.

아빠…….

나 결혼하려고…….

바닷바람을 맞으며 떠오른 아빠 생각에 은비가 잠시 눈시울을 적셨다.

잘 살게요…….

"고작 하루 있다 올 건데 짐이 왜 이렇게 많은지."

할망과 은비 엄마가 툴툴대면서도 설레는 마음을 감출 수 없었다.

"좋은 거 많이 드시고 푹 쉬다 오세요."

은비의 말에 할망과 은비 엄마의 얼굴에 웃음꽃이 피었다.

이윽고 짐을 챙겨 나온 할망과 어멍을 한별과 은비가 호텔까지 모셔다 드리기로 했다.

"그럼 출발할까요?"

"웅! 강 서방! 출발!"

한별의 차는 제주도에서도 오픈카였다.

"이런 차 티브이에서나 봤지 나는 처음 타 보네!"

"그니깐, 우리 강 서방 덕에 호강하네~~"

할망과 어멍은 이런 건 처음 타 본다며 신기해하고 신났다.

한별은 강 서방이라는 말에 기분이 너무 좋아 호텔로 향하기 전 오픈카를 타고 동네를 한 바퀴 돌았다.

그리고 동네 사람들이 지나갈 때마다 한별은 속도를 늦춰 할망과 어멍이 인사를 할 수 있게 배려했다.

이 잘난 사위, 실컷 자랑하시라고.

은비는 한별이 어르신들의 즐거움 중 하나는 이런 자랑하는 맛이라는 걸 어디 속성 과외라도 받고 왔는지 연신 놀라워했다.

"강 서방이 센스가 보통이 아니네."

"그치. 엄마, 내가 좀 늦게 데려와서 그렇지, 남자 하나는 기가 막히게 골랐지?"

"웅! 엄마가 오래 기다린 보람이 있네. 원그룹 사모님이랑 한판 한 보람도 있고."

"훗-"

"어… 어… 여기 여기! 차 좀 멈춰 봐."

할망이 느닷없이 마을 회관 앞에 차를 세우라고 난리였다.

"할망, 왜요?"

은비의 물음에도 다짜고짜 얼른 멈추라고 난리였다.

"내 잠시 내려야겠어."

회관 앞에 선 차에서 내려 마을 회관에 들어간 할망이 순식간에 친구분들을 잔뜩 데리고 나왔다.

대놓고 적극 자랑할 모양이었다.

"나 이거 타고 제주 호텔에 가는 중이야. 거기 알지? 서귀포에서 가장 좋은 호텔! 우리 은비가 거기 가서 마사지 받고 오라잖아. 이 할망 그런 거 안 받아도 아직 창창한데……!"

"아이고, 좋겠네. 우리 점순이."

"그리고 우리 은비 신랑 될 사람 얼굴 좀 보라고-"

"어디? 어딨어?"

"안녕하세요."

한별이 미소를 흘리며 할망 친구분들께 인사를 건넸다.

"세상에, 뭔 남자 얼굴이 저리 곱상해. 서울 애같이 생겼고만!"

할망 친구들이 한별을 보고 입이 떡 벌어졌다.

"글쎄, 성이 강씨야. 그리 강직하기로 유명한 강씨."

할망의 말을 들은 한별, 은비, 은비 엄마의 눈이 커다래졌다.

아까까지만 해도 강씨가 그리 고집이 세다 어쩌다 하던 분이 할망이셨는데, 이게 무슨 말인지.

"우리 은비가 공부를 좀 잘했어? 그랬더니 보는 눈도 똑똑해서 신랑감도 젊은 놈으로 아주 잘 데려왔지! 요즘은 연하가 유행이라잖아!"

"……!"

"게다가 귀티가 좔좔좔 흐르는 말띠야! 우리 은비랑 찰떡 궁합이야! 암!"

아까 한별에게 했던 말과는 완전 다른 말을 하는 할망을 보며 차에 탄 세 식구들은 서로 눈을 맞추며 큭큭거렸다.

친구분들의 부러움을 한눈에 산 할망이 뿌듯한 얼굴로 다시 차에 올랐다.

할망을 태운 오픈카는 다시 푸르른 제주 하늘을 가르며 움직였다.

한별의 마음이 참 벅찼다.

이 좋은 사람들과 가족이라는 끈으로 엮인다는 사실이 아무래도 무척 기뻤다.

📁

"후우-"

은비 할망과 어멍을 호텔에 데려다주고 집으로 돌아온 한별이 이제야 한숨을 돌렸다.

"많이 긴장했었지."

은비가 그를 토닥였다.

"응- 처음엔 많이 긴장되더라고. 그래도 다행이야. 예뻐해 주시는 것 같아서."

그의 표정이 무척 만족스러웠다.

"강한별이 매력을 좀 흘려야 말이지. 공진단에 화장품에 동네 사람들 영양제까지… 어후~ 진짜 심했다. 나 몰래 과외받은 거 아냐?"

"그럼, 이렇게 귀한 딸이랑 결혼하겠다고 허락 맡는 자린데! 최선을 다해야지요. 안 그래요, 고은비 씨?"

"그래서 통했구나. 물심양면 모두!"

"나 잘했어?"

"응. 할망이랑 어멍한테 하는 모습 보면서 내가 너무 고마웠어."

"그럼 이리 와서 안아 줘."

은비가 두 팔을 벌려 산만 한 덩치의 한별을 와락 안았다.

"사랑해- 강한별."

커다란 강한별 나무에 매달린 은비 매미가 사랑을 속삭였다.

"나도-"

그가 그녀를 번쩍 안아 끌어안고는 눈을 맞췄다.

"이대로 방으로 갈까?"

"그럴까?"

심장부터 시작해 온몸이 뜨거워지잖아!

"내 방으로 가자-"

"각방 아니고?"

한별이 장난스러운 얼굴을 하고는 손가락으로 그녀의 코를 툭 쳤다.

"미쳤어! 우리 둘뿐인데 왜!"

은비가 정색을 했다.

"못됐네- 엄마한테 거짓말이나 하고."

아까 엄마에게 무한 신뢰를 주던 우리 은비 어디 갔나?

"착한 거지. 엄마 걱정 안 끼치게."

"어쨌든 좋아. 너무 안고 싶었어."

그리고 더 참을 수가 없다.

"나도-"

한별은 은비의 다리를 자신의 허리에 꼭 끼운 채로 그녀 방으로 향했다.

"좋다- 이렇게 안고 있으니까."

"난 기분 되게 이상해. 내 방에서 강 팀장님이랑 이러고 있다니."

폭신한 이불 위에서 몸을 포갰다.

"막 엄마가 문 열고 들어올 것만 같아서 이상하게 불안하다. 학교 다닐 때 엄마가 엄청 엄하셨거든. 그리고 노크를 진짜 안 하고 막 불쑥불쑥 들어오는 스타일인 거야. 우리 엄마가."

"그랬어? 어?! 어머니 오셨어요!"

한별의 말에 은비가 화들짝 놀라 몸을 세웠다.

뒤를 돌아보니 아무 기척 없이 고요한 공기만 감돌았다.

은비가 그를 확 째려보았다.

"하하, 뭐가 이렇게 귀여워. 우리 애기는."

"야아- 강한별, 너 누나 놀리면 죽는다."

한별이 미간을 찌푸린 은비를 다시 와락 안았다.

둘은 이불 위에 누워 한참 동안 서로를 안고 이야기를 나눴다.

"우리 집 되게 후졌지? 가게는 리모델링했는데, 집까지는 못 했거든."

"그랬구나……. 괜찮아. 사실 여기서 자는 게 두 번째라 낯설지도 않고."

"두 번째?"

"응. 전에 성년의 날 땐가… 그다음 날 깨 보니 여기였었거든. 그때랑 똑같아서 그 기억이 다시 생생해졌어."

"아… 맞다. 그랬지."

"여기서 우리 꼬꼬마 은비가 태어나고 자라고… 많은 일들을 겪으며 지냈겠네?"

"그럼. 애기 때는 놀이터였고, 좀 커서는 공부방이었고… 뭐, 울고 웃고 모든 시절들이 담겨 있는 곳이지……."

"아- 좀 더 일찍 내 마음을 깨달았다면, 우리가 9년이나 돌아 만나지 않아도 됐을 텐데……."

"어이구, 그때 알았으면 우리가 공부를 했겠어?"
"그런가? 후훗."
"더 늙기 전에 만나서 다행이지, 뭐."
"하나도 안 늙었어."
"잘 봐 봐. 여기 눈가 주름. 아, 이 과장 때문에 미간 주름도 아주 박힐 지경이었거든. 봐 봐."
"안 보이는데?"
"잘 봐 봐-"

쪽-

보이긴 하는데… 예뻐. 그것마저도 내 눈엔 아름다운 너의 일부분일 뿐……. 더는 시간 낭비하지 않게… 이 함께 있는 시간들 속에서 우리 사랑을 느끼고, 행복을 느끼자…….

네가 나고 자란 이곳에서, 너의 온갖 감정이 스며들어 있는 이곳에서, 여전히 너의 체취로 가득한 이곳에서.

다짐한다.

너의 지난 시절도, 앞으로의 시절도 모두 다 사랑할 것을.

한별과 은비는 밤이 깊도록 이어진 대화를 말에서 또 다른 곳으로 옮겨 갔다.

뚝 끊어진 말을 대신하는 서로의 눈빛은 어느 때보다 애틋했다.

이내 서로의 숨결이 가까워졌고, 보드라운 감촉의 맨살이 맞닿았다.

천천히 부드럽게 그녀의 입에 입을 맞추던 그가 조금씩 속도를 내며 그녀 입 안으로 파고들어 왔다. 달콤한 장미 향이 아찔하게 퍼지자 강렬한 몸짓으로 그녀에게 다가갔다.

짜릿한 키스를 나누며 그녀의 사랑스러운 몸을 제 손끝으로 느꼈다. 은비가 눈을 감고 오롯이 그가 제게 하는 것을 느끼며, 흥분되는 자신의 감정을 숨기지 않고 드러냈다. 단단한 그의 몸이 온전히 저만 사랑하고 있다는 느낌이 얼마나 강렬한지, 그러면서도 묘한 안정감을 주는 그의 몸을 어루만지고 또 만졌다.

서로의 몸이 밀착될수록 더욱 서로의 것이 되어 가는 기분이 뜨거운 감격으로 다가왔다.

마침내 거칠어진 그의 숨결, 몸짓이 저에게 말할 수 없는 환희를 가져다주었을 땐, 미치도록 이 남자가 제 것이라는 사실이 행복했다.

"사랑해-"

"나도."

"나 진짜 죽을 것 같아."

"왜에."

"너무 좋아서."

"그럼 더 살아야지."

"그럼, 한 번 더 할까?"

"그럴까?"

사랑스러운 눈빛에 손길을 더해 서로를 어루만지는 밤-
은비의 시절이 담긴 제주도 바닷가 마을 식당에 달린 집에서 보낸 밤은 밤바다를 수놓은 별만큼이나 반짝이고 아름다웠다.
두 사람에게 이곳은 5성급 호텔 부럽지 않은 최고의 장소였다.
그저 서로가 함께 있으므로.

그 시각, 서귀포 호텔-
"어멍, 내가 은비 고것을 필주 없이도 잘 키웠지?"
"니 어멍 닮아서 그렇지."
"맞네! 우리 어멍이 최고지!"
"알면, 거 내 공진단엔 손댈 생각은 말어."
"그게 그리 좋아?"
"고럼, 사는 날까지는 창창하게 살아야지! 늙은이는 그게 가장 잘하는 짓이야!"
"이그-"
은비 할망과 어멍은 제주 호텔에서 뜨끈한 사우나와 시원한 마사지를 즐기며 기분 좋은 시간을 만끽했다.

제주도에서 돌아온 후, 바로 맞는 주말 아침이었다.

은비는 옷장에서 한솔이 과외에 갈 옷이 아닌 색다른 의상을 이리저리 몸에 대 보는 중이었다.

"결혼식에 흰색 옷은 입고 가는 게 아니고… 또 사진에 크게 찍힐 텐데 대충 입을 수도 없고… 고민이네……."

흰 블라우스와 정장 바지를 제쳐 두고 치마 중에 옷을 골라 보려니 머리가 지끈거렸다.

한솔이 과외는 하루 미뤄졌고, 오늘은 최 대리의 결혼식 날이었다.

그리 급하게 굴더니, 은비보다 먼저 식을 올리게 된 최, 차 커플이었다.

은비는 최 대리가 부케를 받아 달라는 부탁을 한 터라 의상에 꽤 신경을 쓰고 있었다.

"사내 커플이라 직원들도 엄청 많이 올 텐데……."

'라임몰 고' 오픈 행사 때 한별과의 연애가 공개된 후, 바로 제주도에 갔다 온 바람에 본사 직원들을 오늘에야 제대로 마주치는 날이었다.

Rrrr-

-고 대리님!

"어, 최 대리. 많이 바쁘지 않아?"

-지금 헤어 손질 중이에요. 이따 늦지 않게 올 거죠?

"으응, 그럼. 준비 거의 다 해 가거든, 곧 출발하려고."

-아… 고 대리님 혹시 혼자 와요?
"응. 혼자 가는데, 왜?"
-혹시나 해서요. 보통 애인 데리고 오기도 하니까 궁금해서요.
"아… 그냥 혼자 가려고."
-네네. 알겠어요. 이따 봐요!
"응! 예쁘게 준비 잘하고~~"
'후…….'
전화를 끊은 은비의 손이 툭 떨어졌다.

'강한별, 나 이번 주말에 최 대리 결혼식 때문에 한솔이 과외를 좀 미뤄야 할 것 같아.'
'아, 그래? 그 커플 드디어 결혼하는구나! 그리 불타더니, 큭큭. 참, 안 그래도 나는 주말에 '라임볼 고' 나가 봐야 할 것 같았거든. 과외는 일요일로 미루지, 뭐.'
'어? 어… 그래…….'

사실, 은비는 한별에게 같이 가자고 말할까 했는데, 마침 토요일에 일이 있다는 그의 말에 그냥 단념해 버렸던 것.
뭐, 안 그래도 직원들이 우글우글할 곳에 데리고 가기엔 워낙 부담스러운 애인이라 좀 망설여지기도 했는데 차라리 잘됐다 싶었고.

그래도 결혼식에 갈 때마다 꼭 애인을 대동하고 오는 친구들, 직원들이 그간 부럽지 않았다면 거짓말일 것이다.

마음 한구석이 조금 아쉬운 건 어쩔 수 없었다.

"뭐- 어쩔 수 없지!"

은비는 눈을 한번 치켜떴다 내리고는 다시 옷장에 눈길을 주었다.

그녀는 고민 끝에 차분한 모노톤의 원피스를 골라 입고, 화장과 머리 손질을 마쳤다.

"이 정도면 뭐, 무난하겠지?"

전신거울 앞에서 은비가 입꼬리를 쓱 올렸다.

부케를 받는 느낌은 어떨지 괜히 마음이 설레었다.

결혼식장엔 화려한 샹들리에의 은은하고 우아한 조명이 빛났고, 그 아래 한껏 정장을 차려입은 하객들이 삼삼오오 무리 지어 이야기를 나누고 있었다.

그곳에 도착한 은비가 고개를 돌려 신부대기실을 찾았다.

"우와, 최 대리! 너무 예쁘다!"

"고 대리님! 헷- 고마워요. 얼른 사진 찍어요."

찰칵-

"어! 어머! 수지야! 와, 남친? 와아-"

사진을 찍기 무섭게 최 대리의 다른 친구 하객이 남자 친구를 대동하고 나타났다.

"그럼 이따 봐, 최 대리!"

은비는 정신없어 보이는 최 대리에게 간신히 말을 남기고 홀로 그곳을 빠져나왔다.

"이게 누구야! 고 대리! 아니, 우리 고 대리님!"

축의금을 내고 미리 식장에 들어서는데, 이 과장님의 목소리가 들렸다.

"아, 안녕하세요! 다들 오셨네요!"

그녀가 소리 나는 쪽으로 고개를 돌려 보니 이 과장과 기획팀 네 명의 대리가 함께 있었다.

아무래도 마케팅팀 바로 옆 부서라 기획팀 팀원들과 일면식이 있는 최 대리가 그들도 초대한 모양이었다.

"강 팀장님은?"

이 과장이 은비에게서 대놓고 한별을 찾았다.

"아… 그게……."

"혹시 벌써 시들한 거야? 둘이 제주도 같이 갔다는 소문 있던데? 미리 신혼여행 간 줄 알았더니, 뭐야. 이거."

이 과장이 시큰둥해하면서도 그렇게 되기를 바라기도 한다는 듯 은비의 말을 딱 자르고 비꼬며 이야기를 했다.

그 성격 어디 가냐고!

"와, 오늘 소문이 진실인지 확인 좀 해 보려고 했더니, 뭐야, 아쉽잖아, 고 대리."

기획팀 한 대리도 옆에서 거들먹거렸다.

"그나저나 진짜 희대의 미스터리 아냐? 우리 고 대리가 어떻게 강 팀장님이랑……!"

"그니까, 와- 나도 진짜 그 얘기 듣고 이게 실화인가 했다니까요."

"우리 강 팀장님 취향이 생각보다 독특하단 말이야."

"아님 고 대리가 우리가 모르는 뭔가가 있나?"

사람 앞에 두고 지들끼리 난리가 났다.

아주 그냥 변함이 없네! 이것들을 죽여! 말아!

"흠… 저기 이 과장님, 한 대리님, 신 대리님, 이 대리님, 김 대리님!"

"어?"

"강 팀장님 오늘 '라임몰 고' 가셨어요. 주말 기획전 때문에 뭐 체크하실 거 있다던데. 설마 혼자 가신 거예요? 와- 기획팀은 팀장이 혼자 일을 다 하네!"

은비가 더 정색을 하고 큰 소리로 물었다.

그러자 기획팀 무리들은 주위를 살피며 누가 들을까 눈치를 보고 있었다.

"오늘 거기 가신다고 했다고?"

"아, 진짜야? 우리한테 별말씀 없으셨는데… 어쩌지……."

안절부절못하는 이 과장과 네 명의 대리들의 꼴이 참 우스웠다.

"내가 전화라도 해 봐야겠다."

급기야 불안한 표정의 이 과장이 휴대폰을 들었다.

그가 강 팀장님 번호의 통화 버튼을 누르는데, 익숙하고도 섬뜩한 벨소리가 점차 모두에게 가깝게 들려왔다.

"은비야-"

그때, 많은 결혼식 하객 중 그녀만 보고 직진하는 한 남자의 목소리가 들렸다.

사람들 사이를 뚫고 걸어오는 한껏 차린 신랑을 그림자로 만드는 세상 최고의 미남 민폐 하객의 등장.

강 팀장이었다.

미치도록 멋있게 하고 온 그를 보고 은비는 심장이 터지기 일보 직전이었다.

모두들 입을 떡 벌리고 그의 존재감을 실물로 접하고 있는데, 그 남자는 아무도 보이지 않는다는 듯 그녀만 바라보고 있었다.

이 과장은 스스로 허무하게 휴대폰 종료 버튼을 눌렀다.

"아니, 어떻게 된 거예요? 일 있다고……."

은비가 튀어나오려는 심장을 누르며 간신히 물었다.

"보고 싶어서."

한별이 큰 키를 구부려 그녀의 귀에 대고 속삭였다.

이 남자 아주 나를 녹일 셈이었다.

은비가 귀를 타고 들려오는 달콤한 목소리에 두 눈을 질끈 감아 버렸다.

아니나 다를까, 두 사람의 투 샷은 이곳에 참석한 라임몰 직원들의 눈길을 사로잡았다.

혹시나 두 사람이 깨진 건 아닐까 기대했던 이 과장 외 네 명의 대리들의 표정은 급격히 어두워졌다.

"어! 이 과장님도 오셨네요? 대리님들도 오셨습니까."

은비와 손을 잡고 나서야 그의 눈에 기획팀 팀원들이 눈에 들어왔다.

"아… 네… 오셨습니까."

잘못 걸렸다는 듯 쭈글거리는 말투의 다섯 사람이었다.

"네. 우리 은비가 오늘 부케 받는 날이거든요. 남자 친구가 안 올 수 없잖습니까."

"아… 네네. 그럼요. 오셔야죠. 하하, 두 분 너무 잘 어울리십니다."

"아깐 뭐 시들 어쩌고……!"

이 과장이 화들짝 놀라 은비 입을 막았다.

"고 대리, 미안해. 그 얘긴 없었던 걸로…….."

"이 과장님, 죄송하지만 그 손은 좀 치워 주시죠. 제가 제 입보다 아끼는 입이라서요."

"아… 네네… 죄송합니다, 팀장님."

이 과장이 울상을 지었다.

결혼식에 참석한 라임몰 직원들의 시선이 두 사람에게 꽂혔다.

신랑 신부보다 더 주목받는 중이었다.

"자자, 결혼식 보러 들어갑시다."

뭇 사람들의 관심과 부러움을 뒤로하고 한별과 은비가 식장으로 걸음을 옮겼다.

식을 알리는 방송이 나오고 신랑 신부가 식장으로 들어오자 술렁이던 장내가 좀 정돈되었다.

두 사람도 손을 꼭 잡고 결혼식 경청 모드로 자세를 바꿨다.

누가 봐도 연인이었고, 누가 봐도 상관없다는 듯 여유가 있는 두 사람이었다.

"아, 내가 부케 받는다고 얘기 안 했던 것 같은데? 어떻게 알았어?"

"다 아는 수가 있지. 은비야, 오늘 결혼식 잘 봐 둬-"

식이 시작되자 한별이 은비를 보며 미소를 지었다.

은비는 결혼식 분위기 때문인지 오늘따라 그의 말 한마디 한마디에 심장이 몹시 쿵쾅거렸다.

한별이 지금 자신의 옆에 있다는 사실이 참 좋았고, 결혼식을 함께 보는 이 순간이 참 특별했다.

모든 사람이 지켜보는 가운데 신랑 신부가 입장하고, 혼인 서약을 하고, 주례를 듣고, 신랑의 유쾌한 세레나데가 이어진 다음 행진을 마지막으로 모든 식이 끝났다.

은비 눈에 최 대리는 참 아름다웠고, 그녀를 아끼는 차 대리의 모습도 참 멋졌다.

평소 같으면 으레 하는 것들이니까 눈여겨보지 않았던 것을 의미 있게 바라보던 한별과 은비는 최, 차 커플의 결혼에 진심 어린 축하 박수를 보냈다.

자신과 한별의 결혼식은 어떤 모습일까 궁금한 마음도 들었다.

"나 이제 부케 받으러 가야겠다."

"그거 받고 6개월 안에 나한테 시집오면 되겠네, 우리 애기."

한별의 말에 은비가 눈을 가늘게 뜨고 미소를 지었다.

어쩌면 너도 내내 나와 같은 생각이었을까?

"자자- 신랑 신부 친구분들 사진 찍겠습니다. 모두 올라와 주세요."

사진작가의 말이 끝나기 무섭게 양쪽 친구들이 신랑 신부를 중심으로 층층이 섰다.

은비는 부케를 받아야 해서 신부의 바로 옆자리.

어라?

그런데, 차 대리의 친구도 아닌데, 강한별이 그쪽으로 당당히 가서 서는 것이 아닌가!

은비가 의아한 눈으로 그를 바라보았다.

그러는 사이 이윽고, 부케를 받는 순간이 찾아왔다.

"네, 이쪽에 서시고요. 친구분은 이쪽에. 부케를 양손으로 잡고 뒤쪽으로 던지세요!"

사진작가의 주문대로 최 대리가 뒤쪽에 서 있는 은비에게 부케를 휙 던졌다.

"오-"

친구들 사이에서 함성이 터져 나왔다.

은비가 엉망진창으로 던진 최 대리의 부케 투구 솜씨를 날렵한 몸을 던져 제대로 커버했기 때문이었다.

부케를 받자마자 코끝에 풍기는 향기로운 꽃 냄새를 맡은 그녀는 세상 환한 얼굴로 그것을 두 손에 꼭 쥐었다.

"그럼 이번에는 신랑 친구분 나오세요!"

사진작가의 말에 친구들이 뭐지 하는 순간, 강 팀장이 은비가 섰던 자리에 섰다.

은비는 앞에 펼쳐진 광경을 눈을 씻고 바라보았다.

강한별, 네가 거기 왜 있어?

"신랑분 부토니아 던지겠습니다. 연습 없이 바로 갈게요- 하나 둘 셋!"

"오~ 와!!"

이번에는 친구들이 환호성에 가까운 소리를 질렀다.

한별은 준영이 잘 던져 준 부토니아를 한 손으로 멋지게 잡았다.

그리고 웃으면서 은비를 향해 그것을 흔들어 보였다.

누가 보아도 사랑에 푹 빠진 남녀였다.

다들 부러운 눈빛으로 그 두 사람을 바라보았다.

"고 대리님- 이거 우리의 서프라이즈야. 우리 둘 고 대리님 덕분에 결혼한 거라 좀 특별한 이벤트 만들어 주려고 강 팀장님이랑 짰지."

최 대리가 옆에 서 있는 은비에게 속삭였다.

"그랬구나……. 나 진짜 깜짝 놀랐네."

그제야 모든 상황이 이해가 간 그녀.

'라임몰 고' 간다는 것도 다 거짓말이었던 게 밝혀졌다.

사진 촬영도 다 끝나고 텅 빈 식장에 부케를 든 은비와 부토니아를 꽂은 한별이 섰다.

팔짱을 끼고 레드카펫을 연습 삼아 걸어 보는 두 사람.

단상에 닿은 그들의 걸음이 잠시 멈췄다.

"은비야."

"응?"

"우리도 이제 진짜 결혼하자."

한별이 은비가 가지고 있는 것과 다른 카드 키를 그녀에게 내밀었다.

그녀가 미소를 짓고 고개를 끄덕였다. 그가 부케를 들고 있는 그녀의 이마에 입을 맞췄다. 그리고 다시 진중한 눈빛으로 그녀와 눈을 맞췄다.

"마지막 프러포즈야."

내 마지막 대답도 처음과 같은걸.

은비가 눈을 감고 발끝을 세웠다.

한별이 그녀를 품에 안고 입을 맞췄다.

[나처럼 좋은 아침^^]

물류팀에 막 출근한 은비가 컴퓨터를 켜자마자 사내 메신 저에 어김없이 새 창이 떴다.

아침부터 미소 짓게 하는 한별의 메시지.

음성 지원도 되는 중이었다.

[응. 자기처럼 좋은 아침♡]

은비는 그에게 하트를 붙여 회신을 보냈다.

이모티콘을 어쩜 그렇게 안 쓰냐고 한별에게 구박을 받은 탓이었다.

요즘 은비의 하루 업무는 그의 메시지를 읽는 것으로부터 시작했다.

그것은 효험이 대단해서 하루를 무탈하게 보낼 수 있는 에너지를 주었다.

"고 대리! 이번에 해외 발주처들 물량 체크 좀 부탁해요."

"넵! 부장님."

"아, 맞다. 차 대리가 휴가 중이라 물류 창고에 새벽에 도착한 물품들 체크를 누가 좀 해 주면 좋겠는데."

"부장님! 제가 할게요!"

은비가 빠르게 나섰다.

혹시나 강 팀장 때문에 초고속 승진 소문이 도는 마당에 그녀가 갖춰야 할 덕목은 언제나 최선을 다해서 일하는 것이었다.

누구보다 낙하산을 아니꼽게 보았던 그녀 아니었나.

그러다가 개중에 괜찮은 낙하산이랑 제대로 엮여 버렸지만.

은비는 차 대리 업무를 대신해 주기 위해 물류 창고로 가고 있었다.

"아, 진짜 물류팀 고 대리 대체 강 팀장님을 뭐로 홀린 거야."

"그니까. 얼굴 평범하지, 키 작지, 몸매도 뭐 그냥 그렇던데. 심지어 연상이래. 네 살이나."

홀리긴, 내가 귀신인가!

휴게실을 지나치는데 모여 있던 직원 몇이 소곤대는 소리가 들렸다.

은비를 보고도 그들의 대화는 뻔뻔하게 이어졌다.

"네 살? 와, 고 대리님 은근 동안이긴 하네. 근데 강 팀장 진짜 아무것도 안 보네. 대체 뭐지?"

"그니까. 하, 기획팀에 들어갔어야 하는데, 같이 일하다 정든 거 아냐?"

은비 귀에 들리라고 얘기하는 소리 같기도 했다.

그냥 부러우면 부럽다고 해라!

그곳을 지나가던 은비가 고개를 좌우로 내젓다가 뒷걸음질을 쳤다.

아무래도 할 말을 못 하면 밤에 잠이 안 올 것 같으니까.

한마디만 해야겠다!

"저기요-"

은비가 그들을 주목시켰다.

"어머나, 이게 누구야. 곧 강 팀장님 사모님 될 분 아니세요?"

어렵쇼. 대놓고 비꼬는 거야?

"여기서 백날 답 안 나오는 얘기해서 뭐 합니까. 궁금한 거 있으면 직접 물어봐요. 알고 경험해 본 선에서 성심성의껏 답해 줄 테니까."

"아니… 그게 아니라……."

은비의 말에 그들이 우물쭈물했다.

"가령 사내 연애 성공법에 관한 질문도 받을게요. 아시는지 모르겠지만 최, 차 커플도 내 도움이 컸거든요. 큰 정도가 아니지. 거의 다라고 봐도 무방하다니까요."

"진짜요?"

"그런데, 오늘은 일이 바빠서 다음 기회에요."

은비의 발걸음이 한결 가벼워졌다.

뒤에서 아니꼽게 보던 시선이 진심 어린 존경의 눈빛으로 변한 것이 느껴졌기 때문에.

이러다가 과외 문의 들어오는 거 아닌지 모르겠다는 생각이 들었다.

과목명은 상사 공략법 혹은 사내 연애 잘하는 법.

풋.

엉뚱한 상상에 은비가 실소를 터뜨리며 가던 길을 걸었다.

사내 연애 성공법?

그런 게 어디 있나.

운명의 상대가 학교에 있으면 캠퍼스 커플이 되고, 회사에 있으면 사내 커플이 되는 것. 중매로 만났으면 또 어떠리. 그 또한 그대로 사랑하면 되는 것임.

"후-"

이리저리 발로 뛰고 다닌 은비가 몇 시간 만에 자리에 앉았다.

그때였다.

"서 부장님."

"아, 강 팀장님. 오셨습니까."

"안녕하세요-"

점심시간을 알리는 인간 알람시계가 물류팀에 도착했다.

"고 대리 데리고 나가서 점심 먹으려고요."

그냥 조용히 나오라고 하면 될 것을 꼭 이렇게 티를 내며 아예 대놓고 말하는 한별이었다.

물류팀 직원들이 다 천사표라 다행이지, 누가 보면 엄청 티 낸다며 눈꼴 시려 할 상황이었다.

매일 이러니 은비도 처음에는 민망하던 것이 어느 정도 단련이 되었을 정도.

"시간이 벌써 이렇게 됐네. 아, 강 팀장님, 이제 하루라도 안 오면 내가 다 보고 싶을 지경입니다. 자자, 우리도 다 점심 먹으러 가자고."

"참, 차 대리 아직 신혼여행에서 안 왔죠?"

"네. 아직."

"그럴 줄 알고, 식사 후에 드시라고 미리 커피 사 놨습니다. 냉장고에 넣어 두고 가겠습니다."

이러니 눈꼴이 시리다가도 다시 사람들을 헤벌쭉하게 만든다니까!

이런 센스쟁이!

대단한 강한별!

"허허, 이런 고마워서 어쩝니까."

"아닙니다. 제가 고 대리 맨날 데리고 나가서 죄송해서 말입니다."

"하하, 한창 좋을 때죠. 저도 그럴 때가 있었습니다. 마음 껏 즐기세요, 팀장님. 고 대리! 얼른 안 일어나고 뭐 해요?"
"앗, 네넵. 그럼, 모두 식사 맛있게 하세요!"
은비가 한별을 밀어붙이며 사무실을 나섰다.
"강 팀장님, 우리 점심 어디서 먹을까. 오늘은 내가 쏠게."
"음… 오늘은 그게 당기는데."
그녀가 쏜다는 말에 한별이 곰곰이 머리를 굴려 보았다.
"응? 어떤 거?"
"구내식당!"
"나 밖에서 밥 살 정도의 돈은 있다고, 강한별."
그의 말이 엉뚱해 은비가 미간을 좁혔다.
"밥 얼른 먹고 같이 한강 산책하고 싶어서. 가을볕이 좋잖 아. 구내식당이 가장 빠르지 않겠어?"
"그렇긴 하지만……."
그런 이유라면 납득이 되긴 했다.
갑자기 직원들이 득실대는 구내식당이 썩 달갑진 않지만, 한강 산책을 위해서라면 뭐든 괜찮은 은비였다.
두 사람이 별관에서 본관으로 옮겨 구내식당으로 향했다.
키가 작고 아담하지만 당찬 걸음의 고은비. 내 여자를 에스 코트하는 신중한 발걸음의 강한별. 라임몰 고 사원증을 목에 건 두 사람의 발걸음이 주변을 빛내며 움직였다.
점심시간이니까 구내식당에 밥 먹으러 가는 것뿐인데도

여기저기서 그들을 힐끔 바라보았다.

그러나 은비는 주변 직원들의 속닥대는 말들과 곱지 않게 보는 시선은 아랑곳하지 않기로 했다.

회사를 8년을 다녔어도 누군가의 눈에 띄는 일이 거의 없다시피 했다. 그런 건 바라지도 않았고, 그럴 일도 없었다. 그런데, 한별을 만나 얼굴이 팔려도 너무 팔리는 중이었다.

그의 사랑스러운 그녀로.

"와- 우리 회사 구내식당 퀄리티가 장난이 아니네. 이거 먹어 봐. 아-"

오늘 구내식당 메뉴는 쌈밥이었다.

한별과 은비는 아주 알콩달콩 쌈을 싸서 나눠 먹는 커플이었다.

은비가 한별이 준 쌈을 야무지게 받아먹었다.

거참, 부러워서 사내 연애 해 봐야겠다는 소리가 여기저기에서 작게 들렸다.

그 소리에 두 사람이 반달눈을 하고는 웃음을 지었다.

식사를 마친 두 사람이 한강 공원 산책에 나섰다.

구내식당 효과로 점심시간은 30분이나 남아 있었다.

날씨도 좋았고, 바람도 적당했다.

그리고 은비 옆엔 한별이 있었다.

더 바랄 게 없는 날.

"너무 좋다. 이런 산책."

한참을 걷던 그녀가 웃으며 그를 바라보았다.

"아- 제발 그렇게 웃지 마."

"응?"

"너무 사랑스러워서 회사 들어가기 싫어질 것 같으니까."

"그럼- 이렇게 할까."

은비가 두 눈을 찌푸려 우스꽝스러운 표정을 지었다.

"아니, 그것도 안 될 것 같아. 너무 귀여워."

콩깍지가 너무 씌었군요.

"이따 퇴근하고 또 볼 거니까 산책은 이쯤 하고 가요. 적당히 해야지. 사람들 보기에도 너무 그러면 안 될 것 같아."

"흐음……."

"웬만하면 모든 사람들에게 좋은 인상 주면 좋잖아요."

은비의 말에 한별이 고개를 끄덕였다.

두 사람이 한강을 뒤로하고 다시 발걸음 가볍게 회사로 향했다.

해가 지고 도심의 조명이 막 켜지기 시작하는 어느 어스름한 저녁이었다.

한강의 야경이 서서히 모습을 드러내고 있었다. 은비가 가장 좋아하는 풍경.

때문에 한별도 가장 좋아한다나.

잔잔히 떠가는 강물 위에 특별한 시간이 함께 흐르고 있었다.

한강 위에 떠 있는 크루즈에서 결혼식이 진행 중이었다.

"신랑 신부의 예물 교환이 있겠습니다."

사회자의 말에 뱃머리 쪽에 꾸며진 단상에 선 오늘의 주인공들이 서로를 마주 보고 섰다.

선상에 흐르는 감미로운 클래식 음악이 이곳에 있는 사람들의 마음을 말랑하게 해 주고 있었다.

그중에 제일은 신랑 한별과 신부 은비.

인생에 한 번뿐인 특별한 순간을 맞이하는 두 사람의 마음이 서로에게 닿아 있었다.

두 사람 뒤로 한강의 야경이 점점 빛나기 시작했다.

크루즈에 장식해 놓은 조명들도 그것들과 어우러지며 반짝였다.

한별이 화동이 전해 준 예물 케이스를 열어 반지를 꺼냈고, 그것을 은비의 네 번째 손가락에 끼웠다.

그녀도 자신과 같은 모양의 반지를 그의 손가락에 걸었다.

그리고 두 사람이 마주 보았다.

바라만 보아도 좋은 이가 눈앞에 있었다.

"키스해! 키스해!"

반지가 그들 손가락에 끼워지자마자 하객으로 참석한 지인들이 짓궂게 외쳐 댔다.

 그 소리를 들은 한별이 은비를 보고 입가를 올리며 미소 지었다.

 그녀의 볼은 아까부터 발그레 물들어 있었다.

 한별이 그녀의 어깨를 잡았다.

 은비가 그의 가슴팍에 자신의 손을 살며시 얹었다.

 그리고 서로의 거리를 좁혀 갔다.

 "사랑해."

 한별이 그녀만 들릴 만한 소리로 고백을 하고는 그녀에게 입맞춤을 했다.

 은비가 눈을 스르르 감았다.

 강한별, 오늘 어쩌자고 이렇게 멋있니?

 내가 꿈을 꾸고 있는 건 아니지?

 어쩌다가 내가 너와 이런 멋진 순간을 함께하게 된 걸까.

 고마웠어. 지금까지의 날들. 너무 기대돼. 너와 함께할 날들.

 사랑해.

 언제까지나. 영원히.

 은비야, 오늘도 나는 너와 함께 있어.

 네가 그토록 좋아하는 이곳에서.

 네가 꿈을 꾸든, 현실을 살든 그곳이 어디든 난 늘 너와 함께할 거야. 그곳이 내가 있어야 할 곳이니까. 오늘은 또 어쩌자고 이렇게 예쁘니- 한강 야경도 그저 너를 빛나게 할 뿐이야.

내겐 늘 사랑스러운 너-

사랑해.

언제까지나. 영원히.

외전. 9년 전 그 섬에서 있었던 일

「차귀도 입시생 성과제 과외

학생 상태 : 밑바닥
조건 : SKY - 1억 지급
　　　인 서울 - 5천 지급
기간 : 1년
시간 : 월-금 오전 3시간
혜택 : 교통비, 식비 지급
문의 : 010-xxxx-xxxxx」

"아니, 이게 말이 돼?"

은비는 두 눈으로 보고서도 믿기지 않았다.

1억이라니.

아무리 꿀 빠는 대학생의 과외 알바라지만, 연봉이 이 정도 될 돈벌이는 아니었다. 그녀는 과외에 대한 모든 정보 중 오직 1억만 눈에 들어왔다.

1억이라면 코딱지만 한 '김점순 해녀촌'을 뜯어 고치고도 남을 돈이었다.

게다가 고치고 난 다음 1년 치 등록금을 내고도 남을 돈이었다.

아마 이것저것 다 하고도 남아, 평소 갈망해 마지않았던 그 수술도 할 수 있을 것 같았다.

은비는 정신을 차리고 다시 한번 내용을 훑었다.

일단, 시간은 완전 딱이었다.

차귀도가 좀 멀긴 하지만, 교통비도 다 준다고 했고.

그런데 구인 광고 아래에는 무수히 많은 댓글들이 달렸다.

[밑바닥을 무슨 수로 인 서울을 보내…….]
[1억은 미끼임. 이거 재능 기부 수준일 꺼임.]
[관종. 낚시글.]
[3시간 플러스 2시간이다. 차귀도 개 멀다.]

구직 사이트에 따르면 오늘 지원 마감인 '차귀도 과외'의

현재 지원자 수는 '0'이었다. 은비가 눈을 한 번 비비고 보았지만 여전히 '0'이었다.

"와, 우리나라 구직인들의 마인드가 이렇게 현실적일 수가 없네……. 요행을 바라지도 않고, 가능성이 없는 얘기엔 들이대지도 않는구나."

은비는 이렇게 중얼거리면서도 괜히 심장이 두근두근거렸다.

나는 때론 요행을 꿈꾸며 살았지.

로또에 맞아서 남들처럼 편하게 학교생활 하면 얼마나 좋을까.

맛집이나 유명한 장소를 구경하며 서울을 즐기면서 살면 얼마나 좋을까.

그토록 꿈에 그리던 '서울'에서 학교를 다녔어도 발도장을 찍은 곳이라곤 학교와 과외하는 학생 집뿐이었으니…….

그녀는 과외비를 받으면 꼭 로또 한 장을 샀다.

유일하게 도전해 볼 수 있는 요행이자 사치였다.

매번 꽝이어도, 그거 사는 버릇을 그렇게 버릴 수가 없었다.

그런 은비에게 '차귀도 과외'는 스스로 실현 가능한 로또처럼 보였다.

공부를 지지리도 못하는 놈들을 꽤 만나 본 은비였기에 이런 조건 따위에 겁먹지도 않았다. 게다가 이 엄청난 과외는

지원과 동시에 채용될 것 같은 느낌이었다.

"은비야, 음식 내 가라."

엄마의 목소리가 들리자, 은비는 휴대폰에 문의할 번호를 적어 두고 서빙에 나섰다.

"맛있게 드세요."

식탁에 음식을 가지런히 놓아주고 난 다음, 은비가 가게 쪽 문을 통해 잠시 밖으로 나왔다. 제법 겨울을 예고하는 차가운 바람이 불었지만 햇빛을 받아 금빛 비늘처럼 빛나는 바다에서 따뜻한 기운이 느껴졌다.

지겹도록 봐 온 바다였다. 그러나 왠지 오늘은 새삼 금빛 바다가 행운을 가져다줄 것처럼 보였다.

'1억~'

철썩거리는 파도 소리가 마치 이런 소리로 들리기도 했다.

"여…보세요?"

-김 실장입니다. 말씀하시죠.

"차귀도 과외 구인 글 보고 전화드렸습니다."

-아, 네. 근데 여자분이신 것…….

"아, 저기 보통 여자랑 좀 다릅니다! 태권도 검은 띠에 체력장 1등급. 하루도 운동을 거르지 않는 최강 체력을 자랑하는 여자라고나 할까요."

여자분이라서 안 된다는 말이 나올까 봐 지레 겁먹은 은비는 수화기 너머의 목소리를 막고 강한 어조로 숨도 안 쉬고 자기 PR을 시작했다.

사실, 태권도 검은 띠야 초등 3학년 때 땄고, 체력장 1등급은 중학교 때 이야기다. 하루도 거르지 않는 운동은 숨쉬기 운동인데…….

이 기회를 꼭 잡고 싶은 마음에 간절함을 내비쳤다.

-아, 그렇습니까. 그럼 또 얘기가 달라지긴 합니다.

"잘할 수 있습니다."

-일단, 패기는 맘에 드는군요. 한번 만나서 자세히 얘기하겠지만 혹시 궁금한 건 없습니까.

"만에 하나, 인 서울조차 못 하면 과외비는 어떻게 되는 건가요?"

-아… 이런, 그걸 안 적었군요. 토해 내야 됩니다. 교통비, 식비 합쳐서 마이너스 천.

"네에?"

무슨 이런 갑의 횡포가 다 있나.

아무리 그래도 그렇지, 학생이 천하의 바보라서 인 서울에 못 간다 해도 일 년간 꼬박 일한 건 최저 시급으로 쳐서라도 지불해야지, 돈을 토해 내라니!

역시 지원자가 '0'인 이유가 있었어.

-농담입니다. 그만큼 각오하고 오시란 뜻입니다. 반드시 최소 인 서울엔 가야 하니까요. 못 할 경우 최저 시급으로 쳐서 드리겠습니다만… 그런 일은 없길 바랍니다.

"아… 네, 네……."

후, 살았다……. 진짜 토해 내라는 줄.

-또 궁금한 건 없습니까?

"혹시 말이에요. 학생이 말 안 들으면 매를 들어도 되나요?"

중요한 문제였다.

-네?

예상치 못한 은비의 질문에 이번엔 김 실장이 놀란 것 같았다. 이상 기운을 눈치챈 은비가 재빨리 다음 말을 붙였다.

"사랑의 매요."

-흡. 헛, 헛……. 물론입니다.

은비는 아무래도 과외 받을 학생을 아주 새파랗게 어린 것으로 보는 것이 분명했다. 본인이 아주 제어 가능한.

"혼저 옵서."

"네?"

대체 무슨 말씀을 하시는 거야?

차귀도 김옥분 할머니 집에 유배당한 한별이 할머니와 의사불통 중이었다.

"밥먹었젠?"

"네? 밥먹었냐고요?"

할머니의 고개가 끄덕끄덕.

"아니요."

할머니가 주방에 들어가 삶은 고구마와 감자, 볶은 땅콩을 내오셨다.

"맛있게 드십썽."

"네……."

한별은 평소에 잘 먹지 않는 간식거리였지만, 배가 너무 주린 탓에 손을 뻗어 그것들을 입에 욱여넣었다.

본인이 생각해도 자신의 신세가 참 처량했다.

'집으로'의 주인공인 꼬맹이가 된 기분이었다.

흑 - 조선시대도 아니고 유배라니.

한별은 스무 살이 되니까 대학 대신 독립을 하겠다고 야심차게 선언했고, 그의 말을 콧방귀로 들은 아버지는 그의 독립을 제주도 유배지에서 시작하게 하셨다.

'내년 수능 때까지 서울 올 생각은 하지도 마라. 네 녀석 때문에 내가 망신살이 뻗쳐서 아주 살 수가 없어! 주변 사람들한텐 잠시 어학연수 떠났다고 할 테니 차귀도에 꼭 붙어서 공부하다 와! 적당한 과외 선생 붙여 줄 테니.'

무슨 짓을 할지 몰라 외국은 절대 안 보낸다는 한별의 아버지, 강 회장. 그가 외국 대신 차귀도를 택한 데에는 큰 이유가 있었다.

인터넷이 안 돼 유튜브를 볼 수 없다는 점. 헬스장이 없으니 그놈의 턱걸이를 못 한다는 점. 친구들이 없으니 허튼수작질을 못 한다는 점.

강 회장은 한별을 문명과 떨어뜨려 오로지 공부에만 집중할 수 있게 만들 생각이었다. 한때 자신도 절에 들어가 공부를 했던 때를 떠올리며 말이다.

차귀도는 제주도 서쪽 너른 바다 한가운데 있어 사방을 둘러보면 탁 트인 바다가 보이건만, 한별에게 이곳은 창살 없는 감옥과도 같았다.

목마른 놈이 우물을 판다고 하지 않았던가. 절이 싫으면 중이 떠나면 된다고 하지 않았던가.

차귀도에 입성한 지 만 하루도 되지 않아 그는 탈출을 감행했다.

그가 계획한 차귀도 탈출기는 현실을 받아들일 수 없는 그의 처절한 몸부림과도 같았다.

일단, 밤낚시를 즐기러 입도한 낚시꾼들의 배가 그의 표적이었다.

그는 할망 집에서 나와 바다를 코앞에 두고 콩알만 한 심장으로 난생처음 누군가의 소유물에 눈독을 들였다.

"이거만 타면 된다. 후……."

심호흡을 하고 낚시 보트에 발을 내디디려던 순간.

"강~! 한~! 별!"

"악. 깜짝이… 헙… 어푸어푸……."

한별은 누군가 섬이 떠나가라 자신의 이름을 부르는 소리에 깜짝 놀라 발을 헛디뎌 바다에 빠져 버렸다.

서울보다는 따뜻한 남쪽 나라인데, 1월 제주 바다의 수온은 얼음장 같았다.

바다에 빠진 한별은 몇 분 내로 얼어서 죽을 것만 같았다.

'아씨, 이럴 줄 알았으면 그냥 수능 볼걸…….'

그의 머릿속엔 지난날에 대한 후회가 가득했다.

'엄마… 제발 살려 줘!'

그 순간이었다.

누군가 자신의 몸에 손을 대었다.

한별은 반사적으로 그 사람을 꼭 붙들었다.

살기 위한 필사적인 노력, 살고 싶은 강한 욕망에 사로잡혀서.

찰랑거리는 바닷물을 느끼는 순간 그 사람이 한별의 머리를 세차게 치며 소리쳤다.

"이 시키가 죽을라고!"

가뜩이나 정신이 혼미해지고 있던 한별은 은비에게 세차게 머리 한 대를 맞고서 잠시 기절했다.

그녀는 그런 한별의 목을 자신의 팔에 끼고 바다를 가르며 힘차게 수영을 했다.

 은비의 할머니는 해녀였다. 그녀는 식당 일로 바쁜 엄마 때문에 늘 할머니를 따라다니며 바닷가에서 노는 게 세상 가장 재밌는 일이었다.

 거친 파도 따위에도 눈 하나 깜짝하지 않는 그녀였다.

 1월 제주 바다의 수온은 차가웠지만, 계속 있다 보면 바깥보다 좀 더 따뜻하다는 느낌도 들 때가 있다는 것을 경험해 본 은비였기에 망설임 없이 물에 뛰어들었던 것.

 바닷물이 몸에 닿을 때 '할 만하네!' 싶었는데, 문제는 그게 아니었다.

 '아나… 왜 이렇게 무거워!'

 한별이 빠진 곳은 수심이 깊었지만, 바다 밖까지 불과 10미터도 안 되는 곳이었다. 그 거리를 가는데도 어찌나 그가 무겁던지, 간신히 바다를 빠져나왔다.

 "윽… 으라차차차……! 후!"

 은비는 모래사장이 아닌, 크고 작은 검은 바위들이 있는 작은 부둣가 위 평평한 곳에 간신히 그를 끌어 올려놓았다.

 멀리서 볼 때는 대충 허우대만 멀쩡해 보인다 정도였는데, 이리 끌고 나와 코앞에 두고 보니 이건 뭐 거구가 따로 없었다.

 "헐, 스무 살 맞아?"

 막 고딩 딱지 땐 애의 몸이 이럴 수는 없었다. 오래된 시쳇

말로 짐승돌 포스. 그것이 한별의 첫인상이었다.

은비의 상상 속 차귀도 과외생은 좀 사는 집의 하얗고 마르고 까칠한 학생일 줄 알았다.

그런데 눈앞에 보이는 건 구릿빛의 몸 좋고 까칠해 보이는 남성이었다.

'까칠 빼고 다 반전이네. 혹시라도 출생 후에 몇 년 있다가 신고한 건 아닐까?'

은비는 살짝 의심을 해 보았다.

그나저나 이렇게 지체할 일이 아니었다. 호흡이 불안정한 한별을 얼른 살려야 했다.

그녀가 고개를 숙여 한별의 얼굴에 가까이 다가갔다.

그리고 한 손으로 한별의 턱을 쥐어 입을 벌리고 다른 손으로 코를 잡은 다음 숨을 크게 들이마시고 입으로 향했다.

자신의 숨결을 불어 넣어 주기 위해.

1억을 가져다줄 존재의 무사 안위를 위해.

'내가 첫 만남부터 이 짓을 할 줄은 몰랐다.'

그녀가 눈살을 찌푸리고 몇 번 정도 숨을 불어 넣었다.

몇 번을 반복하자 드디어 한별이 눈을 떴다.

"쿠에엑! 퀙! 캑! 컥! 컥!"

그의 입에서 물에 빠졌을 때 들이켰던 바닷물이 솟구쳐 나왔다.

"정신이 좀 들어?"

은비가 여전히 구부린 채 한별의 눈을 바라보며 물었다.

"추… 추워……."

한별이 다시 눈을 감으며 말했다.

아뿔싸.

은비도 지금 1월이라는 사실을 잊고 있었다. 매서운 계절, 게다가 섬에 부는 바람은 장난이 아닌걸.

한별이 호흡을 되찾는 것에만 신경을 써 자신도 너무나 정신이 없었다. 해서 홀딱 젖은 것도, 그 위로 바람이 스쳐 추운 것도 잊고 있었다.

순간 그녀가 갑자기 일어나 그의 바지 벨트를 풀기 시작했다.

"뭐… 뭐 하는 거야?"

거침없는 손길에 한별은 정신이 아주 들었는지 누운 채로 얼굴만 들어 그녀가 하는 짓을 바라보며 물었다.

그러나 대답이 없었다.

그녀는 혼자 바쁘게 손을 놀릴 뿐이었다.

은비는 어렵사리 벨트 봉인을 해제하고 한별의 바지를 벗겼다.

"야! 뭐 하는 거냐고!"

한별은 그녀의 행동을 저지하고 싶었지만, 몸이 영 말을 듣지 않았다.

"얼어 죽기 싫으면 잠자코 있어라. 차라리 벗는 게 덜 추울 거야."

한마디로 한별의 입을 막아 버린 은비. 그녀의 손이 그의 고급지고 작은 속옷에서 멈췄다.

'하… 이건 살려 두자. 여긴 차가운 게 좋은 거랬어.'

은비는 할머니가 입버릇처럼 말씀하신 '남자는 차가워야 하고, 여자는 따뜻해야 한다'는 말씀이 불현듯 떠올랐다.

집에 남자라고는 1도 없는데, 매일 왜 그런 말씀을 하시나 했다. 역시, 어른들의 말씀은 새겨 두면 다 상식이 되고 지식이 되는 법이었다.

그녀는 한별의 그것을 남겨 두고, 다시 재빨리 그의 상체로 건너왔다. 겉옷을 벗기고, 두꺼운 티셔츠를 벗겼는데, 고급진 이너웨어가 하나 더 나왔다. 얇고 따뜻해 보이는 내의 비스듬한 것.

"잘사는 것들은 속옷도 고급지구나!"

그리고 물에 뛰어들기 전에 부둣가에 내팽개친 자신의 가방에서 손수건을 꺼내 한별의 젖은 몸을 닦기 시작했다.

은비는 그의 얼굴에 묻은 물기를 대충 박박 닦은 다음, 몸통으로 내려오는데, 뭔 스무 살 남자애의 상체가 이렇게도 굴곡이 심한 건지 중간중간 자기도 모르게 손을 멈칫했다.

한별이도 그녀의 손길이 신경이 쓰였는지 용을 쓰며 몸에 힘을 주었다.

딴에는 운동 부심이 있는 그였다.

가슴 근육 불뚝, 팔 근육도 불뚝, 복근까지 보여 줄 건지 숨을 들이마시고 있는 상태.

"야! 야! 힘 좀 빼! 이러다 쥐나겠어."

은비가 배를 툭툭 치자 한별의 배가 그제야 아주 약간의 인간미를 보여 주었다.

"일어날 수 있겠어? 얼른 집으로 들어가야 할 것 같은데?"

"으~ 추워……."

그녀는 한별을 일으켜 세워 그의 팔을 자신의 어깨에 걸쳤다. 두 사람의 모습이 왠지 난리 통을 빠져나온 전우의 느낌이 물씬 났다. 그러나 사실, 아직 서로 통성명도 못 한 사이였다.

그런데 시작부터 목숨을 구하고, 입술을 맞대고, 젖은 몸까지 봐 버린 사이.

'그래도 내가 네 살이나 더 먹었고, 과외 선생도 선생이니까…….'

제법 책임감으로 무장한 은비가 그를 부축해 김옥분 할머니 집으로 향했다. 차귀도의 유일한 길. 두 사람은 발 앞에 놓인 작은 오솔길 따라 걸었다.

길 양옆의 풀들은 겨울을 보내느라 옅은 갈색 빛으로 축 늘어져 있었다.

젖은 몸을 휘감는 바람 때문에 말도 안 되게 추운 두 사람은 입을 꾹 닫고 묵묵히 길을 걸었다. 오솔길은 위로 경사가져 있었고, 차귀도의 가장 중심부로 향해 있었다.

할머니 집에 다다르자 저쪽 바다 너머로 노을이 지는 것이 보였다.

한별은 그 노을을 보고 눈물을 훔쳤다.

'아씨… 왜 다시 여기야… 흑흑…….'

은비도 그 노을을 보고 마음이 울컥해졌다.

'하… 1억 벌기 왜 이렇게 힘드냐.'

온몸이 오들오들거린다. 게다가 윗니와 아랫니가 그녀의 의지와 무관하게 자기들끼리 자꾸 부딪혀 소리를 내고 있었다.

드르륵-

그때, 김옥분 할머니가 대문을 열고 나타났다.

"아이고, 영 들어옵서.(이쪽으로 들어와.)"

흠뻑 젖은 두 사람을 보고 할머니는 걱정 어린 얼굴로 연신 손으로 집 안쪽을 가리켰다.

"네, 할망."

은비는 말없는 한별이 대신 대답을 하고 간신히 집 안으로 들어갔다.

잠시 후.

두 사람은 씻고 옷도 갈아입은 후 한별이 묵기로 한 방에서 다시 만났다. 바로 과외를 받기로 한 방이다.

이제야 제대로 서로의 얼굴을 바라보는 순간이었다. 그런데 은비를 바라보는 한별의 눈빛이 참 곱지 않았다.

"이런 썩을 놈을 봤나. 야, 물에 빠져 죽을 뻔한 사람 구해 놨더니 고맙다는 인사는 못 할망정 그 눈빛은 뭐냐."

"내가 누구 때문에 죽을 뻔했는데……! 왜 갑자기 나타나서 내 계획을 다 망쳐 놓는 건데!"

그렇지, 그렇지. 이건 예상된 시나리오다…….

오냐오냐 곱게 자라 자기밖에 모르는 놈일 줄 진작 예상하고 왔다고!

"강한별, 너 대단한 착각을 하고 있는 것 같다? 네 계획대로라면, 넌 니네 아빠한테 죽었어!"

전통가옥으로 지어진 이 집의 방 두 칸 중 한 칸에서 낮은 책상을 사이에 두고 두 사람이 으르렁거렸다.

은비는 사람 살려 놨더니 자신 때문에 죽을 뻔했다는 한별의 말이 어이가 없었고, 한별은 그녀 때문에 탈출을 망쳐 여간 짜증이 나는 게 아니었다.

그 탓에 그녀에게 막말을 투척했는데, 여리여리해 보이는 외모와 달리 앙칼진 그녀의 말에 한별이 잠시 흠칫한 것도 사실이었다. 하지만, 이내 눈을 다시 부릅뜨고 그녀를 바라보았다.

"그래서 여기 오는 데 얼마 받기로 했는데? 에취!"

"그건 니가 알 바 아니지. 쿨럭! 컥컥!"

엄동설한에 바닷가에 빠졌다 나온 두 사람은 연거푸 재채

기와 기침을 해 대며 말을 이어 갔다.

"내 과왼데 왜! 얼른 불어 봐. 에춰!"

"그게 왜 궁금한데? 에이치이!"

"그 돈 내가 줄 테니까 여기 다신 오지 마. 팽!"

한별은 옆에 있던 휴지를 마구 뽑아 코를 풀었다.

"뭐어?"

이렇게 못된 말본새를 봤나.

다양한 부류의 과외 학생을 만나 본 은비였다. 더럽게 말을 안 듣는 진상들도 나름의 등급이 있었다. 상, 중, 하.

옜다! 너 최고 먹어라! 최상 등급이다! 진상 오브 진상!

부자들은 자녀들이 태어나자마자 그 명의로 주식이나 부동산을 엄청 사들인다던데, 생각보다 한별이 꽤 부자인가 싶었다.

손에 물 하나 안 묻히고 쉽게 돈이 생기니까, 쓰는 것도 아주 그냥 마구 뽑아 콧물 닦고 팽팽 코를 풀어 대는 휴지처럼 술술 쓰려는 모양이었다.

파격적인 과외비만큼이나 대단히 기분 나쁜 놈이었다.

"너, 진짜 맘에 안 들어. 에춰!"

선생님한테 계속 '너'란다. 그리고 소개팅 나왔니? 그걸 왜 따져?

"널 만나고 되는 일이 하나도 없잖아! 에춰!"

허허, 우리가 무슨 이별 중이니?

그리고 내 꼴을 보고도 그런 말이 나오냐?

은비는 입고 온 옷이 모두 젖어 김옥분 할머니의 누빔 일바지와, 앙고라스웨터를 입고 있었다. 그나마 제일 젊어 보이는 옷이라고 주신 것들이다.

그녀야말로 목숨을 내걸고 한별을 구하지 않았나.

고작 두 사람이 만난 지 두 시간 남짓 되었는데, 한별이 벌써부터 은비와 자신 사이에 커다란 벽을 치느라 용을 썼다.

"그리고 나 대학 안 가. 쿨럭! 쿨럭!"

그럼 뭐 할 건데? 꼭 이렇게 계획도 없는 것들이 다짜고짜 꼬장이다.

은비는 그렇게 생각하면서도 한별의 말에 무언가 무게가 실린 느낌을 받았다.

"암튼, 어떻게든 여기서 나갈 거고, 아빠랑은 인연 끊고 살 거야."

"캬… 에취!"

그녀의 입에서 한별이 눈치챌 수 없을 만큼 작은 감탄사가 터져 나왔다.

이런 어린 도련님을 봤나.

아까 출생신고 잘못한 것 같다는 내 생각 취소다. 잠시나마 벗은 몸을 보고 온몸에 도사리고 있는 매력적인 잔근육 때문에 0.00001초간 남자로 본 것도 같이 취소다.

은비는 한별의 말마다 받아치고 싶은 말이 목구멍까지 차

올랐지만, 잠자코 눈을 감은 채 그의 이야기를 계속 듣고만 있었다.

"내 얘기 듣고 있어? 컥. 컥."

"어. 계속해."

사실, 한별은 은비가 말마다 다 받아칠 줄 알았는데, 의외로 듣고만 있어서 조금 당황했다.

"그니까 얼마면 돼? 얼마면 되겠어? 그거 먹고 떨어……."

품! 말만 들으면 원빈인 줄.

"5억."

살짝 장난기가 발동한 은비가 그의 말이 채 마치기도 전에 대뜸 대답을 해 버렸다.

"5억? 뭐야. 너 연봉이 왜 이렇게 높아. 대치동 과외 샘도 그렇게는 안 받았는데. 너 정체가 뭐야? 홉!"

한별의 얼굴에 콧물과 함께 곤란함이 묻어났다. 생각보다 큰 액수에 놀란 눈치였다.

장난인데, 믿는 눈치네……. 사실대로 말하면 당장 손에 1억을 쥐여 줄 것 같은 이 기분은 뭘까.

은비가 눈썹을 치켜떴다 내렸다.

"그럼 이렇게 섬까지 친히 와서, 매일 오전 내내 꼬박 수업 하는데 대치동에 비할 바냐? 에에에에~춰!"

"……."

그녀의 대답에 한별의 미간이 살짝 찌푸려졌다.

큭… 진짜 밉네.

은비의 입에 옅은 미소가 번졌다.

"암튼 그거 주면 먹고 떨어질게. 그럼."

마지막으로 한마디를 더 붙였다.

그런데, 이번엔 한별이 말이 없었다. 그를 한 방 먹였다고 생각하고 살짝 입꼬리가 올라가려는 것을 간신히 참았다.

"어떻게, 줄래? 말래?"

"……."

그럼 그렇지. 아무리 부자라고 해도 재벌 4세가 아닌 이상 그 정도 돈은 무리지?

"줄 수는 있는데, 안 되겠다."

헐, 줄 수는 있는데라니! 5억이 무슨 멍멍이 이름도 아니고. 아무래도 허세가 가득한 녀석이 틀림없었다.

"왜에?"

은비가 살짝 비꼬는 말투로 그에게 물었다.

"너 때문에 죽을 뻔했는데, 돈까지 주는 건 아닌 것 같아."

이상하게 한별의 말에 진심이 묻어났다.

"그으래? 그럼 과외를 시작해 볼까요?"

"……."

그녀가 갑자기 표정을 바꿔 다정한 선생님 모드를 장착했다.

"자, 내 이름은 '너'가 아니고 고은비야. 그러니까 반말은 거두고, 고은비 선생님이라고 해야겠지?"

"쳇!"

한별은 존대를 요구하는 대학생 과외 선생이 우스워 보였다. 고작 몇 살 차이도 안 나면서.

"그리고 이거는 내가 만들어 온 강한별 공부 스케줄러."

은비가 만들어 온 엑셀 파일엔 매일 그가 해야 할 것들이 적혀 있었다. 그것을 1년 기준으로 매일 체크할 수 있게 만든 것이었다.

영단어 50개, 수학 문제풀이 5쪽, 등등…….

한별은 시큰둥하게 마지못해 파일을 들여다보다가 그중 하나를 보고 눈이 크게 떠졌다.

"…운동?"

그가 그녀의 눈을 똑바로 바라보며 말했다. 쌍꺼풀 없이 큰 눈이었다. 생각보다 깊고 하얀 눈. 인상 쓴 얼굴 말고 이렇게 멀쩡한 그의 얼굴에서 빛이 났다.

'생긴 것도 최상급이네……!'

은비는 눈썹을 위로 한번 치켜떴다. 앉은키도 한참은 더 큰 한별이었다.

"수험생한테 운동은 필수지. 이거 매일 해야 하는 거를 일주일 단위로 다 채우면 내가 선물 하나씩 줄게."

"뭐? 내가 무슨 유치원생도 아니고, 그런 게 통할 것 같아? 그리고 나 과외한다는 말에 아직 동의 안 했다고."

"흠, 있지… 한별아… 여긴 인터넷도 안 되고, 편의점도 없고…….."

"……!!!"

그녀의 이야기를 들은 그의 눈동자가 갑자기 마구 흔들렸다. 그의 머리에 오늘 오전 이 섬에 들어오자마자 겪었던 일들이 떠올랐다.

사실, 한별은 아빠가 제주도로 보낸다고 하기에 차라리 잘 됐다 싶어서 고분고분 따라왔던 것이었다.

제주도 1년 살이는 서울 사람들의 로망 아닌가.

여행 온 듯 그리 1년 살다 가면 되겠지 했던 것.

그런데 그의 최종 목적지인 차귀도가 이런 섬인 줄은 꿈에도 몰랐다.

섬 한 바퀴를 도는 데 한 시간이 채 안 걸리는 곳. 섬에 집이라고는 딱 한 채, 제주 할망 집. 거주자도 단 한 사람, 김옥분 할망. 섬에 있는 거라곤 딱 하나, 등대.

정말 아무것도 없는 이 섬의 상태가 기가 막혀 말이 안 나올 정도였다.

또 할망 집의 상태는 어떠한지. 그저 눈물이 앞을 가릴 뿐이었다.

흑흑…….

이것은 제대로 유배였다.

'제주도로 유배 가면 좋은 거 아냐?' 하고 역사 시간에 친구들과 코웃음 치며 말했던 그때의 자신이 참 어리석었다 싶었다.

휴대폰도 아빠에게 반납해 없는 상태였지만, 제주도에서 다시 사면 되지 하고 아랑곳하지 않았던 그.

매일 손에 쥐고 눈이 빠져라 바라보았던 사부님 턱걸이 동영상도 볼 수 없고.

그 외의 히든 취미인 그! 그! 동영상도 볼 수 없고.

갑자기 퀄리티 좋은 수제 버거가 미친 듯이 먹고 싶은데 이곳에서 입에 넣을 수 있는 건 구황작물뿐이었으니.

이 모든 것의 금단증상은 그를 잠시도 이곳에 있지 못하게 만들었다. 그리고 이곳에 온 지 만 하루도 되지 않아 탈출을 감행하게 만들었던 것이다.

그런데 탈출은 목숨을 간신히 부지하며 망했고 과외 선생을 보기 좋게 내쫓는 일도 신통치 않았다.

한별은 너무나 혼란스러운 이 상황에 정말 유치원생도 아니고 너무 어이없게 '선물'이라는 말에 마음과 귀가 쏠려 버렸다.

은비의 '선물' 제안에 한별은 언젠가 보았던 어떤 영화 속 장면을 떠올렸다. 감옥을 탈출하기 위해 간수를 매수해 도구를 하나씩 수집하던 주인공.

예를 들면 영치품으로 들어온 책 사이에 끼어 있는 '커터 칼날' 또는 '못'이라든지… 뭐 그런 거 말이다.

어떤 영화인지 잘 기억은 안 나지만, 수집한 도구들을 가지고 오랫동안 치밀하게 탈옥을 계획한 주인공이 마침내 벽을 뚫고 감옥 탈출에 성공했었다.

'그래. 뭐 내가 범죄자는 아니지만, 이 사람을 그 간수라고 생각하자.'

선물을 거들먹거리는 은비를 보며 한별은 이렇게 생각했다. 그녀를 이 섬을 탈출하기 위한 도구로 삼기로.

적어도 그녀는 자유롭게 이 섬을 드나드는 유일한 젊은이일 테니까.

생각에 잠겨 대답이 지체되는 한별을 은비가 물끄러미 바라보았다. 아까 보았던 잔근육은 헐렁한 옷 속으로 들어가 자취를 감췄다. 겉에서 보면 그냥 키 크고 마른 듯 보이는 체형이있다.

근데 벗으면 대박인 거지. 갑자기 아까 보았던 몸이 눈앞에 아른거렸다.

수혁과 차원이 다른 몸.

그래도 은비는 그런 수혁을 사랑했지… 아니, 하고 있지…….

'뭐야. 고은비! 정신 차리자. 니 눈앞에 있는 애는 이제 막 스무 살 된 아가다, 아가.'

네 살이나 연상인 게 다행이라고 생각하는 그녀였다.

그가 훗날 아가가 아닌 어떤 어른으로 변할지 꿈에도 모른 채.

멈추려던 은비의 상념이 또 한별의 얼굴에서 다시 시작됐다. 볼수록 개망나니 같은 성격에서 상상할 수 없는 온순하고 청량감이 감도는 도련님 얼굴이었다.

'이런 얼굴부터 몸까지 반전인 놈을 봤나……'

그녀에게 과외를 받았던 학생들을 통틀어 한별만큼 잘생긴 애들은 없었던 것 같았다.

"근데, 여… 여기서 무슨 운동을 할 건데? 아~무것도 없는 섬에서! 에취~!"

심각한 표정으로 무언가를 고민하던 한별이 드디어 입을 뗐다.

매일 최고급 장비가 있는 짐에서 운동을 즐기던 그였다. 열일곱 살부터 지금까지 쭉.

그가 다니는 고급진 헬스장에 놓인 빛나는 턱걸이는 심지어 한별이 컨택한 쇳덩이 장인이 직접 시공해 만든 것이었다.

집에 놓고 싶었지만, 오자마자 내박쳐질 것이기에 어쩔 수 없이 헬스장에 들인 것이었다. 모든 것이 잘 갖춰진 곳에서 운동하는 것을 좋아하는 그였다.

그런데 은비가 말하는 운동이란 무엇인지 궁금하니 들어나 봐야겠다 싶었다.

오호~ 넘어왔네. 넘어왔어!

한별의 마음이 흔들리는 모습을 보고 은비는 속으로 쾌재를 불렀다.

가만히 보니 생각보다 순수하고 착한 놈. 아니면 좀 단순한 놈인 것 같았다. 게다가 너무나 잘생긴 놈.

성적은 바닥이라 그거 가르치려면 속은 다 문드러지겠지만, 안구는 한 번씩 정화되겠지.

"뭐 하긴. 섬 둘레길 조깅도 하고, 날 좋아지면 바다에서 수영도 하고, 운동할 거 천진데? 콜록콜록."

"역시나……."

한별은 은비의 이야기에 고개를 절레절레 흔들었다.

그런 운동은 그의 취향이 전혀 아니었다. 조깅은 금테 두른 러닝머신 위에서, 수영은 마셔도 무방할 정도의 퀄리티를 가진 프라이빗한 풀에서 해야 할까 말까 정도.

그의 몸에 물결치듯 존재하는 아름다운 근육들은 그런 운동을 통해서 만들어진 것이었다.

"어떻게 할 거야. 그래서 선물 받아 볼 거야? 말 거야? 5억 줄 것도 아니면서 이제 어떻게 할 건데? 강한별."

은비가 한별에게 대답을 종용했다. 입수라는 예상외의 이벤트 때문에 가뜩이나 시간이 늦어져 더 늦기 전에 차귀도를 벗어나야 했다.

"생각해 볼게."

그는 이제 어쩔 수 없다는 걸 알면서도 아까 한 말이 있어서, 단번에 마음을 돌렸다고 말하기에는 왠지 자존심이 상했다.

"오케이. 그럼 오늘은 오티니까 여기까지. 나 간다."

은비는 그 정도 대답이면 만족한다는 듯이 서둘러 가방을 챙겼다.

"근데, 너 또 언제 오는 건데?"

"'너' 아니고 '고은비' 선생님이라고 해야지."

"쳇, 고 선생, 이제 언제 오는 거냐고."

"주말 빼고 매일 아침 9시. 수업은 12시까지."

그녀가 대충 말을 흘리고 돌아서려 했다.

"잠깐만!"

"왜?"

방문을 나가려는 그녀를 한별이 다급히 불러 세웠다.

"뭔데?"

"나 그게 너무 먹고 싶어."

"어?"

"수제 버거."

그가 이전에 없던 애절한 눈빛을 보내왔다.

그냥 햄버거도 아니고 수제 버거…….

은비는 순간 햄버거를 좋아하는 수혁이 또 떠올랐다.

"그럼, 선생님이 아량을 베풀어 일주일 후에 받을 선물 미리 당긴다."

"아, 뭐야. 내가 무슨 금가루 뿌린 버거 사 오란 것도 아니고 넘 치사한 거 아냐?"

선물을 미리 받으면 꼬박 일주일간의 스케줄을 확실히 소화해야 할 것 아닌가. 한별은 그럴 생각은 없었기에 짜증이 났다.

"그래? 그럼 어쩔 수 없지. 나 갈게."

"저기!"

"뭐!"

"알았어."

"그래, 그럼. 내일 봐."

그깟 수제 버거가 뭐라고 훗-

은비는 쏘 쿨하게 대답하고 할망 집을 나왔다. 나오면서 생각해 보니 한별의 처지가 좀 딱하긴 했다.

휴대폰도 없고, 컴퓨터도 없고, TV도 없고, 편의점도 없고, 맛집도 없고, 친구도 없고. 별안간 어린것이 웬 원시생활 체험이란 말인가.

그래, 내가 수제 버거는 끝내주는 거로 사다 주마.

은비는 겨우 약속 시간에 맞춰 차귀도에서 나오는 배에 탔다.

조금만 늦었어도 못 탈 뻔했다.

사실, 은비는 꽤 좋은 보트를 혼자 타고 오갈 수 있을 정도의 교통비를 지급받았다.

도대체 얼마나 부자인지는 모르겠지만, 한별이가 워낙 집안 망신을 시키고 다니는 놈이라 어학연수를 보낸다고 하고는 이쪽으로 온 거란다.

그녀에게도 신분은 철저히 비밀에 부쳤고, 물어보지도 말라고 김 실장님이 어찌나 당부를 하던지. 아마도 강소기업 자제쯤 되지 않나 생각하는 그녀였다. 뭐, 한별네가 어떤 집안인가 특별히 궁금할 것도 없었다.

정산만 정확하게 해 주면 되지!

은비는 고급 보트로 많은 돈을 지불하며 오갈 필요까지 있나 싶어 발품을 팔아 저렴하게 오갈 수 있는 배를 따로 알아보았었다.

교통비가 남아도 고스란히 자신의 몫이었으므로 훨씬 이득이었다.

낡은 통통배를 타고 집으로 돌아가는 길엔 벌써 어둠이 깔렸다.

바다를 비추는 건 달과 별뿐이었다.

"에이취!"

아무래도 감기가 단단히 걸린 것 같았다. 아까 그렇게 젖은 옷을 입고 오들오들 떨었으니. 그리고 지금 입고 있는 옥분 할망 옷도 추위를 견디기에는 조금 얇았다.

서울에서 학업을 마저 마치고 싶은데, 1년을 남겨 두고 또 어쩔 수 없이 제주에 내려오게 됐다.

그것도 꽤나 속상한데, 1억을 벌겠다는 생각으로 목숨까지 내놓고 겨울 바다에 몸을 던진 자신의 처지가 조금 안쓰럽게 여겨지기도 했다.

이런 날은 누군가에게 조금 위로를 받아도 좋지 않을까.

그게 수혁이라면 더 좋을 텐데…….

"휴… 또 안 받네……."

은비는 휴대폰을 꺼내 전화를 걸었다.

그런데 통화 연결음 끝에 들린 소리는 사람의 소리가 아니었다. 약간 서글픈 마음에 휴대폰을 들고 멍하니 까만 하늘을 바라보았다.

무사히 도착지에 다다른 다음, 집으로 가는 버스에 몸을 싣고 다시 한번 전화를 걸었다.

"어! 수혁아!"

-어, 무슨 일인데?

심드렁한 그의 목소리가 그녀의 폐부를 콕 찔렀다.

"아… 그냥, 잘 있는 거야? 연락도 없고……."

-어… 뭐 바쁘지. 알바하느라, 공부하느라…….

귀찮은 듯한 그의 목소리는 가시처럼 따가웠다.

"그렇지?"

-응. 은비야, 나 조금 바빠서 먼저…….

전화는 더디게 받으면서 통화는 빛의 속도로 끊으려는 거야?

"어? 수혁아, 잠깐만."

-뭔데?

별로 궁금해하지도 않는 목소리.

"밥 잘 챙겨 먹으라고. 맨날 햄버거 같은 것만 먹지 말고……."

-어. 내가 알아서 해. 끊는다.

"야! 너 너무하는 거 아냐? 우리 얼마 만에 통화……."

-고은비. 내가 바쁘다고 지금.

"오랜만에 내가 전화했으니까 끊는 것도 내가 먼저 한다고, 이 자식아."

툭!

은비는 휴대폰이 부서질 듯 빨간색 버튼을 눌렀다.

그와 처음에는 참 잘 통한다고 생각했다. 형편이 좋지 않아 알바와 학업을 병행하는 것도 비슷했고, 꿈과 열정이 많은 것도 그랬다. 그러나 그건 이제 과거에 머문 이야기였다. 더는 어떤 이야기도 통하지 않았다.

왜일까.

왜 변하는 걸까 알 수 없었다.

"이 햄버거 같은 놈……."

막 먹고 싶고 생각날 때가 많지만, 막상 먹고 나면 왠지 몸에 안 좋을 것 같은 느낌의 햄버거.

수혁이가 언젠가 자신에게 상처를 줄 것 같지만, 그래도 매일 그를 떠올리는 그녀였다.

📂

은비가 새벽부터 일어나 분주하게 움직였다.

어제 바다에 빠진 다음 몸도 별로 좋지 않았는데, 한별에게 사다 줄 수제 버거 때문에 일찍 나서야 했다.

집에서 조금 멀리 떨어진 곳에 맛있다고 소문난 수제 버거 가게가 있었다.

마늘과 땅콩이 잔뜩 들어간 흑돼지 수제 버거가 시그니처 메뉴인 곳이었다. 모두 제주도산으로 만들어진 로컬푸드로 아주 건강한 맛을 자랑하는 버거란다.

가게의 오픈 시간은 한참 뒤였지만, 미리 혀지읏 차스까지 써 가며 간절히 부탁한 끝에 과외에 가기 전에 버거를 살 수 있었다.

"아저씨, 안녕하세요!"

"혼저 옵서!"

은비는 따끈한 수제 버거를 고이 안고 차귀도로 향하는 통통배에 몸을 실었다.

"차귀도 과외하는 갸이 대단한 부잣집 아가시니?"

"글쎄요… 저도 잘 몰라요. 좀 사는 집 아들이긴 한 것 같아요. 집에서 이렇게 투자를 하는 걸 보면?"

은비는 혼자 타고 있는 통통배를 가리켰다.
"차귀도 가는 낚싯배가 확 줄었마시. 걔이 집에서 낚시꾼들에게 돈을 주고 오지 말라고 했단 소리도 들리고."
"헐, 설마요……."
　아니, 차귀도 낚시꾼이 어디에 얼마큼 있는 줄 알고 돈을 주고 못 가게 한단 말인지.
　아무래도 어제 한별이 탈출기가 흘러들어 가서 무슨 조치가 취해지긴 한 모양인데, 설마 그렇게까지?
　은비가 황당해하는 사이 통통배가 금방 차귀도에 도착했다. 배에서 폴짝 뛰어내린 그녀는 순간 자신의 눈을 의심했다.
　고요한 부둣가에 서 있는 커다랗고 근사한 피사체.
　몸이 좋으니 어떤 옷을 입어도 사는구나.
　피사체 뒤로 부서지는 아침 햇살.
　그녀를 보자마자 보내는 살인 미소.
　하루 만에 나한테 정들었나?
　그래서 친히 마중까지 나온 거야?
"강한별~"
　은비가 그 피사체의 이름을 조금 다정하게 불렀다. 그가 웃는 얼굴이니까. 그녀도 조금 미소를 머금고.
　그런데 선생한테 반말을 지껄이는 이 버릇없는 놈의 미소가 자신을 향한 것이 아니라는 것을 바로 알아차릴 수 있었다.

그가 세상 거룩한 물건의 실제를 접하는 경건한 눈빛으로 은비 품에 안겨 있는 종이백을 빛의 속도로 가로채 갔다.

그렇다. 그는 지금 수제 버거를 마중하러 나온 것이었다.

통통배를 타고 바닷길을 건너온 은비는 안중에도 없었다.

"그럼 그렇지. 뭐야… 너… 인사는 어디다 밥 말아 먹었냐?"

잠시 착각했던 것에 기분이 나빠진 은비가 한별을 향해 톡 쏘아붙였다.

니 이름이 1억이니까 내가 참는다…….

은비는 여전히 대꾸를 하지 않는 한별을 흘겨보며 입술을 꾹 다문 채 그와 함께 옥분 할망 집으로 향했다. 할망은 어디 나갔는지 안 보이고 집은 비어 있었다.

두 사람은 한별의 방으로 향했다.

어제 그 둥근 상을 마주하고 털썩 앉으니 어째 어제저녁과 오늘 사이가 마치 사라진 것같이 느껴졌다.

방금 만났다가 다시 바로 만나는 느낌.

그 느낌이 은비에겐 참 암담했다.

너를 이렇게 매일 봐야 한다니…….

이런 그녀의 심정을 아는지 모르는지 책은 한 권도 없는 상에서 한별은 종이 가방에 들어 있던 수제 버거를 신주단지 모시듯 고이 들어 꺼내 놓았다.

그리고 버거를 감싼 종이를 들춰 먹음직스러운 그 자태를 바라보다가 크게 한 입 베어 물었다. 그러더니 눈을 감고 털썩 몸의 힘을 빼는 그였다.

"하… 이거네! 죽이네. 진짜 맛이 미쳤다!"

한별이 너무 맛있다는 표정으로 수제 버거를 영접했다. 얼마나 맛있게 먹는지 은비도 침이 꼴깍 넘어갔다.

'한 입만…'이라는 소리가 하마터면 입 밖으로 튀어나올 뻔했다.

이럴 줄 알았으면 두 개 사 올걸…….

소문만 들었지 은비도 맛보지 못한 수제 버거였다.

하, 다 먹고 살자고 하는 짓인데…….

사실, 가격이 만만치 않아 두 개 살 생각은 하지도 못했는데, 한별이 저렇게 맛있게 먹으니 하나만 산 게 조금 후회가 되었다.

그런데 그가 마지막 한 입을 남겨 두고 살짝 은비를 바라보았다.

뭐야. 한 입 주게?

그녀가 눈을 동그랗게 뜨고 그를 뚫어지게 쳐다보았다.

"고 선생, 내일 이거 하나 더 먹으면 2주 동안 열심히 공부하면 되는 거임?"

"아니, 선물 종목을 왜 니 마음대로 정하는데! 그건 내 권한이야."

"아씨, 이거 너무 맛있잖아. 나 차귀도 생활 끝나면 이 버거집 인수할 거야."

"뭐어?"

코딱지만 한 김점순 해녀촌 하나 뜯어 고쳐 보겠다고 나는 섬마을 선생님을 자처하는데, 너는 가게 인수가 그리 말처럼 쉬운 거니?

"헛소리는 그만하고, 얼른 책 가져와."

"아, 그냥 우리 적당히 하자, 고 선생. 그냥 대충 1년 보내면 과외비 받는 거 아냐?"

아니, 네가 S대를 가야 받는 거란다.

그래서 내가 마음이 좀 바빠.

그런데 은비는 차마 그 얘기까진 꺼내지 못했다. 행여나 이 성과제 과외가 한별에게 반발심을 더 일으키진 않을까 싶어서였다.

"너는 지금껏 그렇게 살았는지 모르겠는데, 나는 아니거든. 받은 만큼, 아니 그 이상 일해야지. 돈을 그렇게 쉽게 보면 안 된단다, 이 꼬마야."

"쳇! 내가 고 선생보다 한참은 더 크거든?"

"진짜 키 말고, 정신 연령 말이야."

"거참, 물어나 봅시다. 키가 왜 이렇게 쪼끄매? 고 선생, 160도 안 되지?"

한별이 그녀의 민감한 부분을 건드렸다.

중학생이었던 은비는 '키를 크게 해 주시면 무엇이든 할게요.'라고 매일 울면서 기도하다 잠이 들었었다. 그래도 달라지는 건 없었다.

키가 작았던 엄마, 아빠 사이에 태어난 은비의 작은 키는 피할 수 없는 운명이었다.

"나, 160이야."

은비는 괜히 발끈해 소리쳤다. 사실 보통 재면 155, 스트레칭을 좀 한 날은 156 정도 나오는 그녀였다. 홧김에 말해 버렸지만, 속으로 나름 반올림하면 160이라며 합리화하는 중이었다.

"에이, 내 눈은 못 속이지. 내가 헬스장에서 본 웬만한 여자들 키는 다 맞혔거든."

"맞다고."

"그럼 일어나 봐."

한별이 먼저 자리에서 일어났다. 은비는 잠시 망설였다.

뭐, 네가 인간 줄자도 아니고 어떻게 정확하게 알 건데?

그래서 벌떡 일어나려는데, 한참 맨바닥에 앉아 있다 일어나서 그런지 다리가 저려 스텝이 꼬여 버렸다.

"아악!"

휘청거리며 넘어지려는데 한별이 그녀의 허리를 탁 감싸 일으켜 세우려 했다. 제법, 아니 무지 강한 힘이 그의 팔에 들어가 있었다.

"물애기 옵데강?(아기 왔나?)"

그 순간 갑자기 나갔다가 들어온 옥분 할망의 목소리가 들렸다. 은비는 심장이 쿵쿵 뛰었다.

통통배 선장님 말에 따르면 몇몇 낚시꾼들이 돈으로 매수되어 더 이상 이곳에 오지 않는다고 했었다. 아마도 한별의 탈출 소식을 들었기 때문이리라 추측 중이다.

그런데, 빈집에서 아무리 학생과 선생이지만 이런 자세로 있었다는 것이 밝혀지면 당장 아웃당하는 것은 아닐까.

본능적으로 뭔가 오해를 불러일으키는 상황을 피하기 위해 은비는 제 허리를 두른 한별의 팔을 빼려고 잡아당기며 허둥지둥했다.

한별도 할망의 목소리에 놀랐는지 은비의 허리에서 급히 팔을 뗐다. 어제도 자신의 이름이 불리자 발을 헛디뎌 바다에 빠졌던 한별이었다.

그가 아무래도 보기와 달리 겁이 많은 녀석은 아닌가 싶었다.

"아악!"

그녀를 지탱하던 한별의 팔이 예상치 못한 타이밍에서 갑자기 풀어지자 은비가 바닥으로 추락했다.

마침, 한별의 옷자락을 잡아당기며 추락하는 바람에 휘청거리다 그와 동시에 바닥에 눕혀졌다.

할망은 청소 중독이 분명했다.

아주 바닥이 반질반질했다.

파리 한 마리도 제대로 앉을 수 없을 만큼.

"헐."

바닥으로 떨어진 한별과 은비의 얼굴이 서로 부딪혔다. 사람 얼굴뼈가 부딪히면 이렇게 아픈 건 줄 몰랐다. 그리고 얼굴을 돌리려다가 두 사람의 입술이 살짝 스쳤다.

이런…….

한별과 이렇게 1일 1 입술 박치기라니…….

그나저나 한별의 입술에 아직 남아 있는 수제 버거의 맛있는 향이 그대로 은비에게 전해졌다.

이 수제 버거 가게, 맛집 맞네!

다행히 두 사람 사이의 해프닝은 옥분 할망이 방문을 열기 직전에 수습되었다. 할망이 문을 열자 은비는 아무 일 없다는 듯 할망을 향해 미소를 지었다.

할망은 그런 두 사람을 그저 흐뭇하게 바라보셨다.

"열심히 햄시냐?"

"네, 할망."

흑, 아직 시작도 못 했습니다만…….

"아고, 요망하네.(야무지네.)"

옥분 할망은 은비의 대답을 듣고는 조용히 문을 닫고 나가셨다.

"후……. 강한별, 여기서 골라 봐. 너 꽂히는 거."

꽂히면 직진하는 한별의 성격을 파악한 은비는 그에게 과목 이름이 적힌 교재를 쭉 펼쳐 보였다.

"없어."

"그래, 그럼. 하지 말지, 뭐."

은비는 책을 한데 모아 추슬렀다.

순간 한별의 동공이 흔들렸다.

자신의 간수로 삼기로 했던 고 선생이었다. 일명 탈출의 도구.

아무래도 혼자 머리를 짜는 것보다는 고 선생의 도움을 받아야 했다.

그렇게 탈출을 위한 도구로 고 선생을 이용하려는데, 아직 아무것도 해 보지 못하고 여기에서 먼저 고 선생이 자신을 쉽게 포기하려 드니 한별은 당황스러웠다.

"자… 잠깐만."

"왜?"

"다시 봐 볼게."

"흠… 딱 한 번만 보여 준다. 그럼."

한별은 아무래도 고 선생이 밀당 과외의 최고봉 선생이 아닐까 생각했다.

"어휴……."

한별은 책을 쳐다보기만 했는데도 멀미가 날 지경이었다.

"하, 진짜……."

자신의 반항기를 억누르려니 정말 몸에서 이상 반응이 나오는 것 같은 느낌이었다.

"오래 기다리는 거 완전 질색이거든."

"고 선생, 혹시 체육은 없어?"

역시나 좋게 넘어가나 했다.

"이런, 고등학교를 밥 먹으러 다녔냐?"

"어. 최고였어. 학교 식당. 셰프들이 수준급이었거든."

"아무리 그래도 그렇지. 수능에 체육이 웬 말이야?"

"솔직히 제일 중요한 과목 아닌가?"

"그게 어째서 제일 중요한데?"

별 대답은 못 하겠지만, 물어나 보자.

"건강이 최고라는 말도 몰라? 아무리 똑똑하고 돈 많아도 건강을 잃으면 다 잃는다고 했다고."

"누가."

"옛날… 어르신들이."

"그런 거 좋아해? 옛 어르신들의 가르침? 그럼 이거로 시작하면 되겠네."

"뭐?"

"한국사 가자."

"우웩. 진짜 싫어."

"한국사에 인간과 나라의 흥망성쇠가 다 나온다고. 주옥같은 이야기들이 많아."

"그냥 다 외워야 하는 거 아냐?"

"자, 따라 해 봐. 싸움 좋아하는 무왕은 십세기 아니고 칠세끼."

"헐, 대박. 칠세끼라니 강렬하네. 이게 고 선생이 S대 간 비법이야?"

"응. 그냥 외우는 거 아니고 쉽게 외우는 거지. 발해 왕들이 은근 안 외워지거든, 무왕이 7세기에 산둥반도 공격한 거 외우는 거야."

"오호! 또 해 봐."

한별은 약간의 호기심이 생겨 은비를 부추겼다.

또 넘어왔네, 넘어왔어!

은비는 속으로 씩 웃었다.

그리고 한별에게 아낌없이 자신의 수능 노하우를 전수했다.

"이렇게 나만 따라오면 S대 간다!"

"엥? 고 선생, 제정신이야? S대라니. 나, 단 한 번도 꼴찌에서 벗어나 본 적이 없어. 때론 그게 내 자부심이었다고. 외모 완벽, 돈도 많아. 근데, 한 가지 못하는 거라도 있어야 좀 인간적이잖아."

"그래서 바닥에 깔 게 없어서 성적을 까냐? 타일처럼?"

"허, 타일 무시하는 거야? 지금? 우리 집은 이태리제 아니면 바닥에 깔지도 않아. 바닥재도 비싼 건 얼마나 비싼데."

"됐고, 난 너 거기 보낼 거야. S대. 그니까 잔말 말고 따라와!"

아무리 꼴통 강한별이라도 다른 과외 선생처럼 자신을 그저 돈 덩이로만 보지 않고 진심으로 대하는 은비의 성의가 느껴졌다.

사실, 은비에게 강한별의 이름은 1억인데…….

한별을 어르고 달래고, 때리고, 구박하면서 두 사람은 1, 2월을 보냈다. 적지 않은 시간을 보낸 만큼 제법 서로에게 적응이 되어 가고 있었다. 옥분 할망 집 한별의 방엔 은비가 준 선물들이 하나씩 쌓여 가고 있었다.

추억의 미니 게임기, 썬캡, 곰돌이 젤리 한 박스…….

한별은 고 선생을 탈출을 도와주는 간수로 만든다더니, 어째 시간이 흐를수록 고 선생의 착실한 학생으로 조금씩 변해 가고 있는 것처럼 보였다.

그렇게 시간은 흘러 봄이라는 계절에 도착했다.

"아씨, 왜 이렇게 안 와."

한별이 차귀도 부둣가에서 목이 빠져라, 눈이 빠져라 바다를 바라보고 있었다. 재밌는 모든 것과 단절된 상태에서 유배 중인 그는 겨우 벽에 붙은 시계를 의지해 은비가 올 시간만을 체크했다.

사실 휴대폰, 컴퓨터 등에 대한 금단 현상은 생각보다 빠르게 없어져 이제는 별로 답답하지도 않았고, 고급 운동기구 금단 현상도 은비와 맨손체조를 하며 빠르게 극복해 나갔다.

불편했던 할망 집도 자신의 숨결과 손길을 보태며 익숙해져 갔다. 그런데 차귀도에서 가장 견디기 힘든 것은 은비가 오기 한 시간 전부터 시작되었다.

할 일도 없고 슬슬 마중이나 나간다는 것이 괜히 목 빠지는 기다림이 되어 버린 것.

섬에서 일찍 자고 일찍 일어나 버릇하다 보니 한별은 아침 7시만 되면 부둣가 망부석이 된다. 로빈슨 크루소가 왜 윌리를 만들었는지 매일 뼈저리게 느끼는 한별이었다.

웬만하면 칼같이 시간 약속을 지켜서 오는 은비인데, 조금이라도 늦었다가는 한별이 불같이 화를 내곤 했다.

"어! 왔다, 왔어!"

은비는 부둣가에서 조그맣게 보이는 한별이 자신을 향해 손을 흔드는 것을 보았다. 매일 있는 일이라 아무렇지도 않지만, 오늘따라 손을 더욱 격렬하게 흔들어 대는 그였다.

몇 달을 지냈어도 섬 청년답기는커녕 한별의 외모는 더욱 준수해졌다.

아무래도 질 좋은 제주의 공기와 햇빛 그리고 할망의 자연 그대로의 음식 때문일까?

고등학생 티는 아예 없어진 지 오래였다. 기이하게도, 마음은 더욱 동심의 아이가 되었고. 물론 그건 은비 생각이었다.

한별이 조금씩 변하는 것을 보며 은비는 나중에 결혼해 아이를 낳았을 때, 그 아이가 망나니라면 옥분 할망 집에 유학을 보내면 되겠다는 생각이 들기도 했다.

"할망 집에 달력이 있으니 망정이지, 없었으면 어떻게 해서든 1년 치 달력을 일일이 그려서라도 만들어 냈을 거야. 선물 받는 날은 칼같이 챙긴다니깐!"

한별은 퇴근 후에 양손 가득 먹을거리를 사 들고 오는 아빠를 기다리는 아이마냥 설렘 가득한 얼굴로 은비를 맞았다.

"옜다!"

은비가 한별에게 오늘의 선물을 투척했다. 치킨이 너무 먹고 싶어 옥분 할망한테 치킨을 만들어 달랬더니 삼계탕을 끓여 오더란다.

맛있게 먹긴 했지만, 치킨에 대한 아쉬움은 사라지지 않는다고. 아무튼 그래서 이른 아침부터 치킨 맛집에서 고이 치킨 포장을 해 온 은비였다.

그녀가 준 선물에 한별은 마치 세상을 다 가진 듯 행복한 사람이 되었다. 그가 서울에 계속 있었다면 상상도 못 할 일이었다. 물건이 없어서 뭔가를 못 사는 경우는 있어도 돈이 없어서 못 사는 경우는 없었으니까.

그런데 아무것도 없는 차귀도에서 그는 작은 것이 주는 소소한 행복을 만끽하고 있었다.

"숙제는 다 했어?"

"어. 몽땅 다 했어. 다 하고도 시간이 너무 많이 남았어. 더 내줘야 할 것 같아."

아무래도 숙제를 친구로 삼은 모양이었다. 안 그러고서야 이렇게 숙제를 좋아할 리가. 은비는 그간 꼴통을 길들이기 위해 애쓴 것이 헛되지 않은 것 같아 조금 흐뭇했다.

아직 많이 부족하지만 이대로만 간다면 좋은 결과를 기대해 볼 수도 있을 것 같았다.

"아무래도 이거 중독성 있는 거 같아."

"어?"

"고 선생이 주는 선물 말야. 이걸 받으면 살면서 이렇게 기분 좋았던 적이 있나 싶어. 1년 대기를 해서 파XXX 시계를 받았을 때도 이렇게 기쁘진 않았던 것 같아……."

"후, 없이 살면 뭐든지 다 귀한 법이다, 아가야."

"하, 고 선생, 다음 주가 성년의 날인 거 몰라?"

옥분 할망 달력만 보더니 기념일은 귀신같이 챙기는구나. 가만, 너 이제 막 스무 살 된 거 아냐?

"나보다 키도 작으면서 애기 취급 좀 그만하라고."

한별이 또 그녀의 민감한 주제인 키 이야기를 건드렸다.

"강한별, 성년의 날은 만 20세에 챙기는 거라고. 너 아직 성년 아니야."

"그래? 아, 그런 게 어디 있어. 스무 살 됐으면 성년이지 뭘 그리 따져? 아무튼 다음 주가 내 성년의 날이야."

갑자기 왜 성년의 날에 집착하는 건지 알 수 없어 은비는 고개를 가로저었다.

"그래서 성년의 날에 뭐 하려고. 여기 차귀도에서."

아무것도 없는 차귀도에서 말이다.

"그… 그게… 그냥 마음가짐을 다진다 이거지."

"오… 그래?"

은비는 그의 대답을 들으며 꿀통 강한별이 점점 남자다워지고 있다는 느낌이 들었다. 게다가 마음가짐을 다지기 위한 성년의 날이라면 1년 당겨서 치러도 기특하다 여길 일이었다.

"어. 그렇게 진지한 눈빛으로 바라볼 필요 없다고."

"으응… 그래, 강한별."

그런데 갑자기 그가 어디 불안한 구석이라도 있는 듯 발바닥으로 자꾸 바닥을 톡톡 치며 문제집을 펴는 것이 아닌가.

으음? 말은 번지르르했다만, 왠지 묘한 이 기분은 뭐지?

"엄마! 이제 좀 괜찮아진 거야?"

과외를 마치고 집으로 돌아간 은비가 다리에 깁스를 푼 엄마의 모습을 반겼다.

"응~ 아이고, 시원하네! 엄마 때문에 우리 딸이 고생 많았지."

"아냐, 엄마……."

그녀는 엄마가 생각보다 빨리 회복되어 너무 다행이라는 생각을 하며 방긋 웃었다.

사실 휴학을 하고 서울에서 과외를 했으면 더 돈을 많이 벌 수 있었는데, 제주도에 머물기로 한 것은 엄마가 다리를 다치셨기 때문이었다. 엄마는 아무래도 손님이 없는 이유가 낡은 가게 때문이라는 생각을 하고 있었다.

때문에 어디 좋은 곳으로 옮기고 싶어도 형편도 여의치 않았고, 또 돌아가신 아빠와의 추억이 고스란히 있는 이곳을 떠나고 싶어 하지 않으셨다.

가게는 못 고쳐도 말끔하게 청소라도 해야겠다며 쉬는 날을 잡아 구석구석 들어차 있는 물건들을 다 빼는 작업을 시작했다. 그러다 의자를 놓고, 높은 곳에 있는 물건을 빼다 낡은 의자가 부서지는 바람에 다리를 크게 다치신 것.

'김점순 해녀촌'에서 주방장, 서빙을 혼자 도맡아 하는 엄마였는데, 이렇게 다리를 다쳐 버렸으니 온 가족의 생계가 위험해지는 상황이 된 것이다.

은비의 계획대로라면 한 학기만 휴학을 하려던 것을 1년으로 하기로 하고 제주도에서 '김점순 해녀촌'을 돕기로 했다. 수혁이를 자주 볼 수 없다는 것이 걸렸지만, 어쩔 수 없는 일이었다.

식당 오픈이 오후니까 오전에는 다른 알바를 하고 오후에는 가게 일을 해야겠다고 생각하던 차에 은비에게 '차귀도' 과외는 모든 면에서 최적의 조건이었다.

"은비야, 아무래도 꼴찌 하던 놈을 무슨 수로 서울에 있는 학교를 보내겠어. 차라리 다시 서울로 돌아가서 과외를 하는 게 어때? 엄마도 괜찮아졌으니까."

깁스를 푼 엄마가 이제 가게 일은 괜찮으니 은비를 서울로 돌려보려고 했다. '차귀도 과외'의 전말을 다 아는 엄마는 아무래도 무모한 일이라고 생각했던 것이다.

엄마 생각엔 은비가 결국 최저 시급을 받고 말 것 같은데, 은비의 과외 실력과 매일 배를 타고 다니는 수고에 비해 그것은 너무도 미미한 보상일 것 같았다.

"어? 흐음, 글쎄……."

사실 생각 못 했던 것은 아니었다. 매일 차귀도까지 가는 여정이 은근 피곤하기도 했고, 한별에게 약간의 희망은 보이지만, S대를 보낼 수 있을지 의문이 드는 것도 사실이니까. 그리고 수혁이를 못 본 지도 한참이 되었고…….

그녀는 엄마의 말에 그냥 서울로 가 버릴까 싶었지만, 다시 눈을 부릅뜨고 고개를 도리도리했다.

아냐! 1억 받아야지……!

그게 있어야 '김점순 해녀촌' 리모델링도 좀 하고, 등록금도 내지.

그리고 강한별 이 꼴통을 누구한테 맡기겠나.

요즘 할 것 없는 데다 선물 받는 쏠쏠한 재미로 숙제도 꼬박꼬박 잘하는 그였지만, 여전히 선생에 대한 예의라고는 없는 놈!

그런 학생의 선생 노릇은 쉽지 않은 것이다. 아마 매일 선생을 갈아치우다가 수능 날 닥칠 듯. 그럼 좀 안쓰럽기도 하잖아…….

어느새 1억의 또 다른 이름 강한별이 은비의 마음 한구석에 똬리를 틀고 앉아 있었다.

무척 신경 쓰이는 놈으로.

"엄마, 아냐. 할 때까지 해 봐야지. 그리고 오늘내일은 과외 없으니까 내일 서울에 잠깐 다녀올게. 뭐, 이것저것 일 볼 것도 좀 있고."

"그래. 콧바람 좀 실컷 쐬고 와~"

은비는 모처럼 설레는 마음으로 서울 갈 채비를 하고 잠자리에 들었다.

"우리 교수님 올해 안식년이시래."

만나자마자 햄버거만 먹는 놈이 스테이크를 사 줬다. 그러고 나서 뭐 하고 싶은 게 있냐길래 한강 데이트를 하고 싶다고 했더니 한강에 데리고 와서 돗자리 위에서 한참을 노닥거리다가 수혁이 꺼낸 말이 이것이었다.

"그래? 하긴, 정말 쉼 없이 달려오셨잖아……."

"교수님들은 안식년을 갖고 나면 더 새로운 마음으로 연구랑 강의에 매진하게 된다네."

"음, 아무래도 그렇겠지. 사람이 좀 쉬기도 해야지."

"그래서 말이야."

"그래서 뭐?"

"우리가 사귄 지 1년 조금 지났으니까, 조금 안식하는 시간을 가져도 좋을 것 같아."

"……!!!"

"물론, 최근엔 너가 제주도에 가 있어서 자주 못 보기도 했지만, 연락은 계속하고 있었고… 무언가 좀 마음에 부담이 있어. 서로 연락을 하지 않는 안식기를 좀 가지면 어떨까."

"……!!!"

이것이 시방 무슨 소리를 하는 것이오.

연애에 안식기라니.

교수님이 강의하듯, 연구하듯 그리도 열심히 사랑했나?

양심은 있니, 이수혁?

"차라리 헤어지자고 하질 그래, 이수혁."

"하… 내가 언제 헤어지자고 했어? 난 네가 그런 식으로 극단적으로 말하는 게 싫다고. 강아지처럼 달려들었다가 고양이처럼 매정해지잖아."

"안식하는 연애는 내 생전 처음 들어 봐서 말야. 어느 나라 연애법이야? 이런 건."

'나'라는 존재가 본인이 갖긴 짐스럽고, 버리긴 아까워서 어떻게 할지 쉬면서 한번 생각해 보자는 거야?

은비는 양쪽 코에서 쌕쌕거리는 바람이 나오려는 것을 간신히 막았다.

"좀 오롯이 자신에게 집중하는 시간을 갖자고. 그러다 보면 다시 새로운 마음으로 서로를 대할 수 있지 않을까. 난 희망을 가지고 말하는 거야."

"그건 네 생각이지, 이수혁."

"헤어질 생각은 없어, 은비야."

"그거보다 더 심해. 이건."

"한번 생각해 봐."

"나, 간다."

"고은비! 제발! 쫌!"

"이 세상에 내가 없다 치고 어디 한번 잘 안식해 봐, 재수 똥 같은 놈아."

은비는 수혁과 함께 있던 네모난 세상에서 나와 버렸다.

잡겠지?

안 잡네?

따라오겠지?

뭐야. 기척도 없네.

등 뒤에서 부는 건 한강 바람 한 점뿐이었다.

됐다, 됐어.

아, 화낸 게 더 자존심 상해.

그냥 쿨하게 돌아설걸.

사실 은비는 아직도 수혁이 좋았다. 매일 연락하고 가능하면 가끔이라도 이렇게 데이트도 하고. 그렇기에 수혁의 이런 제안이 어이가 없었다.

하지만, 알아 버렸다. 수혁은 은비의 마음과 같지 않다는 걸.

결정을 해야 했다.

수혁이 말한 안식기라는 거, 그걸 가진 후 다시 그를 만날지.

아님, 그냥 헤어져 버릴지.

사실, 헤어지고 싶지 않은데…….

"아흐~!"

은비는 두 손으로 머리를 헝클이며 성질을 부렸다. 원래 서울에 사는 친구 집에서 하룻밤 자고 제주도로 돌아가려고 했는데 이런 기분이라면 그 친구에게 미안할 일일 것 같았다.

그녀는 그냥 바로 제주도로 돌아갈 생각이었다.

바로 집으로 갈 생각이었는데, 겨우 새벽행 비행기만 구할 수 있었다. 어쩌자고 우리 집은 비행기를 타고 오가는 먼 곳에 있는 건지, 오늘따라 그것조차 원망스러웠다. 하루 종일 좋았던 기분은 물거품처럼 사라져 버리고 더러운 기분만이 남아 있었다.

은비는 공항 의자에 앉아 졸다 깨다를 반복하며 비행시간이 오기만을 기다렸다.

올 때는 그렇게 샤방샤방하던 얼굴이 힘겹게 밤을 새고 나서 급 수척해졌고, 검은 그림자마저 드리웠다.

제주에 도착하니 새벽 5시 반.

시간이 좀 애매했다.

공항에서 한 시간 반 걸리는 집에 다녀오기에는 왔다 갔다 기운만 뺄 것 같고, 바로 차귀도로 가기에는 과외 시간이 많이 남았던 것.

살짝 고민하던 은비가 결심한 듯 차귀도 쪽으로 향하는 버스에 몸을 실었다. 그리고 차귀도에 도착해 조업을 나가려던 배에 부탁해 차귀도에 다다랐다.

새벽 6시 반.

부둣가 망부석은 아직 자고 있는지 보이지 않았다. 은비는 홀로 오솔길을 걸어 옥분 할망 집에 도착했다.

할망은 또 새벽부터 밭일을 나갔는지 집에 없었다. 은비는 한별의 방으로 향했다.

그녀는 보통 한별이가 매일 부둣가에서 자신을 기다렸기

에 이 시각이면 일어났을 수도 있다 싶었다. 그런데 집 안이 조용해도 너무 조용했다.

한별의 방문 앞에 선 그녀는 뭔가 싸늘한 기분이 들었다.

"강한별!"

방문을 열어젖힘과 동시에 큰 소리로 그의 이름을 불렀다. 밤새 잠도 잘 못 자서 비몽사몽했는데, 이상하게 정신이 번쩍 드는 기분이었다.

"헐."

은비는 뒤통수가 갑자기 당겨 왔다. 눈을 꼭 감고 뒷목을 잡았다. 그녀가 본 것은 한별이 없는 빈방이었다.

집 안 구석구석 그리고 앞마당까지 뛰어나가 샅샅이 살폈지만, 한별의 모습은 온데간데없었다. 그녀의 촉이 맞는다면, 한별은 이 섬에 없는 것 같았다.

이건 분명 비상 상황이었다.

은비는 머리를 쥐어뜯었다. 어제에 이어 머리를 쥐어뜯을 일이 왜 이렇게 생기는 것일까.

나쁜 일은 몰아오고!

그런 일은 사람 인정사정 봐주질 않는다. 지금 피곤해 죽을 것 같은데!

"일단… 진정하고 어떻게 할지 생각해 보자. 아후, 설마 벌써 서울까지 간 건 아니겠지?"

주말에는 과외가 없기 때문에 이틀이나 한별을 못 본 상황이었다. 은비는 도대체 그가 언제부터 없어진 건지 감이 오질 않아 답답했다. 이내 다급한 마음으로 휴대폰을 들었다.

"선장님! 지금 당장 차귀도로 와 주실 수 있나요?"

-어허, 은비 양. 오늘은 안 와도 된다기에 나 지금 좀 멀리 나왔어.

너무 이른 시각에 도착해 버려 다른 배를 얻어 타고 차귀도로 들어왔던 은비였다. 그래서 선장님께 오늘 아침 픽업은 안 해 주셔도 된다고 전달했었던 것.

"하… 어쩌죠. 지금 당장 차귀도를 나가야 할 일이 생겼거든요."

-그럼, 내가 지금 혹시 그쪽으로 움직일 사람이 있는지 알아보고 연락을 줄게.

"네네. 고맙습니다."

은비는 발을 동동 구르고 손톱을 물어뜯으며 이리저리 왔다 갔다 했다.

"도대체 어떻게 나간 거지? 언제 나간 거고……! 이런 미꾸라지 같은 놈. 내가 요즘 착실해졌다고 믿고 방심한 게 잘못이었어!"

그간 한별을 너무 믿어 버린 자신을 자책하며 스스로 머리를 쥐어박는 은비였다.

"아니지. 혹시 산책하다가 바다에 빠져 버렸나? 아님 또 탈출을 시도하다가 빠져 버린 건 아니겠지? 바다 수영은 안 해

봤다는데, 어떡해."

스스로를 자책하다, 한별을 걱정하다 정신이 하나도 없는 은비였다.

"섬 살이를 대비해서 생존 수영을 가르쳤어야 하는데……! 공부가 뭐 그리 중요하니, 고은비……! 사람 목숨이 더 중요한데, 왜 그걸 안 가르쳤을까. 한별이가 체육이 중요하다고 한 소리를 내가 왜 귓등으로 들었을까."

후회가 밀려왔다. 봄이 되면서 한별과 섬 둘레길 조깅을 하며 체력을 키우기도 했었더랬다. 물론, 은비가 한 바퀴 뛸 때 그는 두세 바퀴를 뛰는 무서운 놈이었다.

알고 보니 서울에서는 공부도 안 하고 턱걸이만 했던 놈이란다.

복잡한 공부보다 단순한 운동이 자기한테 맞다나 어쨌다나. 그런데 바다 수영만큼은 젬병이었다. 보기와 다르게 내면에 겁이 많은 한별이었다.

"으~ 답답해!"

할망도 없이, 은비 홀로 이 집에서 죽을상을 하고 있었다.

Rrrrrrrrrrrrrrr.

"네! 선장님!"

-지금 차귀도를 갈 수 있는 배가 없네. 꼬박 내가 12시에 데리러 갈 때까지 있어야 할 것 같아.

"으흑흑흑흑."

-은비 양, 괜찮아?

"아앙아아아앙."

-…….

"알겠어요, 선장님. 어쩔 수 없죠."

-으응… 미안해. 이따 봐~

은비는 힘없이 휴대폰을 아래로 떨어뜨렸다. 맥이 다 풀리는 기분이었다. 얼른 섬에서 나가야 한별을 찾을 텐데, 이건 뭐 할 수 있는 일이 없었다.

피곤도 하고, 기운도 없어 한별의 방에 대자로 누워 버렸다. 누워서 천장을 바라보니, 작고 조그만 글씨가 눈에 들어왔다.

탈출만이 살길이다.

"이런… 매일 밤 저걸 보면서 탈출을 꿈꿨고만!"

수험생이라면 [하면 된다! 지금 자면 꿈을 꾸지만 지금 공부하면 꿈을 이룰 수 있다! 꿈은 이루어진다!] 정도가 써 있어야 되는 거 아닌가?

이런데 이 자식의 머릿속에 든 건 온통 [탈출]뿐이었다. 은비는 속이 터질 것 같았다. 이런 놈을 두고 S대니, 1억이니 꿈꿨다니……!

그녀는 한별이 자신을 기만했다는 생각마저 들어 반드시

그를 찾아내 이곳에 앉혀 놓겠다는 의지를 활활 불태웠다.
 그녀가 다급히 휴대폰을 들어 어딘가로 전화를 걸었다.
"김 실장님!"
 -네, 선생님.
"비상이에요!"
 -무슨…….
"한별이가 없어졌어요."
 -이런…….
"혹시, 공항에 출입국 기록 같은 거 확인 가능할까요? 일단, 제주를 빠져나갔는지 안 빠져나갔는지를 알아야 할 것 같아요."
 -바로 알아보죠.
"주말부터 과외가 없었으니까 그때부터 지금까지의 기록을 다 보셔야 할 거예요."
 -음… 주말에는 차귀도에 있었던 거로 확인됩니다.
"아, 그래요?"
 -김옥분 할머니께서 매일 밤 보고를 해 주시거든요. 암튼 오늘 공항 기록을 살펴보죠.
"네네. 확인되시는 대로 연락 좀 부탁드려요."
 -알겠습니다, 선생님.
 만약… 아직 제주도라면 그래 봤자 넌 내 손안에 든 쥐다.
 은비가 눈에 불을 켰다. 아직 선장님이 도착하려면 시간이 한참 남아 그녀는 한별의 방을 둘러보았다.

"캬, 트레이닝복 한번 화려하네……."

브랜드는 알지만 다자인은 어디서 본 적도 없는 독특한 트레이닝복들이 옷장에 가득 차 있었다.

"뭐야, 이런 걸 입을 일이 어디 있다고……."

트레이닝복 한쪽 옆에는 세미 슈트를 비롯해 스타일리시한 옷들이 꽤 있었다.

"가만."

은비는 눈을 크게 뜨고 고개를 숙여 옷장을 자세히 들여다보았다. 섬에서 입을 일도 없는 그 스타일리시한 옷들이 한 번 잡아 뺀 것 같은 흔적이 있었다.

이건 반드시 한별의 손길이었다. 아주 따끈따끈하게 오늘 이 중에서 하나를 골라 차려입고 나간 것이 분명했다.

"하, 아주 작정을 하고 놀러 나갔구나! 강한별!"

은비는 그 옷들 중 하나를 붙잡고 손을 부들부들 떨었다.

'그래, 뭔가 단서가 또 있을 거야…….'

은비는 한별의 방에 있는 것들을 구석구석 살피기 시작했다.

"대박!"

한별의 낮은 좌식 책상을 살펴보던 그녀가 무언가를 보고 한 손으로 입을 가렸다.

차귀도 탈출 작전

그녀가 잡아 든 두툼한 종이 뭉치에는 비장함이 묻어나는 이런 제목이 달려 있었다. 은비는 휘리릭 노트를 넘겼다.
"일단, 나갈 생각이 없다는 안심을 준 다음… 고 선생 오갈 때마다 어떻게 하면 배에 몰래 탑승할지 연습을 하고… 할머니가 섬을 나가시는 날에 대한 정보를……."

뭔가 허술하면서도 나름 치밀한 계획을 세웠던 한별이었다. 노트 옆에 있는 조그만 달력의 오늘 날짜에는 '성년의 날'이라는 글자와 함께 동그라미가 수십 번은 겹쳐져 그려 있었다.

은비는 무슨 생각이 난 듯 할망 집 거실에 붙은 큰 달력을 보러 나갔다.

"이런……."

거실에 매달려 있는 큰 달력의 오늘 날짜에도 역시나 동그라미가 그려져 있었다. 그리고 할망의 비뚤한 글씨로 이렇게 쓰여 있었다.

하르방 제삿날

웬만하면 차귀도를 벗어날 일이 없는 할망이었다. 은비가 알기로는 그런 할망이 유일하게 차귀도를 나가는 날은 1년에 딱 한 번, '하르방 제삿날'이라고 들었다.

생활이야 자급자족이 되었지만, 제삿날 필요한 음식은 장에서 봐 와야 하는 것이 있었기 때문이었다.

한별은 이날을 위해 지금까지 할망과 자신에겐 믿음을, 그리고 부둣가에서 망부석이 되어서는 탈출을 꿈꿨던 것이었다.

그래서 성년의 날 친구도 못 만나고 외롭겠다고 한 얘기에 '괜찮다'고 불쌍히 보지 말라고 했던 거였다.

"내가 미쳐······."

Rrr-

-고 선생님.

"네, 실장님."

가슴이 벌렁거렸다. 과연 한별은 제주를 벗어났을까, 못 벗어났을까.

-기록에 없네요. 아직 제주도인 것 같습니다. 일단, 신고하고 사람도 보내서 좀 찾아야 할 것 같네요.

"실장님, 그러실 필요 없어요."

-네? 그게 무슨······.

"제 손으로 제가 잡습니다. 그놈."

-짚이는 데라도 있습니까?

"제주도 면적이 서울보다 넓습니다만··· 어린것들이 갈 만한 곳은 정해져 있거든요. 이쪽은 제 구역이니 제가 맡겠습니다."

아직 12시가 되려면 한참이나 남았다. 오갈 배가 없으면 이렇게 꼼짝 없이 묶이는 곳이 섬이었다. 아무튼 선장님이 오시기 전까지 이렇게 허무하게 시간을 보낼 수 없었다. 강한별을 잡기 위한 작전이 필요했다.

'뛰는 놈 위에 나는 놈이 있다는 거 그거 한번 몸소 느껴 봐라, 강한별~!'

은비는 눈을 가늘게 뜨고 두 주먹을 맞닥뜨리며 각오를 다졌다.

'흠… 보자, 보자. 제주도에서 젊은이들이 노는 곳이라면…….'

은비가 한별의 좌식 책상을 손가락으로 톡톡 쳤다. 그리고 머리를 굴린 다음 빈 종이 한 장과 펜을 꺼내 들었다.

'제주시, 함덕, 중문, 서귀포…….'

종이 위에 그려진 건 대충 그린 제주도 지도. 그녀는 그 위에 중요 스팟에 표시를 해 두었다. 그다음, 눈빛을 반짝이며 휴대폰을 들었다.

"어! 민지야. 잡을 놈이 좀 있다. 니가 본 적 없는 외모라 아마 금방 눈에 띌 거야. 얼굴은 새하얀데 몸이 좋아. 뜨면 연락해라."

오케이. 제주시는 민지.

"수정아! 너 오늘도 거기 가지? 어, 부탁 좀 할게. 키가 모델이야. 심지어 옷발이 장난 아닐걸? 보면 콜 좀 해 줘."

오케이. 함덕은 수정이.

"하… 서현아. 안 받는 줄 알고 당황할 뻔했다. 아직도 자? 매일 그렇게 다니면 안 피곤하냐? 못 말린다 진짜. 암튼 내 얘기 들어 봐. …얼굴이 곱상해. 근데 몸이 아주 탄탄해. 비현실적인 외모니까 보자마자 알아볼 거야……."

오케이. 중문은 서현이.

"예린아! 오늘도 서귀포 뜨지? 내가 사람을 좀 찾거든. 응응……. 외모가 끝장이야. 진짜 중요한 일이니까 꼭 좀 부탁해……."

후… 서귀포까지 다 풀었다.

일명, 고은비 네트워크.

땅덩이만 넓었지 현지인들 사이에는 한 집 건너 한 집 사정 아는 제주도였다. 은비는 곳곳에 포진해 있는 친구들 중 클럽 죽순이들을 추려 강한별 찾기에 나섰다. 이제 한별이 찾기는 시간 문제였다.

"강한별… 죽어쓰……. 오늘 제사 주인공은 하르방이 아니라 너야, 너."

이윽고 도착한 선장님을 따라 차귀도를 벗어난 그녀가 일단 공항으로 향했다.

혹시라도 한별이 제주를 뜰 경우를 대비해 매의 눈으로 이곳을 지키고 있어야 할 것 같았고, 어느 지역 클럽으로 가더라도 공항에서 이동하는 편이 그나마 동선을 줄일 수 있는 방법이라고 생각했다.

만약 제주시로 갔다면 십 분 내외. 서귀포가 그나마 가장 먼 곳인데 한 시간 반 정도는 잡아야 하는 거리였다. 은비는 제발 서귀포만 아니길 바랐다.

"김 실장님, 아직 없죠?"
-네. 잠잠합니다.

그녀는 클럽 개장 시간이 되기 전까지 김 실장님과 계속 통화를 하며 출입국 기록을 체크하면서 주둔하고 있었다. 김 실장은 은비가 편하게 이동할 수 있도록 차도 대기시켜 주었다.

드디어 클럽 입장 시간인 10시.

은비의 얼굴에 다크서클이 짙게 내려앉았다. 하지만, 정신만은 누구보다 말짱했다.

Rrrr-

드디어 폭풍 전야를 알리는 소리가 들렸다.

은비가 긴장되는 마음으로 휴대폰을 드니 발신인은 '예린이'.

헉, 서귀포다! 하필!

-야, 대박이다. 강한별인가 뭔가 하는 애, 오자마자 여자애들 달라붙고 난리 났다. 얼른 튀어 와!

"어, 예린아. 걔 다른 곳 안 가게 잘 주시하고 있어야 돼. 알겠지? 짐 공항에서 출발한다."

한별이 은비 손에 제대로 걸려들었다. 그녀는 현 상황을 김 실장에게 보고한 뒤, 그가 대기해 놓은 차를 타고 서귀포로 향했다. 태어나서 이렇게 심장이 벌렁대긴 처음이었다.

기사님이 기적적으로 한 시간 만에 서귀포 뭉* 클럽에 은비를 내려놓았다.

현재 시각 11시 반. 오늘이 가기 전에 그놈을 잡을 수 있어서 다행이다 생각하며 은비가 클럽 안으로 들어갔다.

번쩍거리는 조명, 시끄러운 EDM 소리가 가득한 공간에 제법 많은 사람들이 춤을 추며 즐거운 시간을 보내고 있었다. 오늘이 '성년의 날'이 아니던가. 대학 새내기들이 작정하고 놀 생각으로 이곳을 많이 찾은 것 같았다.

댄스 삼매경에 빠진 무리들, 그중 은비의 눈에 딱 들어오는 한 명.

반갑고도 징그러운 놈.

다행이면서도 화가 치밀게 하는 놈.

또래로 보이는 여자애들과 부비부비 중인 그. 클럽 개장 시간 전에 아주 때 빼고 광내고 다 한 것 같은 한별이었다. 수많은 사람들 사이에서도 단연 빛이 났다.

내가 아는 한별이 이 한별이 맞는지 0.1초간 고민하게 만드는 모습.

덥수룩하게 길었던 머리는 아주 짧아졌고, 은비가 매일 보던 트레이닝복 차림도 아니었다. 아주 그냥 강남 스타일.

"야, 강한별……!"

은비는 대찬 목소리로 그를 불렀다. 요란한 음악을 뚫고 그녀 목소리가 한별의 귀에 단번에 꽂혔다.

나를 보면 아주 식겁하겠지? 뭐, 이런 선생이 다 있나 하겠지?

그녀는 이런 생각을 하며 그에게 다가가 등짝 스매싱을 연달아 열 번쯤 날렸다. 분명 말 안 들으면 때려도 된다는 계약 조건이 있었겠다!

그녀의 예상 시나리오는 실컷 두드려 맞은 한별의 줄행랑이었다.

"어? 이게 누구야. 우리 고 선생님!"

한참 맞던 등을 편 한별이 그녀를 보고 웃었다.

어라?

이게 아닌데?

이놈은 뭐가 이렇게 늘 반전이야!

그가 반쯤 풀린 눈으로 은비를 반겼다.

"아주 상황 파악이 안 되지? 술을 얼마나 처먹은 거야?"

그녀는 키가 큰 한별을 올려다보면서 그의 가슴을 쳤다.

"아이, 왜 이래, 우리 고 선생님. 내가 선생님을 얼마나 기다렸는데. 매일 여기서 파도가 몇 번이나 치는지 세어 보기까지 했다고 말야. 내가."

아주 떡이 되도록 술을 마신 한별이 자신의 가슴에 닿은 그녀의 손을 잡았다.

처음 아니면 아주 오랜만에 술을 마셔 본 그였을 터. 아주 섬에서 탈출하고 좋다고 초장부터 필름이 끊기도록 먹어 댄 것 같았다.

"아이구, 그러셨어, 강한별 학생. 그래서 내가 왔다. 어쩔래. 너, 얼른 나와."

은비가 한별의 손을 뿌리치고 그의 팔을 잡아끌었다.

"이거 왜 이래, 고 선생. 나 오늘 성년 됐다고… 애 아니거든?"

"성년이면 뭐. 성년이면 이렇게 본분을 잃고 진탕 노는 거냐? 얼른 나와!"

"아이, 왜 이래, 고 선생……."

갑자기 말이 늘어지던 한별이 은비의 어깨에 쓰러졌다.

"에에? 강한별, 뭐야! 악, 무거워!"

단신 은비가 거구인 그의 무게를 간신히 버티고 있었다. 근데 문제는 그다음이었다.

"참! 고 선생, 나 선물 줘야지. 성년의 날 선물!"

쓰러졌던 그가 갑자기 벌떡 일어나더니 눈에 불을 켜고 고 선생을 바라보는 것이 아닌가.

"선물 같은 소리 하네. 내가 너 때문에 지금……."

"아잉, 선생님. 선물 주떼요… 네?"

아주 정신을 쏙 빼놓는 한별이었다.

"헐… 사랑의 매로도 부족하지? 네가 내일도 살아 있다면 고려해 보마. 일단 나가자고!"

"진짜? 웅웅. 지금 여기서 줘……."

"아나… 읍……!"

무언가 아찔한 것이 은비에게 날아들었다.

은비 입 안으로 벚꽃 향이 한가득 퍼졌다.

'뭘 마셨기에 벚꽃 향이 나는 거야?'

음악 소리와 사람들이 떠드는 소리에 정신없는 클럽 안, 그녀는 기습적으로 다가온 한별의 뽀뽀, 그리고 아득한 향에 잠시 정신 줄을 놓기 일보 직전이었다.

제주 왕벚꽃은 유독 향이 짙었다. 매일 서울 드림을 꿈꾸던 은비도 어디서도 볼 수 없는 제주 왕벚꽃은 참 좋아했다.

'봄… 왕벚꽃… 그리고… 한별이… 한별이? 강한별? 내 1억?'

그녀는 한껏 수그려 자신과 맞닿아 있는 한별의 이마를 냅다 쳤다.

"야, 이 후레자식아! 이건 어디서 배워먹은……! 어? 강한별? 한별아?"

그가 힘없이 또 은비의 어깨에 축 처졌다.

"주사가 아주 몽유병 수준이구나. 너! 술만 깨 봐라. 진짜……."

그녀는 한별이를 넘기고 노느라 정신이 팔린 친구 예린이에게 도움을 요청했다.

"야, 야, 얘 왜 이러니! 마시지도 못하는 술을 왜 이렇게 마셨대?"

예린이가 한별이를 잡고 끙끙대며 말했다. 두 사람이 힘을 합쳐도 한별의 몸 하나 끌어내기가 쉽지 않았다.

"내 말이……. 얘가 자연인으로 살다가 갑자기 밖에 나오니까 눈이 뒤집혀졌나 봐."

은비가 용을 쓰느라 얼굴이 찡그려진 상태로 예린의 말을 받았다.

"그래도 진짜 존잘이다. 클럽에서도 완전 독보적이었다니까. 완전 아이돌 과외하는 기분이겠는데, 고은비?"

"으~ 무거워. 이놈 외모를 감상할 시간이 없다……. 꼴통 가르치느라 내 머리가 다 닳아 없어져 버리지 않으면 다행이야."

간신히 밖으로 꺼낸 한별을 기사 아저씨가 받아 뒷자리에 실었다. 그리고 은비도 한별이 옆에 앉았다. 그녀는 예린이와 손 인사를 주고받은 다음 뒷문을 닫았다.

"기사님, 세화로 가 주세요. 저희 집이요!"

띠띠띠 띠!

차 안, 라디오에서 자정을 알리는 소리가 났다.

"후… 다행히 오늘이 가기 전에 잡았네……."

은비의 입에서 한숨이 절로 나왔다. 몸이 천근만근이 되는 것처럼 무거웠다.

픽!

한별이 그녀의 어깨에 고개를 떨궜다.

천근만근 플러스… 80kg!!

Rrrrr-

"네, 김 실장님. 잡았고요. 오늘은 차귀도 들어가는 배가 없으니까 저희 집에 재운 다음에 내일 같이 들어갈게요."

-그래요. 고마워요, 고 선생님.

"에구, 이게 무슨 일이야?"

기사님과 함께 떡실신이 된 한별을 끌고 집으로 들어오는 은비를 보고 그녀의 엄마가 깜짝 놀랐다.

"엄마, 일단 얘 재워야 할 것 같아."

"그래. 얼른 니 방으로 데려가. 너는 할망이랑 엄마랑 같이 자고."

"응."

'김점순 해녀촌'에 달린 조그마한 집. 이 집은 은비가 태어났을 때부터 살았던 집이었다.

이 오래된 집에는 작은 방 두 개뿐이었다. 할머니와 엄마가 함께 쓰는 방, 그리고 은비의 방.

한별을 은비 방에 눕히고, 그녀는 할머니와 엄마가 있는 방으로 건너왔다. 물질로 많이 고단하셨던 할머니는 벌써 잠에 드신 지 한참이었고, 엄마만 그녀를 기다리던 중이었다.

"은비야, 어떻게 된 거야?"

"하… 아침에 차귀도 갔더니 애가 없더라고. 저놈 찾느라고 죽는 줄 알았어, 엄마."

"아니, 근데 얼마나 고생을 했기에 하루 만에 얼굴이 반쪽이 됐어. 밥은 먹고 다닌 거야?"

"아니… 엄마… 나 정말 너무 피곤해……."

"어휴, 내가 못 산다. 그니까 그냥 서울 가라니까……."

은비의 엄마가 눕자마자 잠이 든 그녀 위로 이불을 덮어주며 다독거렸다. 엄마는 제대로 된 뒷바라지 한번 못 받고 매일 고생만 하는 그녀 때문에 가슴 한구석이 못내 시렸다.

뚝딱뚝딱-

주방에서 칼질하는 소리에 한별이 잠에서 깼다.

"아~~으… 허리야……."

달랑 얇은 요 하나 깔고 잠이 들었던 그가 허리를 잡았다. 차귀도에도 두툼한 라텍스는 가지고 왔었기 때문에, 이런 맨바닥에서 자 본 적은 처음이었다.

"여기가 어디야……."

한별이 퉁퉁 부은 눈으로 방 안을 쭉 살폈다. 한눈에 보아도 엄청 낡은 집, 문을 닫았어도 바람이 새어 들어오는 집이었다. 하도 작은 방이라 일어나서 살필 것도 없이 앉아서 쓱 둘러보면 끝이었다.

잘 정돈된 좌식 책상 하나, 옷장 하나. 방에 있는 건 그게 다였다.

한별이 책상으로 다가갔다. 그 위 놓인 작은 액자를 보기 위해.

"고 선생……?"

그는 기억을 더듬어 어제 있었던 일을 생각해 내려 했다. 그러자 한창 술을 마시고 놀던 중에 고 선생이 등장한 장면이 떠올랐다.

"헐… 고 선생. 어떻게 거기까지 쫓아왔지? 와…….'

그러나 거기까지였다. 그다음은 완전 필름이 끊긴 상태.

"하… 고 선생 때문에 또 망했잖아! 아니, 고 선생이랑 나랑 전생에 무슨 원수지간이었나? 나한테 왜 이러는 거야, 고 선생……! 아, 징글징글한 고 선생!"

그놈의 고 선생… 고 선생… 고 선생…….

고 선생이 닳도록 고 선생을 들먹이는 그였다.

그러다 액자 속 다른 사람에게 눈길이 갔다. 책상 위 작은 액자 속에는 두 사람이 있었다. 한 사람은 은비, 그리고 그녀의 어깨를 감싸고 환하게 웃는 한 남자.

사진의 배경은 학교 캠퍼스인 것 같았다.

"헐… 남친도 있었어? 인상이 아주 별로네. 별로야."

괜히 입을 비쭉이는 한별이었다. 그는 낡디낡은 미닫이문을 드르륵 열고 나갔다. 집 전체가 서울에 있는 자기 방 하나만도 못할 만큼 작은 집이었다.

"여기가 고 선생 집인 거야?"

아주 오래되고 작은 이 집을 둘러보는 한별. 제대로 된 장식장 하나, 편안한 소파 하나 없는 거실, 있는 거라곤 헝클어져 있는 그물들…….

한쪽 벽면에는 은비가 어렸을 때 찍은 것 같은 촌스런 가족사진이 걸려 있었다.

"귀엽네… 고 선생……."

가족사진 밑으로는 그녀의 아버지 영정사진이 서랍장 같은 것 위에 놓여 있었다. 그런데 이상하게 그의 가슴 한구석이 먹먹했다.

그러고 보니 5개월을 거의 매일 봐 왔는데 그녀에 대해 아는 것이 하나도 없었다는 생각이 들었다.

서울에서 모든 걸 넘치도록 누리고 살았던 그였다. 필요한 건 뭐든지 서포트해 주겠다고 했는데도 기어코 공부를 안 했던 그였다.

물론, 아버지를 향한 반항심 때문이었다.

자신의 엄마와 사별 후 다른 여자와 사는 아버지. 그것도 몇 번째 여자인지 헤아리기도 어려울 정도. 그것을 받아들이기 힘들었던 어린 한별이었다. 몸이 유독 허약했던 엄마를 떠올리며, 자신만은 강해져야겠다 생각했던 그였다.

'하… 고 선생은 이 집에서 공부하면서 S대를 간 거야?'

그리고 무엇 때문인지는 모르겠지만, 그에겐 껌 값보다 조금 많은 5억을 벌겠다고 꼴통인 자신을 거둔 선생. 5개월이면 한별의 과외 선생 가운데 가장 오래 버틴 독종이었다.

"일어났수꽈?"

어제 물질해 온 걸 오늘 장사에 쓸 수 있게 손질도 하시고 손수 아침 준비까지 하시던 은비의 할머니가 한별을 보고 거실로 건너와 그를 바라본 것.

"네. 안녕하세요."

옥분 할망에게 적응되어 제주도 할망들 대하기는 스스럼없는 한별이었다.

"혼저 왕 먹읍서."

은비 할머니는 한별이를 집 옆에 달린 식당으로 끌고 왔다. 이렇게 보니 주방을 통해서 식당이 연결되어 있었다.

"할망, 고 선생은요?"

"아직 자고 이써!"

"아……."

"아주 고주망태를 끌고 들어오느라 은비가 욕을 봤다던데… 잉……. 어서 맨도롱 할 때 호로록 들여 싸붑서."

은비 할머니는 고개를 절로 내젓다가 막 조리를 끝낸 전복죽을 한별이 앞에 내놓았다.

"아… 네……. 잘 먹겠습니다."

괜히 면목이 없어진 한별이 수저를 들었다.

"어멍! 나 왕."

그때 문을 열고 은비 엄마가 들어왔다. 새벽 장을 보고 돌아오는 길이었다. 그녀의 눈과 한별의 눈이 마주쳤다. 그는 머쓱해져 고개를 떨궜다.

"어이구! 생긴 건 아주 말짱하니 잘생겼네. 근데 왜 이렇게 우리 은비 속을 썩이는 거야?"

"고럼!"

은비 엄마의 말에 할머니도 맞장구를 쳤다.

"아… 그게……."

한별은 말을 제대로 잇지 못했다. 탈출을 또 망친 고 선생이라 자신도 썩 기분 좋은 상태는 아닌데, 이곳은 그녀의 홈그라운드 아닌가.

"우리 은비가 1억 벌겠다고 이렇게나 애를 쓰는데 열심히 좀 해 봐, 학생!"

"고럼!"

"네? 1억이요? 5억 아니고요?"

"먼 5억이래……. 하이고, 5억이 뉘 집 이름도 아니고……. 학생이 서울의 그 뭐냐 좋은 학교를 가야 1억도 가능한 거라고 그러든데? 근데 그게 가당키나 하냐고. 이렇게 미꾸라지 같은 청년한테! 내가 그냥 당장 때려치우라고 해도 학생 사람 만든다고 은비가 이러는 거야!"

"고럼!"

한별은 뒤통수를 한 대 세게 맞은 느낌이었다.

'고 선생… 나를 속인 거야? 그리고 지금 고작 1억 벌겠다고…….'

1억이라고 했으면 아마 애초에 당장 그거 먹고 튀라고 했을 것이다. 아, 물론 대쪽 같은 고 선생은 안 받으려고 했겠지만.

챙-

그의 자존심에 스크래치가 났다. 아무리 신분을 숨기고 하는 과외였지만, 명색이 내로라하는 재벌 그룹 3세의 과외비가 1억?

그것도 대학 못 가면 안 준다고?

그래서 고 선생이 자기 목숨까지 걸면서 나 구하고, 나 찾고 지금 이 난리를 쳤던 거야?

참 나, 고작 1억 때문에?

쫌생이와 친구를 먹어 버린 자신의 아버지 강 회장의 노동력 착취에 갑자기 넌덜머리가 났다.

1억이면 강 회장 손목에 찬 시계 값 정도였다.

일주일에 두 번 한 시간 반씩 과외하던 대치동 선생도 1년을 했으면 1억은 넘게 받아먹었을 것이다.

그런데, 주 5일에 꼬박 세 시간씩 1년을 부려먹으면서 그 대가를 자신의 시계 값으로 치는 강 회장! 이건 갑질의 횡포로밖에 느껴지지 않았다.

"잠시만요… 아주머니……."

"아, 어딜 또 도망가려고!"

"하하, 아니에요. 그런 거. 제가 고 선생님을 얼마나 좋아하는데요."

한별은 반달눈을 하고 어머니를 안심시킨 다음, 어제 산 따끈따끈한 신상 휴대폰을 들고 잠시 가게 밖으로 나갔다.

"저에요, 아버지."

-그래. 꼴좋게 잡혔다는 소식은 들었다.

"보통이 아니네요. 고 선생이."

-생각보다 야무지더구나. 마음에 쏙 들어.

"제 과외비가 1억이라면서요?"

-응. 내가 얘기 안 했던가?

"인 서울 못 가면?"

-최저 시급으로 쳐주기로 했다.

"헐… 아, 진짜 자존심 상해서. 강 회장님… 5억 가시죠."

-뭣이? 고 선생이 올려 달라든? 고작 대학생 선생 주제에…….

"아뇨. 고 선생은 아무것도 몰라요. 백 프로 제 의견이에요.

SKY 가면 5억 해요. 그 정도 베팅을 해 놔야 내가 짜릿하게 공부할 맛이 날 것 같아서."

통화를 마친 한별이 다시 가게 안으로 들어왔다. 거래는 성공적이었다. 다만, 은비에겐 나중에 얘기하기로 했다. 그 성격을 이제 누구보다 잘 아는 한별이기에 과외비 베팅액이 올라갔단 소리를 들으면 고 선생이 아주 부담스러워할…….

것이 아니라!

그 돈을 받기 위해 눈에 불을 켜고 더 들들 자신을 볶아먹을 것을 알았기 때문에.

그녀의 사전에 공짜는 없다고 하니, 그만큼 더 혹독 선생님 모드로 변할 것은 불 보듯 뻔한 일이었다.

생각만 해도 치가 떨리는 일이었다.

"잘 먹었습니다. 그럼 저는 이만……."

식사를 마친 한별이 은비 할머니와 엄마에게 깍듯이 인사를 하고 나가려 했다.

"어어어! 한별 학생! 은비랑 같이 가야지. 어차피 오늘 과외하러 가야잖아!"

"아… 맞다. 그렇죠……".

한별은 원래 계획대로라면 성년의 날을 자신을 알아볼 사람 하나 없을 제주도에서 신나게 놀다가 오늘 서울로 뜰 생각이었다. 물론 몇 분 전에 그 결심은 바뀌었다.

다시 차귀도행. 그 결심 한가운데 고 선생이 있었다.

전복죽을 맛있게 먹은 한별이 일어나 식당 문 쪽으로 향했다.

"아니, 근데 그러고 차귀도 가려고? 잉… 쯧쯧… 그건 아니지……."

"네?"

은비 엄마의 말에 그는 그제야 자신이 입고 있는 옷을 바라보았다. XL 사이즈 몸매에 입혀진 XS의 티셔츠. 당장이라도 터질 듯한 분홍 티셔츠에 다리에 착 달라붙은 일바지.

"으악! 이게 뭐죠?"

한별은 자신이 요상한 차림을 하고 있다는 것을 이제야 알아보고 화들짝 놀랐다.

"아니, 그럼 옷에 술 냄새가 쩔었는데 어떡해. 막 오물도 묻고. 어으, 좋은 옷이 아주 다 망가졌더라고……. 암튼 그래서 대충 은비 옷으로 갈아입혔지. 근데 좀 작았지? 학생 옷은 내가 진즉에 다 빨아 놨어. 은비 방 옷장 위 소쿠리에 담아 뒀으니까 가서 꺼내 입고 가."

"아… 네……. 근…데… 누… 누가 갈아입혔나요?"

"은비!"

은비 할머니와 은비 엄마가 동시에 소리쳤다. 한별은 갑자기 눈앞이 캄캄했다. 아무래도 고 선생한테 자신의 너무 많은 것을 보여 줘 버렸다는 생각이 들었다.

그녀를 만난 첫날 물에 빠졌을 때부터 말이다. 그 생각만

하면 밤마다 이불을 삼십 번씩 발로 차는 그였다. 잊을 만하니 또 이런 일이 생겨 버렸다.

그가 복잡한 표정으로 재빨리 아까 자신이 있었던 은비의 방으로 향했다. 그런데 발을 내딛는 순간, 다른 방에서 은비의 목소리가 들렸다.

-나야.

"어… 수혁아……."

수혁? 혹시 사진 속 남친?

한별은 자신도 모르게 귀를 미닫이문 가까이에 대었다.

-생각해 봤어?

"뭐, 안식년인지 안식기인지 그거? 꼭 그렇게 해야겠어? 왜 연애를 쉬어야 하는지 이해가 좀 안 돼. 어차피 올해는 내가 서울에도 없고 그래서 자주 볼 수도 없잖아."

연애를 쉰다고? 엥?

최대한 담담히 말을 잇는 은비였다. 비록 그녀의 말만 들리고 상대방의 이야기는 들을 수 없었지만, 전화를 엿듣고 있는 것 자체에 한별의 마음이 괜히 쫄깃쫄깃했다.

그런데 막 스무 살이 된 강한별. 노는 건 좋아했지만, 연애라는 건 아직 잘 모르는 그였다.

잘 몰라도 그렇지, 연애를 쉬자는 거는 마음 떠난 거 아닌가? 고 선생! 그냥 헤어지자고 해!

한별은 그녀의 전화 내용을 유추해 속으로 훈수까지 두

고 있었다.

―그래도 그냥 이렇게 지내는 게 마음이 무거워. 너한테 잘해 주지도 못하는데 신경도 쓰이고.

"아무래도 내 생각에는 네 마음이 변한 건 아닐까 생각해……."

―변하지. 어떻게 처음과 같을 수 있겠어? 그래도 너랑 헤어지고 싶진 않아. 그래서 내가 생각한 최선의 방법이라고. 나로선 천천히 시간을 두고…….

"됐고, 이수혁. 솔직히 말해 봐. 다른 여자 생겼니?"

은비가 날카롭게 말을 내뱉었다.

헉, 게다가 바람둥이? 하, 고 선생을 두고 어떻게…….

그런 종류의 인간은 한별이 가장 경멸하는 인간 중 하나였다.

―그런 거 아니라고. 제멋대로 말하지 좀 마. 자꾸 그러는 거 진짜 질려.

"그런 게 아니다……. 근데 말이야. 난 잠시도 너……."

은비의 말에 한별은 침을 꼴깍 삼켰다.

뭐?

설마 그 바람둥이 없이는 못 산다고 말할 거야?

하, 불쌍한 우리 고 선생…….

사랑의 노예였다니…….

제발 그러지 마, 고 선생.

세상에 남자가 걔 하나뿐이야?

세상의 반이 남자라고!

한별은 분홍 티셔츠에 일바지를 입고 몸을 구부려 미닫이 문 옆에 귀를 댄 채 고 선생이 안타까워 눈물이라도 흘릴 기세였다.

-고은비, 우리 어린애 아니잖아,

"잠시도 니 생각이 안 난다고. 나라고 안 변할 줄 알아? 그러니까 이 개XX야, 나한테 전화하지 마라. 다신!"

은비가 목소리와 할 말을 다시 천천히 정비해 똑똑한 발음으로 말했다.

제법 높은 톤의 고 선생 특유의 말투.

수업할 때도 한 번씩 한별이 딴짓할 때면 이런 말투이곤 했다. 그땐 그렇게도 듣기 싫더니, 오늘은 속이 다 뻥 뚫리는 기분이었다.

'하! 잘했어! 고 선생! 역시 고 선생이야! 이제 그런 그지 같은 놈은 잊고 우리 공부에만 집중하자!'

그는 자신도 모르게 엄청 긴장하고 있던 가슴을 쓸어내리곤 은비의 방으로 들어갔다. 아버지에 대한 반항기는 농후했고, 공부에는 취미도 없던 그였다.

그런 그가 가진 가장 좋은 장점은 단순하다는 것, 꽂히면 직진한다는 것. 그는 아까 고 선생에게 5억을 안겨 주기 위해 공부하기로 마음을 먹었고, 이제 사이다처럼 청량한 이 여자와 함께 좋은 대학을 가야겠다고 마음을 굳혔다.

탈출을 두 번이나 막은 고 선생, 이제 어떻게 해도 그녀를 벗어날 수는 없다고 생각했다.

"음, 여기 넣어 두셨다고 했나······."

은비의 통쾌한 전화 통화를 듣고 괜히 기분이 좋아진 한별이 아무 생각 없이 옷장 첫 번째 서랍을 열었다.

"헉!"

그는 자신의 눈을 두 손으로 가려 버렸다. 그러다 잠시 손가락 사이를 벌려 실눈을 뜨고 내려다보았다.

잔꽃무늬 천지인 귀엽고 작은 속옷들이 그를 보고 수줍게 웃고 있었다. 조금 낡아 보이긴 했지만, 이렇게 예쁜 여자 속옷은 처음이었다.

"이런, 너무 귀여워······."

그는 자신도 모르게 속옷 차림의 고 선생을 상상하고 말았다.

헐, 아무래도 내가 미쳤나 보다.

얼른 한별이 정신을 차리고 서랍을 닫으려고 했다.

그때였다.

"야야야야야야! 이 변태!!! 당장 그 서랍 닫지 못해!!!!"

타이밍의 귀신, 열혈 은비 님이 강림하셨다. 불시에.

"고 선생, 오해야! 내 옷 찾다가 그런 거라고!"

"뭐야? 눈앞에 보이는 옷을 두고 뭐라 뭐라 뭐라? 내가 널 이렇게 가르쳤디? 이것아, 인간이 돼야지. 정신 똑바로 박힌 인간! 바로 들통날 거짓말은 왜 해! 변태면 변태라고 말을 해! 강한별!"

한별은 은비에게 흠씬 두들겨 맞으며, 그제야 서랍 제일 위 작은 소쿠리에 얌전히 아무것도 모른다는 듯 놓여 있는 자신의 옷을 발견했다.

"너! 너! 오늘 너 죽고 나 죽자. 아주 매 맞을 종목이 어제부터 넘쳐 난다고! 일일이 말하려면 내 입이 아플 지경이라고!"

"으악~! 악! 악! 고 선생! 나 변태 아니야. 진짜야. 믿어 줘."

어제 하루 종일 먹은 것 없이 고생해 얼굴이 반쪽이 된 은비, 그녀에게 두들겨 맞아 얼굴도 몸도 욱신거리는 한별이 차귀도로 향하는 통통배에 몸을 실었다.

은비네 집에서 차귀도까지 버스를 타고 오는 내내 한별은 그녀의 눈치만 보기에 바빴다.

평소에는 하늘에 떠다니다 똥을 싸는 새만 보아도 바이러스 얘기부터 시작해 재수가 있네 없네까지 할 이야깃거리가 한 보따리인 그녀였다.

그런데 지금까지 새똥이 몇 번이나 떨어졌는데도 어째 말 한마디가 없었다. 자신도 저지른 잘못이 있기에 별 말도 못 붙이고 있는 한별이었다.

배를 타고 바다 공기를 쐬면 좀 달라지려나 기대했지만, 은비는 여전히 말이 없었다. 한별은 아주 가시방석이 따로 없었다.

"나 좀 갑판 위에 올라갔다 올게."

통통배 안쪽 좌석에 앉아 있던 은비가 배에 올라 한별에게 처음으로 한 말이었다.

"네… 고 선생님……."

괜히 말투가 알싸해 처음으로 존댓말을 써 보는 한별이 었다.

1, 2, 3초.

그녀가 나간 지 꼭 3초 만에 다시 가시방석에 앉고 싶어져 그가 은비를 따라 갑판 위로 올라갔다.

'헉.'

그런데 갑판 위에 선 한별이 차마 그녀에게 다가가지 못하고 발걸음을 멈칫했다. 갑판 끄트머리에 앉은 은비가 울고 있었다.

'고 선생…….'

그녀가 엉엉 울지도 않고 흑흑 흐느끼며 바닷바람에 눈물을 날려 보내고 있었다. 한번 시작된 흐느낌은 그칠 줄 모르고 계속되었다.

아까 그렇게 수혁인가 뭔가 하는 놈에게 이제 잠시도 그가 생각나지 않는다고 다 때려치우라고 사이다를 날려 놓고는 혼자 이렇게 아파하고 있었다.

'고은비… 울고 싶으면 차라리 그냥 엉엉 울지…….'

한별은 그 모습을 보고 있자니 자신의 가슴이 따끔따끔 아픈 느낌이었다. 엄마가 돌아가실 때 이후 이런 기분은 처음이었다.

날씨 한번 눈부시게 좋은 날이었다. 따사롭고, 사랑스러운 햇살이 바다에 부딪혀 아름답게 반짝이고 있었고, 바람은 귀를 간질일 정도로 살랑거렸다.

적당히 시원했고, 적당히 따스한 날씨.

"날씨 한번 고 선생스럽네. 이렇게 평화로운 듯 보여도 저기 구름 속에 비랑 눈이랑 우박이랑 진눈깨비 이런 거 다 숨기고 있는 거 아냐?"

곁에서 보면 모든 일에 세상 의연한 은비였다. 꼴통도 노력하면 된다고, 세상에 안 되는 건 없다고, 그 정신으로 한별의 탈출까지 의미 없게 만든 그녀였다.

어떤 시련이 와도 의연할 것 같은 그녀였는데, 저렇게 약한 여자였다.

이별에는 쿨할 수 없는…….

'우씨, 그놈이 뭐라고…….'

한별은 어느새 그놈을 욕하고 있었다. 그는 더 지체하지 않고 은비를 향해 터벅터벅 걸어갔다.

"고은비!"

아까는 고 선생님이라더니 바로 반말 시전 중인 그였다.

은비는 자신을 부르는 한별의 목소리에 고개를 돌려 눈물을 훔치고 아무 일도 없었다는 듯 그를 바라보았다.

"왜?"

"울었어?"

"아니!"

"울었잖아."

"아니라고!"

"금방 들통날 거짓말을 왜 해! 아까 나보고 그렇게 살지 말라며! 운 사람처럼 눈이랑 코가 빨갛다고!"

"쳇! 그래, 울었다. 아직 더 울어야 되는데, 왜 방해하는 건데! 차귀도 도착할 때까지만 울고 끝낼 거야. 그니까 저리 가!"

"저기……."

"저기 뭐? 얼른 가라고!"

"속상한 일 있으면… 분이 풀릴 때까지 차라리 나를 때려 그냥! 내가 그놈이라고 생각해!"

"뭐? 니가 어떻게……."

"미안. 들으려고 한 건 아니야. 그냥 들……."

한별은 굳이 일일이 다 이야기할 필요가 없었다.
"아주 가지가지 가지를 쳐라!"
은비가 그의 이야기가 끝나기도 전에 그 매운 손으로 한별의 가슴을 때리기 시작했으므로.
"넌 또 왜 그런 걸 엿듣고! 으씨! 이수혁! 이 나쁜 놈아! 태어나서 처음으로 좋아했던 사람이었는데……! 나는 너랑 결혼까지 생각하고 꿈꿨는데! 어떻게 나한테 이렇게!"
"악! 악! 악! 으악!"
그는 입술을 꾹 다물고 그녀에게 자신의 가슴을 더 내밀었다. 아까 은비네 집에서 맞을 때는 죽을 것처럼 아프더니, 지금은 그럭저럭 참을 만했다.
아까는 등, 지금은 가슴.
인간적으로 상식적으로 같은 곳을 두 번 때리지는 않는 그녀였다. 한 번 맞을 때마다 은비의 아픔이 하나씩 가시길 바랐다. 한별은 그동안 운동을 열심히 한 보람이 느껴졌다.
인간 샌드백으로 자신의 몸이 아주 훌륭하다고 생각했다. 그리고 아무래도 성년의 날을 기점으로 자신이 좀 더 남자다워진 것 같아 스스로 좀 뿌듯할 지경이었다.
한 여자의 아픔을 감싸는 모습이라니.
'강한별! 멋지다!'
스스로에게 파이팅을 보내며 은비에게 두들겨 맞는 그였다.

이윽고 통통배가 차귀도에 다다랐다. 그제야 은비는 한별을 치던 손을 내려놓고, 그의 가슴을 한번 쓱 문질렀다.

"고마워, 강한별. 한결 나아졌어."

"읍… 다행이야, 고 선생."

약 십 분 동안 강한 펀치로 맞은 한별도 자신의 가슴을 어루만졌다. 차귀도로 향하는 두 사람의 발걸음이 제법 가벼웠다. 많은 일들이 있었던 지난날은 이제 오늘과 상관없는 과거가 되어 버렸다.

"자, 공부하자. 어제 하루 빠져서 오늘 할 게 천지다."

"열심히 할게, 고 선생."

"응? 뭐라고?"

은비가 갑자기 손가락으로 자신의 귀를 팠다.

"잘 해 볼게, 고 선생. 그니까 어제 못 했어도 이번 주 선물을 주는 거로 하면 어떨까?"

"헐, 벌써 연막작전이야? 선물 못 받을까 봐?"

"아냐. 농담이야. 이제 그런 거 없어도 돼. 그냥 열심히 할게."

은비는 그의 말에 좀 얼떨떨했지만, 우선 오늘 할 일은 해야 하니까 대수롭지 않게 넘어갔다. 어쩐 일로 초집중하는 한별 덕분에 수업이 순조롭게 진행되었다. 아무래도 자신의 잘못을 좀 뉘우치나 보다 하고 은비는 그래도 그를 기특하게 여겼다.

"음… 이제 개념 설명은 충분히 했으니까. 이거 한번 풀어 봐."

은비가 그에게 수학 문제를 냈다. 한별이 연습장에 대고 문제를 적은 다음 은비가 가르쳐 준 대로 천천히 풀이를 해나갔다.

"와! 맞았어. 잘하네! 강한별~!!"

그녀가 기분이 좋은지 한별의 머리를 흐트리며 만졌다. 한별은 이제 다시 원래 고 선생으로 돌아온 것 같아 마음이 좀 안심이 됐다.

"그럼 이번에는 이 문제……. 이건 좀 심화 문제라 오래 고민해야 할 거야. 그래도 겁먹지 말고 한번 풀어 봐."

한별은 의욕적으로 그 문제도 맞히기 위해 열심히 머리와 손을 굴렸다. 그래도 생각보다 쉽지는 않아 문제를 푸는 데 한참이 걸렸다. 머리를 처박고 문제를 풀고 있다가 갑자기 너무 조용해진 공기에 고개를 들었다.

책상 맞은편에 앉은 은비가 꾸벅꾸벅 졸고 있는 것이 아닌가.

많이 피곤했던 모양이었다.

"헛, 고 선……."

한별은 그녀를 깨우려다 말고 잠시 그녀를 바라보았다.

'뭐지. 오늘따라 예쁘…….'

그러다 문득 아까 은비네 집에서 본 잔꽃무늬 속옷을 입은 채 꾸벅꾸벅 졸고 있는 그녀의 모습을 상상하고 말았다.

"후! 후! 안 돼! 강한별! 정신 차리자. 난 변태가 아니다! 정상인이다!"

므흣한 표정을 짓던 그가 이내 눈에 힘을 주고 고개를 내저었다. 꾸벅꾸벅 졸던 은비의 고개가 더 수그려지면서 그녀의 팔이 한별이 앞으로 쭉 늘어졌다.

'헐! 손이 이렇게 예뻤어?'

한별은 또 속옷 차림으로 손을 뻗어 그를 유혹하는 그녀의 모습을 상상하고 말았다.

'하… 아주 위험한 가정교사야!'

스무 살 한별의 가슴이 너무도 뛰었다. 그는 머리를 쥐어뜯으며 머릿속을 지배하려는 음란 마귀를 내쫓으려 애썼다.

'고 선생, 내가 열심히 해서 그 속옷들 더 예쁜 거로 바꿔줄게!'

요상한 다짐을 하며 수학 문제 속으로 들어가는 그였다. 아버지에게 5억을 뜯어내 고 선생에게 선물하기 위해. 그리고 그녀의 말대로 세상에 안 되는 것은 없다고 여기며 아직은 흐릿한 자신의 미래를 위해.

그 후 차귀도에서 은비와 함께 무덥지만 아름다운 여름날을 보내고, 선선하고 아름다운 가을날을 보냈다.

그리고 드디어 달력에 가위표를 치며 기다린 수능 날이 세차진 찬바람과 함께 코앞에 다다랐다.

"드디어 오늘이다, 잘할 수 있지?"

"응~ 으후, 춥다."

결전의 날이었다.

한별이 고 선생에게 어마어마한 선물을 안겨 줄 수 있을지. 1년간 개고생한 은비가 드디어 '1억'의 쾌거를 이룰 수 있을지.

이 모든 것의 키맨은 바로 강한별.

"자, 이거 하고 있으면 좀 나을 거야."

강남 고등학교 앞에서 추위에 떨고 있는 한별의 목에 은비가 분홍색 목도리를 둘러 주었다. '1억'을 기대하는 간절한 바람을 담아 그녀가 한 달 전부터 기도하듯 손수 뜬 목도리였다.

하필이면 동네 실 가게에 가장 좋아 보이는 털실이 핑크라 어쩔 수 없이 택한 것이었다. 그런데, 한별에게 제법 분홍색이 잘 어울려 은비의 마음이 참, 흐뭇했다.

이런 핑크 베베.

"우와, 고 선생 뜨개질도 하는 여자야?"

"응. 나랑 참 잘 어울리지?"

"아니. 완전 반전인데."

"쳇!"

"암튼, 오늘 실수만 안 하면 돼, 한별아."

"알겠어, 고 선생."

두 번째 탈출 사건 이후, 한별은 정말 많이 달라졌다.

단순한 성격에 식성이 좋은 녀석인 줄은 알았지만, 어떤 이유에선지 무섭게 공부에 파고들더니, 아주 전 과목을 씹어 삼킬 듯이 꾹꾹 집어넣고는 다 소화시켜 버리는 그였다.

이유가 무엇이든 그것은 그녀에게 별로 중요하지 않았다. 열심히 하니 가르칠 맛도 나고, 잘하니 꺼져 갈 듯했던 1억의 불씨가 활활 타올랐으니까.

"강한별! 파이팅!"

은비가 한별을 향해 주먹을 꼭 쥔 양손을 하늘 높이 뻗었다.

"훗-"

그가 그녀의 귀여운 응원에 피식 웃었다.

"참, 고 선생. 우리 약속 잊지 않았지?"

"그럼."

"끝날 때까지 아무 데도 가지 말고 여기서 기다려야 해."

"알겠어. 나도 결과가 궁금해서 어디 갈 수가 없다고."

수능시험이 끝나고 나서 제대로 놀아 보기로 약속을 했던 두 사람이었다. 거의 1년간 친구들과 단절된 채 유배지에서 살았던 한별, 매일 과외와 식당 일로 여유가 없었던 은비였다.

이런 날을 자축하기에는 서로가 서로에게 딱이었다. 두 사람은 붙어 지낸 세월만큼 가까워졌고, 익숙해졌고, 척하면

척! 할 정도로 서로에게 많이 적응이 되었던 것.

오늘은 그간 고생한 것을 날려 버릴 멋진 날이 될 것이었다.

"얼른 들어가 봐……!"

은비가 한별을 들여보냈다. 그의 뒷모습을 바라보자니 이건 뭐 수험생 자녀를 둔 엄마…가 아니라 그를 원양어선에 태워 보내는 선주 느낌이었다.

'정답 많이 잡아 와~ 1억 정도~ 후훗.'

이렇게 생각은 해도 은비는 1년간 고생하며 잘 따라 준 한별이가 많이 고마웠다. SKY를 못 가더라도 인 서울은 어렵지 않으니 괜찮은 과외였다 칠 셈이었다.

그녀는 한별을 기다리며 그와 함께한 지난 1년을 떠올렸다. 몽글몽글한 기억 속에는 한별과 함께 울고 웃으며 지냈던 아름다운 차귀도 풍경이 계절별로 스쳐 지나갔다.

보낼 땐 참 더딘 1년이었는데, 지나고 보니 순식간에 지나가 버린 시간이었다.

'조금 있으면 나는 스물다섯, 대학교 4학년이 될 테고, 한별은 스물 하나, 새내기가 되겠지?'

은비는 곧 한별이와 헤어질 생각을 하니 괜히 기분이 묘했다.

'가게를 고치면 할머니랑 엄마가 좀 편하게 일하실 수 있겠다. 헷.'

그리고 과외비로 받은 돈으로 리모델링한 '김점순 해녀촌'도 떠올려 보며 미소를 지었다.

딩~ 딩~ 딩~ 딩~

한별이가 시험을 보러 들어간 학교에서 종소리가 났다. 얼마 후, 학생들이 쏟아져 나올 것을 예고하는 소리였다.

은비는 학교 정문 앞을 지키는 다른 수험생 부모들과 마찬가지로 떨리는 마음으로 학교 안 건물의 출입구만 뚫어져라 바라보았다.

"고 선생!"

뭐가 그리 급한지 학교에서 제일 먼저 나온 학생이 강한별이었다.

게다가 우렁찬 목소리로 은비를 부르는 통에 정문에 서 있는 모든 사람들의 이목이 그에게 쏠려 버렸다.

주위 시선은 아랑곳하지 않는 그가 입에 함박웃음을 걸고 긴 팔을 앞뒤로 휘두르며 은비에게 달려오고 있었다. 이렇게 멀찍감치에서 그를 본 것이 얼마 만인지 그녀는 새삼 낯설기도 했다.

하는 짓은 영락없이 천진한 모습인데, 이렇게 보니 머리부터 발끝까지 어느새 애송이였던 1년 전과 많이 달라진 그에게서 제법 남자다움이 묻어났다.

전속력으로 자신에게 달려오는 한별의 멋짐 폭발 아우라

에 은비는 왠지 모르게 괜히 숨이 멎을 뻔한 걸 참았다.

"으구! 넘어질라, 천천히 와!"

그렇게 멋있게 뛰어오면 내가 꼭 안아 주고 싶어질 것 같아. 그니까 제발 천천히 걸어오렴.

은비의 말이 들리지 않는 한별은 한 200미터 돼 보이는 거리를 단숨에 달려와 버렸다.

"고 선생……!"

"헙!"

그리고 목적지에 도달하자마자 그녀를 와락 안아 버렸다.

"강한별……!"

은비의 심장이 쿵쿵거렸다. 아무래도 예상치 못한 행동에 깜짝 놀라서였을 거라고 생각했다.

"고 선생! 드디어 끝났어! 난 이제 자유야!"

"강한별… 이거 좀……."

그가 하도 꼭 안고 있어 숨이 다 막힐 지경이었다. 애써 자신을 두른 그의 팔에서 벗어나려고 허우적댔다. 기럭지도 길지만 또 품은 어찌나 넓고 팔의 힘은 장사인지, 그녀는 그 안에서 물에 빠진 사람처럼 낑낑댔다.

"어? 어… 미안. 헷. 너무 좋아서. 히힛."

"후… 야! 숨 막혀 죽는 줄 알았잖아! 아무튼, 그래서 잘 봤어?"

"그냥 봤지, 뭐. 얼른 가자. 나 배고파!"

"야아… 자세히 말을 해야지. 이게 얼마나 중요한 문젠데."
"뭐, 괜찮게 본 거 같기도 하고……."
한별의 애매한 말에 은비는 아까의 미세한 떨림은 완전히 사라지고 안절부절못했다.
"아니, 그게 뭐야. 똑바로 말을 좀 해 보라니까?"
그녀는 아주 똥줄이 탈 지경이었다. 애간장이 아주 녹아 버릴 지경이었다.
1년간 뭐 때문에! 왜! 내 인생을 너에게 올인했는데!
그런 그녀의 모습을 바라보는 한별이 배꼽을 잡고 웃기 시작했다.
"고 선생. 풉… 얼굴 표정 왜 이래? 응? 큭큭… 후훗-"
그러고는 은비의 머리를 흐트러뜨렸다.
뭐야… 지금 걱정돼 죽겠다고……. 그녀가 얼굴을 찡그렸다.
"과외비 걱정은 안 해도 될 것 같아."
"하… 휴……."
그제야 은비는 안도의 한숨을 쉬었다. 동시에 긴장했던 마음과 몸이 다 풀리는 느낌이었다.
"아, 진짜 뭐야… 놀랐잖아. 휴… 다행이다. 헷."
다행히 별 이변은 없는 것 같았다.
인 서울만 돼도 땡큐야, 강한별.
그거면 됐다. 열심히 했다.

📁

귀에 쨍하게 꽂히는 EDM 소리, 사이사이 들리는 힙합 가락.

현란한 조명, 웨이브를 타고 있는 사람들.

그 사람들의 흥겨운 웃음소리.

여기저기에서 밀어를 나누는 연인들.

한별이 은비를 끌고 온 곳은 상류층 자제들이 주로 가는 클럽이었다. 까다로운 조건을 통과해 멤버로 가입된 사람들만이 들어올 수 있는 그들만의 사교의 장.

그러나 예외가 있다면 멤버가 데려온 지인은 가능하다는 것.

그런 건 하나도 모르는 은비는 보통 클럽을 생각하며 한별과 함께 이곳에 왔다.

머리부터 발끝까지 아주 달라진 모습으로.

'오늘은 특별히 너 놀고 싶은 거 다 해.'

'그래? 그럼 일단 고 선생이랑 나랑 옷부터 사야겠는데?'

'엥? 옷은 왜?'

'나 클럽 갈 거거든. 고 선생 그 차림으로 갔다가는 클럽 문에 발도 못 디딘다고…….'

'아, 그래? 그럼 내가 살게. 나도 오랜만에 옷 좀 사 볼까?'

'내가 선물할게. 1년간 하도 선물을 많이 받아서. 이젠 나도 좀 해 보자.'

'헉! 이게 얼마야 대체? 원피스 하나에 150만 원?'

'괜찮아. 아빠가 카드 주셨어.'

'아무리 그래도 그렇지. 이건 좀 아니잖아.'

'고 선생, 이제 와서 말이지만 우리 아빠 회사 대표야.'

'야, 야. 우리 할머니도 사장님이야. 전국 자영업자 사장님이 570만 명 시댄데 뭐 너희 아빠만 그리 잘났어? 이렇게 돈 막 쓰다간 쪽박 찬다.'

'그래? 사장님이 그렇게 많았어? 와우, 그래도 오늘은 내가 꼭 사주고 싶어서 그래.'

'휴… 음, 그럼 이거로 할게! 10만 원짜리. 이월상품인 것 같은데… 꽤 괜찮은데?'

'못 말려 진짜……. 한번 입어나 봐 봐.'

한별이 눈에 은비는 자신감 하나로 십만 원짜리 옷을 백만 원짜리로 만드는 여자였다. 헤어까지 손질하니 천만 원!

매일 티셔츠 쪼가리만 입어서 몰랐던 그녀의 몸매는 생각 이상이라 한별의 눈을 사로잡았다. 두 사람은 클럽 안으로 입성해 흘러나오는 음악에 몸을 맡기며 즐거운 댄스타임을 가졌다.

"이야, 예린이가 왜 이렇게 클럽 죽순이인지 알겠네. 생각보다 신나는데?"

"뭐라고? 좀 크게 얘기해 봐!"

"재밌다고오!!"

"고 선새엥! 클럽 처음이야?"

"아니. 두! 번! 째!"

은비가 손가락으로 브이를 그렸다.

"첫 번째는 어디로 갔었는데. 홍대? 강남?"

"너 잡으러 제주도 서귀포 뭉*클럽."

"아……."

한별은 그때가 떠올라 민망함에 눈을 가늘게 뜨고 배시시 웃었다.

"아니, 고 선생은 뭐가 그리 바빠서 여지껏 클럽도 한 번 못 가 본 거야?"

"나한텐 너처럼 공부하라고 억대 과외 붙여 주는 아빠가 없거든. 내가 벌어서 학비 대느라 늘 바빴어. 그니까 늘 감사하게 생각하고 이제 정신 차려서 살아라, 강한별."

시끄러운 음악 소리에 맞춰 몸을 흔들며, 두 사람은 톤을 높여 대화를 나눴다. 한별은 속상할 수 있는 얘기를 대수롭지 않게 뱉어 내는 그녀를 보며 마음이 왠지 촉촉해졌다.

"고 선생은 오랜만에 서울 왔는데 뭐 하고 싶은 거 있어? 가 보고 싶은 데라도?"

"글쎄. 음… 한강에 가고 싶네."

늘 사람들이 좋다 좋다 하는 제주 바다와 가까운 곳에 살았던 은비에겐 텔레비전이나 인터넷에서 접한 서울의 한강이 오히려 좀 특별해 보였다. 그곳은 밤이면 적막해지는 제주 바다와 달리, 밤이 되면 더욱 빛이 나 보였다.

특히 강북과 강남을 연결해 주는 다리들의 조명으로 인해.

한강을 즐기는 수많은 사람들의 즐거운 분위기로 인해.

그래서 서울에 살면 한강을 자주 가고 싶었는데 여유가 허락되질 않았고, 저번에 처음 가 본다는 게 재수 없는 놈인 수혁과 함께라서 상상했던 그림을 망쳐 버렸었다. 하지만, 그녀에게 한강은 그깟 수혁이 때문에 인상을 망칠 만한 곳이 아니었다.

언제든 좋은 사람들과 함께 시간을 보내고 싶은 그런 곳으로 남아 있있다.

"그럼, 이따가 한강에 가자."

한별이 은비의 귀에 대고 속삭였다.

그녀가 싱긋 웃었다. 그런데 그때 한별이 뒤로 낯익은 얼굴 하나가 보이는 것이 아닌가.

"이…수…혁?"

아, 이 미친놈이 왜 여기 있지.

수혁은 한별이 또래 정도로 보이는 여자애와 함께 느끼한 눈빛을 교환하며 댄스를 즐기고 있었다.

은비의 눈빛에선 당장이라도 레이저가 나올 기세였다. 연애도 잠시 쉬는 시간이 필요하다며 안식년을 운운했던 그였다. 안식은커녕 어떻게든 눈앞에 있는 여자애를 꼬셔 보겠다고 열일 하는 저 모습은 무엇인가.

기가 막히고 어이가 없었다. 그녀는 당장 어떻게 해야 할지 몰라 그를 노려만 보았다.

그때였다.

수혁이 제 앞에 있는 여자의 입술을 물었다.

"저……!"

막 욕을 하려는데 가슴에 무슨 큰 돌덩이라도 들어 있는 것처럼 가슴이 꽉 막혀 말이 잘 나오지 않았다.

그러는 동안 그들의 키스는 점점 짙어지고 화끈해져 갔다. 두 눈을 뜨고 볼 수 없을 만큼.

"저… 저 새끼 새파랗게 어린애랑 뭐 하는 거냐, 지금."

은비는 옆에 한별이 있다는 사실도 잠시 잊고 간신히 숨을 토하며 혼잣말로 중얼거렸다. 아직도 안식이니 뭐니 들먹이며 가뭄에 콩 나듯 한 번씩 연락을 하는 수혁이었다. 그때마다 모진말로 그를 내쳤지만, 그녀 안에 그를 향한 실낱같은 희망이 아예 없는 건 아니었다.

그런데, 오늘 확실히 알게 되었다. 그 실낱이 얼마나 의미 없는 것이었는지. 한 코도 꿰맬 수 없을 만큼 하찮았다는 것을.

뜨거운 키스를 끝낸 수혁이 눈에서 꿀을 떨어뜨리며 함께

한 여자애와 대화를 나누는 찰나였다.

"고은비! 오늘 진짜 예쁘다!"

갑자기 한별이 엄청나게 큰 소리로 은비의 이름을 불렀다.

"응? 왜 이래, 강한별."

은비는 그의 돌발 행동에 살짝 당황했다. 한별의 목소리가 하도 커 주위에서 사람들이 바라볼 정도였으니.

물론, 수혁과 유빈도 두 사람을 주목했다.

두 사람도 한별과 은비를 보고 놀란 건 마찬가지였다.

"복수해."

한별이 은비의 귀에 대고 작은 목소리로 속삭였다.

"뭐?"

그의 말에 그녀가 어리둥절해하자 한별이 자신의 입술을 옴짝달싹했다. 그제야 눈치를 챈 은비가 입꼬리를 씩 올리더니, 한별의 목에 자신의 두 팔을 걸었다. 그리고 발뒤꿈치를 들어 그의 입에 자신의 입을 맞추었다.

1년간 사귀었던 수혁에게도 허락하지 않던 고귀한 입술이었다. 그런데 어째 이 녀석한테는 가지가지 이유로 헤퍼진 입술이었다. 한별은 핏줄이 드러난 두 팔로 그녀의 허리를 감쌌다.

여기저기에서 환호성과 휘파람 소리를 보냈다. 잘 어울리는 한 쌍이었다.

좀 떨어진 곳에서 그 둘을 바라보던 수혁의 얼굴에 썩은 미소가 번졌다.

눈에는 눈, 이에는 이,

키스에는 키스.

📂

"강한별, 좀 황당하긴 했는데 조금 통쾌하긴 했다. 아깐 고마웠어."

"헷."

"흠… 좋았냐?"

"어? 좋기는 무슨……. 흐흐."

한강이 내려다보이는 벤치에 앉은 두 사람이 아까 있었던 일에 대해 곱씹고 있었다. 복수를 빌미로 한 입맞춤이었지만, 두 사람 마음이 발그레했던 것은 사실이었다.

하염없이 한강을 내려다보고 있는 두 사람. 은비는 오늘에야 텔레비전에서만 보던 한강의 야경이 눈으로 직접 볼 때 더욱 아름답다는 것을 깨달았다.

"고 선생은 꿈이 뭐야?"

한강 야경 정취에 눈을 뺏기고 있던 그녀에게 한별이 대뜸 질문을 했다.

"나? 음… 되게 소박한 건데, 되게 어려운 거."

"소박한데 어려운 거라……."

"내 꿈은… 서울에서 잘 먹고 잘 사는 거야. 되게 단순하지?"

"으응? 진짜 그게 고 선생 꿈이야?"

"응! 진짜 내 꿈이야. 서울에서 돈 많이 벌어서 맛있는 거 먹고, 좋은 데 가 보고… 그러고 살고 싶어."

"그러는 넌? 니 꿈은 뭐니, 한별아."

"난, 좋은 남편 그리고 좋은 아빠."

한별의 대답엔 한 치의 망설임도 없었다. 늘 생각하고 있었다는 듯. 두 사람의 대화는 물 흐르듯 이어졌다. 사실 오늘은 두 사람이 만나는 마지막 날이었다.

과외는 오늘부로 끝이었으니까.

"멋진 꿈이네. 훗, 이제 각자의 자리에서 각자의 꿈을 위해 열심히 살아보자."

"응, 고 선생……. 그러다 보면 우리 또 만날 일이 있겠지?"

두 사람은 이렇게 헤어지고 싶진 않은데, 뭔가 아쉬운데 서로를 붙잡을 명목이 없었다.

"글쎄. 세상일이야 알 수 없으니까… 우연히 한 번쯤 마주칠는지……."

"고 선생, 우리 꼭 다시 만나……."

[두리은행 6** 계좌, 500,000,000 입금.]

"헉? 이게 뭐야?"

'김점순 해녀촌' 식당 의자에 앉아 책을 보다 졸고 있던 은비가 메시지를 보고 화들짝 놀랐다. 생애 처음으로 이렇게 많은 동그라미를 달고 있는 입금액은 처음 봐 심장이 벌렁벌렁거렸다.

그녀는 덜덜 떨리는 손으로 휴대폰에서 급하게 김 실장님을 찾아 통화 버튼을 눌렀다.

"김 실장님, 입금에 오류가 있어요. 저기, 1억이 아니라 5억이 입금됐어요. 5억이요!"

-아, 정산 맞는 겁니다.

"네? 전 분명 맥시멈 1억을……."

-한별이가 SKY를 가게 되면 고 선생에게 1억이 아니라 5억을 과외비로 지급하겠다는 약속을 아버지와 별도로 했다더군요.

"네에? 강한별이 그 정도로 대단한 회사 대표 아들이에요? 정체가 뭐죠, 대체?"

-그건 말씀드릴 수 없습니다. 아무튼 그럼.

"아! 잠깐만요! 안 돼요, 김 실장님. 저 진짜 이 돈 받을 수 없습니다."

-아니, 한별이가 수능 만점 맞은 건 다 고 선생님 덕분입니다. 부담스러워하지 말고…….

"아니요, 실장님. 제가 날강도도 아니고 1년 과외에 5억이라뇨! 저한테 미리 말씀하셨으면 5억짜리 과외를 했겠죠. 전 딱 1억 원어치만 했다고요. 갑은 한별이 아버지, 을은 저 고은비! 둘 사이의 계약만이 효력이 있다고요."

아무리 요행을 바라고 로또를 습관처럼 샀다지만, 은비에게 아닌 건 아닌 거였다.

-허어, 그럼 제가 곤란해집니다. 저는 그럼 이만.

"실장님! 실장님! 잠깐만요……!"

하나 더 묻고 싶은 게 있었다고요.

한별이는 잘 있냐고요.

뚜뚜뚜뚜-

마저 묻지 못한 채 전화가 끊겨 버렸다.

뉴욕행 비행기 안에서 이어폰을 꽂고 음악을 듣는 강한별. 귓속에 흐르는 사랑 노래는 다시 머리로 흘러가 은비가 된다.

그녀와 함께 있을 땐, 그녀가 이 정도로 자신의 마음을 가져가 버린 여자인 줄 몰랐다.

그러나 과외가 완전히 끝나고 그녀를 볼 수 없게 되자, 그의 마음에 아주 큰 구멍이 뚫린 기분이었다.

어떻게 해도 채워지지 않는,

그 누구로도 채울 수 없는,

그런 마음 구멍.

그녀가 자신의 스무 살을 통째로 아름다운 추억으로 만들어 버린 것이다.

그제야 자신이 얼마나 은비를 좋아하고 사랑했는지 제대로 깨달은 한별이었다. 그러나 자신의 마음을 알게 된 그가 할 수 있는 것은 아무것도 없었다. 뭐, 은비의 전화번호도 몰랐고, 안다 해도 상황이 달라질 건 없었다.

대한민국 서열 1위 라임그룹 회장의 외아들, 일명 재벌 3세.

자신의 의지대로 할 수 있는 것이 극히 적은 신분.

반강제로 미국에 있는 학교로 진학을 하게 되면서 상황은 더욱 그랬다.

그는 뉴욕행 비행기 안에서 내내 은비만 생각했다.

"어쩌냐……. 나 완전 고 선생한테 꽂혔는데. 후… 좀만 기다려, 고은비……."

에필로그 1. 눈만 마주쳐도

 현관문이 닫히자마자 한별이 두 팔로 벽을 쿵 치며 그 사이에 은비를 가두었다.
 그녀의 눈빛이 의미심장하게 빛나고, 한쪽 입꼬리가 올라가기 무섭게 그가 그녀의 입술에 날아들었다.
 곧 현관 센서등이 꺼졌고, 깜깜한 어둠이 깔린 집 안. 그들에게 익숙한 유칼립투스의 차분한 향기와 서로의 체향이 코끝에 진하게 스쳤다.
 죽는 줄 알았다고…….
 참느라고 죽을 뻔했다고……!
 한별이 거칠게 그녀의 입에 입술을 맞대는 동시에 제 신발을 내동댕이치듯 벗어 버리고 은비의 다리를 들어 힐까지 벗겨 버렸다.

서로의 팔을 꼭 쥔 채 집 안으로 벽에서 거의 구르다시피 해 들어가는 길.

단정하고 시크하기 그지없었던 두 사람의 오피스 룩이 하나씩 툭툭 떨어져 집 안을 아찔한 그림으로 수놓고 있었다.

금요일 밤, 고된 회의를 마치고 집으로 들어온 두 사람이었다. 그러나 온종일 쌓인 피로가 어디 갔나 싶게, 이 순간만을 기다렸구나 싶게 펄펄 끓어오르는 감정과 육체로 뒤엉켜 버린 상태.

"헐- 이러기야?"

베란다 창밖의 높이 떠 있는 달빛이 집 안에 스며들고 그 빛에 그녀의 몸을 확인한 한별이 미간을 찌푸렸다.

그녀의 몸에 남은 마지막 하나, 조그마한 속옷 때문이었다.

"불금이잖아-"

그가 향긋하고도 뜨거운 입김을 토하자 은비가 한쪽 눈을 찡긋거렸다.

늘 그렇듯 깔끔한 흰색 블라우스에 H라인 스커트를 입고 있는 그녀였다. 겉에서 보기엔 한없이 단아해 보이는 의상.

그러나 그 안에 있는 건 오로지 한별만을 위해 준비된 섹시한 속옷.

그는 달빛이 비친 그녀의 아름다운 모습에 아득해진 기분을 주체할 수 없었다.

아아, 이 귀엽고 앙큼한 내 아내를 어쩌면 좋지-

한별이 못 참겠다는 듯 은비를 번쩍 안았다. 허리에 둘린 그녀가 두 팔로 그의 목을 감쌌다.

"일단, 씻고 할까?"

"아니."

"왜에- 난 씻고 싶어."

"나 진짜 참을 만큼 참았어. 아까 회의할 때 귀 뒤로 머리 그렇게 넘기기 있어? 갑자기 다리 꼬기 있냐고. 사람들 많은 데서. 어? 그리고 막 별로 웃기지도 않은 얘기에 눈웃음치는 건 또 뭔데? 아나, 말은 또 얼마나 똑 부러지는지 지성미 폭발해서 회의 내내 미치도록 섹시해 보이기 있냐고. 온종일 죽을 뻔했다고."

은비가 따발총처럼 쏟아 대는 한별의 모습이 귀여워 눈을 꾹 감았다 뜨며 웃었다.

한 시간 전만 해도 직원들에게 촌철살인을 날리던 냉혈 강 부사장은 어디 가고, 이렇게 몸이 달아 안달이 난 멍뭉이 남편만 남은 것인지.

"거참, 이렇게 하실 말씀이 꽤 많으신 걸 보니까 아직 참을 수 있겠는데요? 강 부사장님?"

"내가 까먹을까 봐 머릿속으로 되뇌고 되뇠다고. 다음부터 제발 그러지 말라고. 그러니까 그냥 하자."

"으응~ 대신, 오늘은 자기가 씻겨 줘-"

"진짜?"

그녀의 말에 한별의 눈빛이 단번에 돌변했다. 명색이 라임 그룹에 까칠하기로 소문난 부사장 강한별이었지만, 이럴 땐 별수 없는 아내 바보.

자신을 들었다 났다 하는 그녀 때문에 체온이 오르락내리락거려 죽을 지경이었다.

"들어 보니까 내가 잘못한 게 많네. 그래서."

"훗-"

그렇게 같이 씻자고 해도 매번 거절하던 그녀였다. 결혼한 지 100일째 되는 오늘 드디어 한별의 그 간절한 소원이 이루어질 모양이었다.

"아, 근데 이거 벌써 벗기기 아까운데-"

소원을 이룰 생각도 잠시 뒤로하고 섹시한 속옷을 므흣하게 바라보던 그가 한쪽 눈썹을 치켜떴다 내렸다.

"아이- 얼른-"

그녀가 그의 귓가에 무언가 이야기하고는 독촉의 손짓을 했다. 그가 배시시 웃으며 조그마한 그것까지 다 풀어 헤치고는 욕실로 향했다. 그러고는 그녀를 안은 채 커다란 욕실 한쪽에 있는 1인 샤워 부스로 들어갔다.

"이 큰 욕실에 저 큰 욕조를 두고, 이렇게 비좁은 곳에서 씻자고? 둘이서?"

은비가 머리를 동여매며 눈살을 찌푸렸다. 그러거나 말거나 한별은 아랑곳하지 않고 벌써 온수를 체크하느라 바빴다.
"한시가 바쁜데 물을 언제 받아. 여기서 해. 응? 어때? 물 온도 괜찮지?"
"으응. 좋아."
샤워기에서 따뜻한 물줄기가 쏟아졌다. 샤워 부스는 금세 뿌옇게 잔뜩 김이 서렸다. 따뜻하고도 부드러운 물줄기가 몸에 닿자 두 사람이 말없이 서로를 보며 빙그레 웃었다.
벌거벗은 몸이 부끄럽지 않은 유일한 사람.
모든 것을 내어 보여도 괜찮은 사람.
회사에서도 온종일 얼굴을 보았지만, 더 더 제 것으로 보고 싶었던 사람. 자꾸 만지고 입 맞추고 뒹굴고 싶기만 한 사람.
무엇을 하든 다 같이 하고만 싶은 사람.
둘이 같은 마음으로 좁은 샤워 부스에서 꼼지락거렸다.
"내가 닦아 줄 거니까 꼼짝 말고 있어."
한별이 샤워볼에 로즈 향 바디워시를 쭉 짜 거품을 풍성하게 만들어 냈다. 부드럽고 미끈해진 샤워볼이 그의 손길을 통해 은비의 몸에 닿았다.
한시가 바쁘다더니 그의 손길은 천천히 그녀의 매끈한 목선을 지나 섹시한 쇄골을 거쳐 동그랗고 고운 어깨를 지나 풍만하고 아름다운 두 곳에서 꽤 오래 머물다 아래로 향했다.
그는 세상 가장 아름다운 조각상을 감상하고 제 손끝에

그 모양을 새기기라도 할 듯 조심스레 그렇게 숭고한 자세로 그녀의 살결을 터치해 나갔다. 그러나 그것도 잠시, 그 숭고한 마음은 불두덩을 지나 은밀한 골짜기를 거쳐 둥그렇고 커다란 둔덕에 도착하는 여정을 거치며 가눌 수 없는 욕망에 사로잡혔다.

갖고 싶다.

먹어 버리고 싶다고… 당장!

"으응?"

그가 더 참지 못하고 그녀를 와락 껴안았다.

"아- 좋다."

로즈 향 바디워시가 몸에서 몸으로 전달되는 순간, 그가 제 몸을 비벼 대며 그녀의 맨살을 느꼈다.

은비도 그의 손길이 제 몸을 스치는 동안 달아오르지 않았다면 거짓말, 한쪽 눈을 얼마나 찡긋거려야 했는지 셀 수도 없었다.

"흐훗- 좋다."

돌덩이처럼 단단하고 묵직하면서도 매끈한 그리고 아찔할 만큼 불끈불끈 솟아 있는 한별의 몸은 더할 나위 없이 근사하고 섹시했다. 그의 몸에 제 몸을 부비부비하며 뽀얀 김이 야릇하게 서린 샤워실에서 은밀한 몸짓을 즐겼다.

풍성한 거품이 서로의 몸에 충분히 닿았을 때, 한별이 레인샤워기를 틀었다.

천장에서 빗줄기처럼 물이 쏟아져 내리자, 그것을 맞으며 두 사람이 입을 맞췄다. 두 눈을 꼭 감고 강렬하게 퍼붓는 물줄기에 매끈한 서로의 몸이 뽀드득해지도록 강한 물줄기를 맞으며 키스 그리고 또 키스.

마치 비 오는 날의 로맨틱한 입맞춤과도 같은 그것이었다.

"이제 나갈까?"

한별의 말에 은비가 하얀 타월을 잡은 채로 고개를 끄덕였다. 후끈했던 곳을 빠져나오니 집 안은 더할 나위 없이 산뜻했다.

그가 그녀를 번쩍 안아 들고 침대로 향하는 길-

"자기야, 근데 나 목마르다. 아, 목말라-"

은비가 목이 마르다며 보챘다.

"알겠어. 내가 물 가져올게."

막 침대에 몸을 내던지려던 찰나 갑자기 목이 마르다는 그녀 때문에 아랫도리에 타월 한 장만 두르고 나온 한별이 다이닝 룸으로 향했다.

냉장고에서 생수 하나를 꺼내 울대가 거칠게 오르내리도록 원샷을 하고는 또 하나를 꺼내 손에 쥐고 침실로 향했다.

"고은비……!"

그런데, 하마터면 생수를 손으로 쥐어 짜 터트릴 뻔했다.

그녀가 아까 그것보다 더 섹시한 여러 가지를 두르고 요염한 자세로 앉아 있었다.

"100일 기념."

얼굴에 흘러내리는 잔머리까지 섹시해 미칠 지경. 눈까지 찡긋거리는데, 심장을 아주 남아나지 않게 만들 작정인가 보다 싶어 한별이 미간을 좁히며 고개를 가로저었다.

목이 마르기는 무슨!

역시 우리 사랑스러운 고은비는 다 계획이 있었어!

그가 생수를 내팽개치고 성난 짐승처럼 그녀 위에 올라탔다. 그리고 먼저 매일 밤 맞춰도 매일 밤 탐하고 싶은 그녀의 입술을 찾았다.

그녀가 입술 사이 틈을 벌려 그를 반겼다. 그의 목에 팔을 두르고 조급하게 달려드는 그를 맞이하자, 그녀는 순간 몸이 확 달아오르는 것을 느꼈다. 이미 그를 받아들일 준비를 하고 있었지만, 이렇게 모든 것이 현실이 되는 순간은 저도 그 끝을 알 수 없는 아찔함에 시달려야 했다.

"사랑해……."

그가 잠시 열띤 호흡을 가라앉히며 입술을 떼고는 그녀의 눈을 바라보았다. 살포시 웃은 은비가 몸을 들어 그의 입에 다시 제 입을 맞췄다.

그가 그녀의 몸을 사랑스럽게 어루만지기 시작했다. 부드러운 살결의 느낌이 좋았고, 은은히 풍기는 향이 좋았다. 제 손에 제법 익숙해진 그녀의 예쁜 몸이 알아서 그를 반기기에 좋았고, 저 또한 이제 곳곳 어느 곳을 어루만져 주어야 그녀를 더 기쁘게 할 수 있을지 훤히 꿰고 있어 좋았다.

덕분에 더욱 자극적인 움직임을 즐길 수 있다는 것은 큰 자부심이기까지 했다. 세상에서 고은비의 모든 것을 가장 잘 아는 남자 강한별임을 자처하게 되는 순간.

그때마다 그녀는 달뜬 숨을 내뱉기도 하고, 눈을 찡그리기도 하고, 옅은 신음을 내기도 했다.

그것은 더욱 그로 하여금 이 시간이 오래 지속되길, 이 순간이 영원하길 바라게 했다.

서로의 몸을 어루만지고, 입맞춤을 퍼붓고, 사랑스러운 눈빛으로 서로를 바라보며 아낌없이 모든 것을 드러내고 보이는 순간.

은비는 하루도 운동을 거르지 않는 그의 몸이 얼마나 정직한지를 느끼며, 제 손 하나하나에 그의 몸에 새겨진 무늬를 느끼고 있었다. 특히, 굴곡진 팔과 단단한 허벅지는 만지면 만질수록 차마 말할 수 없는 짜릿함을 온몸에 퍼지게 만들었다.

"아, 미치도록 섹시해-"

그녀가 하고 싶은 말이었는데 그에게 뺏겨 버렸다. 그는 마침 그녀의 깊고도 농밀한 꿀샘을 발견한 터였다. 그가 거친 숨을 토하며 사정없이 그곳을 침범했다.

두 사람의 움직임은 그간 했던 행동들은 아무것도 아니라는 듯 더욱 새롭고도 격렬한 몸짓으로 서로를 미치게 만들었다.

끝날 듯 끝나지 않는, 그 끝을 맛보고 싶어도 지금 당장은 아닌, 아찔해지고 간절해지고, 서로의 가쁜 숨을 느끼는 것이 짜릿하고도 너무 좋아 이 순간이 영원하길 바랐다. 아니, 그럴 수 없다면 이 순간을 밤이 새도록 즐기고, 또 즐길 수 있기를 바랐다.

"하악."

그 끝에 찾아오는 것은 오로지 두 사람만이 알 수 있는 말할 수 없는 환희와 쾌락이었다.

이미 제 것이 되었지만, 저와 몸을 엉키고 있는 이 사람이 온전히 제 것이 되었다는 걸 느끼게 하는 순간. 이 엄청난 기쁨이 서로를 사랑할 때 찾아오는 것이라는 것이 행복한 순간. 마음껏 사랑하고, 마음껏 너를 가져도 된다는 안도감이 느껴지는 순간.

곧 다시 또 더 많이 사랑하고 싶다고 느껴지는 순간.

한별은 신이 우주를 만들 때 한 남자에게 한 여자가 꼭 들어맞도록 만드셨다면, 자신은 그 번지수만큼은 제대로 찾았다 싶었다.

이토록 제게 꼭 맞는 그녀.

모든 것이 완벽하도록 제 몸에 꼭 들어맞는 여자가 이 사람 외에 누가 더 있을 리 없었다.

그러므로 이 순간 최선을 다해 사랑하듯, 모든 일생을 바쳐 사랑할 것임을 다짐하는 밤이었다.

그가 한쪽 팔 안에 꼭 들어오는 작고 사랑스러운 그녀에게 몸을 숙여 이마에 입을 맞췄다.

"누가 불금이라고 그랬던가?"

"응? 설마 나?"

"훗- 우리 지금 다 끝난 거 아니다. 그러니까, 각오해- 고은비."

"아응-"

"불금이 이렇게나 좋은 거였어."

"그치?"

"응. 그래서 나 말이야. 불금도 불금이고, 불토, 불일- 쭉 이렇게 이름 붙이려고."

"그런데 말에 함정이 있다. 이름만 안 붙였다 뿐이지 그동안 안 그런 적이 있었냐고."

"훗- 그런가. 어쨌든 그중에서도 제일은 불강."

"불강? 그건 또 뭐야?"

"너로 인해 언제나 불타는 강한별-"

"꺄악~"

은비가 그의 가슴에 대고 고개를 도리질했다.

그리하여 불타는 밤, 불타는 그들. 눈만 마주쳐도 시도 때도 없는 그들은 신혼이었다.

"좋다-"

눈을 뜨자마자 코끝에 와 닿는 향기가 아찔해 은비의 뒷목에 얼굴을 파묻어 버렸다. 팔은 여전히 그녀의 가는 허리에 둘려 있는 상황이었다. 밤새 이렇게 백허그를 한 채 잠들어 버렸던 것.

정말 좋았다.

내 품에 폭 안기는 그녀를 안고 자는 것도, 그녀의 체향을 느끼는 것도. 실오라기 하나 걸치지 않고 잠이 들어 버린 그녀의 보드라운 살결을 이렇게 마음껏 매만지는 것도. 주말 아침 이 나른한 행복을 충분히 느낄 수 있다는 것도.

지상 낙원이 있다면, 이곳이 그곳이라고 말하고도 남을 만했다.

네가 있는 세상, 너와 함께인 세상.

몸에 몇 번이고 입을 맞추고, 손에 쏙 들어오는 동그랗고 예쁜 가슴도 사랑스럽게 매만졌지만, 그녀는 도통 일어날 생각이 없어 보였다.

사실, 지난밤을 그렇게 불태운 것도 모자라 주말이라는 핑계로 새벽녘에도 사랑을 나누었으니-그녀는 새벽에 하는 걸 무척 좋아한다! 음… 나야 언제든 좋고-아침엔 좀 더 자게 두는 게 맞는 일이었다.

이놈의 체력은 어쩌면 이렇게도 닳는 법도 없이 들끓기만 하는 것인지, 어째 매일 일어나자마자 온몸의 힘이 가운데로 몰려 이토록 괴롭게 하는 건지. 억지라도 깨워 뜨거운 아침을 보내고 싶은 마음이 굴뚝이었지만, 꾹 참았다.

참을 줄도 알아야 했다. 그래야 했다. 은비는 잘 때 깨우는 걸 제일 싫어하는 여자니까, 이럴 땐 알아서 처신해야 했다.

우리에겐 아직 뜨거운 주말 낮도, 뜨거운 주말 밤도 남았으니까.

애써 스스로를 도닥이며 숨을 고르게 쉬어 보았다.

조심스레 침대에서 몸을 빼고 곧바로 짐으로 향했다. 샤워하기 전에 가볍게 몸이라도 풀 생각이었다.

우지끈 부러질 듯 철봉을 힘 있게 잡고 오르락내리락하니 온몸의 근육들이 살아나는 느낌이 들었다.

삼십 분쯤 철봉과 씨름을 했을까.

철봉에서 내려와 전신 거울에 몸을 비춰 보니 울끈불끈한 상체 근육들이 보기 좋게 펌핑되어 있었다.

역시 철봉 운동 만큼 매력적인 운동이 없었다. 근육이 섬세하고도 예쁘게 드러나 보여 만족스러웠다.

괜히 턱을 들고 거울을 쓱 바라보았다.

"크… 세상 멋진 놈이 여기 있네!"

입가에 씩 미소를 머금은 다음, 샤워실로 향했다.

머리 위에서 쏟아지는 물줄기를 맞으며 얼굴을 쓸어 올렸다.

세상에 혼자인 것처럼 살아왔던 세월이 적지 않았다. 나이가 어렸든, 꽤 먹었든 상관없이 혼자라는 건 참으로 외로운 것이었다.

남들 눈에야 호의호식하며 자란 재벌 3세 놈의 배부른 소리라고 손가락질을 할지 몰라도, 그저 하나의 인간으로서 참으로 마음이 어려웠던 나날들.

삶이 끝날 때까지 끝날 것 같지 않은 이 외로움, 두려움의 날들이 한 사람을 만나 더는 아무것도 아닌 것이 되어 버렸다.

아니, 그 이상이었다.

그 사람은 세상을 더 멋지게 살아내고 싶게 만들었고, 모든 것을 긍정의 눈으로 바라보게 만들었다.

심지어 사소한 것들에 좋아하고, 기뻐하고, 감사하게 만드는 사람이었다.

바로 샤워실 너머 침실에서 자고 있는 나만의 연인, 나의 사랑스러운 은비 이야기이다.

그녀를 떠올리니 가슴이 벅차올랐다.

그녀와 함께 있다는 사실은 묘한 안정감을 주지만, 동시에 심장을 마구 들뜨게도 만들었다.

상념이 많아지는 샤워실에서 그녀를 떠올리며 살포시 미

소를 지었다. 그러다가 잠시 골똘히 무언가를 생각했다.

샤워를 마치고 수건으로 대충 머리를 털고 나서 타월을 아랫도리에 두르고는 주방에 섰다.

냉장고를 쭉 살피다 눈에 꽂히는 재료를 몇 가지 꺼냈다.

달걀, 우유, 딸기, 블루베리.

두 손을 마주쳐 박수를 한번 치고는 팬트리에서 무언가를 꺼내 와 반죽을 시작했다.

"나에게만 준비된 선물 같아. 자그마한 모든 게 커져만 가. 항상 평범했던 일상도 특별해지는 이 순간, 깊은 사랑에 빠진 순간~"

노래까지 흥얼거리며 거품기를 잡고 반죽을 휘휘 저었다.

하트 모양 팬에 반죽을 올려 골든 브라운색의 핫케이크를 구웠다.

은비를 닮은 예쁜 접시를 꺼내 그 위에 핫케이크를 담고, 딸기와 블루베리를 얹은 다음 메이플 시럽을 쭉 뿌려 주었다.

"아, 맞다. 커피!"

오늘은 주말이니까 느긋하게 핸드드립 커피를 해 볼 요량으로 파나마 에스메랄다 게이샤 원두를 금세 갈아 드리퍼에 필터를 끼우고 부었다.

벌써 묘한 산미가 풍기는 커피 향이 코끝에 스쳤다. 뜨거운 물을 쪼르륵 따라 반복해서 커피를 내렸다. 얼추 핸드드립 커피가 완성되어 갈 때쯤이었다.

"자기야아-"

세계 최고로 비싼 파나마 에스메랄다 게이샤 원두의 산뜻한 과일 향보다 기분 좋은 향, 참으로 익숙한 향, 다 먹어 버리고 싶게 만드는 아찔한 향이 등 뒤에서 풍겨 왔다.

"아웅- 언제 일어났어."

그녀가 가느다란 팔을 허리에 둘렀다.

이런, 그 덕에 잠잠했던 피가 갑자기 몰려 버렸다.

"아까-"

몸을 틀어 그녀 이마에 입을 맞췄다. 내가 제일 좋아하는 하늘하늘하고 부드러운 실크 슬립 잠옷을 입고 나타난 그녀였다.

"우와- 벌써 다 만들어 놨네?"

제 품에서 고개를 틀어 식탁을 바라보던 그녀가 예쁜 플레이트를 보고 좋아했다.

나 지금 윗옷도 없고, 아래는 그냥 타월 한 장 걸쳤다고. 그런 모습으로 나타나, 그렇게 예쁜 목소리로 좋아하면 나 어떻게 하라는 거냐.

에라 모르겠다.

그녀를 번쩍 안았다. 곧바로 그녀가 제 다리로 허리를 감싸 왔다.

"큭, 왜 이래~~ 또, 아침부터. 나 배고파아…….."

뜨거운 눈빛을 은비도 알아차렸는지 웃으며 한껏 펌핑된 가슴을 향해 도리질하는 것이 아닌가. 번쩍 안아 들고 식탁 위에 그녀의 엉덩이를 걸쳐 두었다.

"나도… 나도 진짜 배고프거든……."

기껏 차려 둔 식탁 위의 화려한 플레이트는 한쪽으로 밀려났다. 지금 그게 중요한 게 아니었다.

"핫케이크는 따뜻할 때 먹어야 맛있잖아. 이러지 말고, 우리 아침 먹고 나서……."

그녀가 가슴을 밀어냈다.

"바로 또 구워 줄게. 식은 거 안 먹여. 맛없는 거 안 먹인다고."

기어코 은비의 입에 입을 맞춰 버렸다.

볼멘소리를 먼저 내뱉었지만, 그녀도 싫지만은 않은 모양이었다.

운동한 지 얼마 되지 않아 한껏 더 단단해진 가슴을 매만지며 이끄는 대로 따라왔다.

슬립을 살짝 들춰 밀고 들어가니 모든 것이 완벽히 준비되어 있었다.

아랫도리를 가리고 있던 타월은 알지도 못하는 사이에 주방 바닥에 내동댕이쳐져 있었다.

둘이 있는 곳이 침실이든, 주방이든, 식탁 위든, 거실 소파이든 어디든 상관없었다. 함께 있는 그곳이 사랑을 나누는 곳임을.

너에게 꼭 맞는 나이듯,

나에게도 꼭 맞는 너.

기분 좋은 향이 은은히 퍼지는 우리 집에서 편안한 듯, 흥분되는 이 기분을 느끼며 누구 하나 방해하는 사람 없는 둘만의 세상에서 세상 행복한 주말 아침을 즐겼다.

신이 이 세상에서 가장 행복한 남자가 누구냐라고 물으신다면, 단번에 손을 번쩍 들고 "저요!"라고 말하고 싶은 심정이었다.

"좋았어?"

비로소 식탁에 앉아 아침을 대하게 된 은비가 물어 왔다.

"응. 흐훗-"

막 다시 구운 따끈한 핫케이크를 내밀며 숨길 수 없는 감정을 토해 버렸다.

"훗- 달다."

은비가 핫케이크를 메이플 시럽에 푹 찍어 먹더니 눈을 찡긋거렸다.

그 모습마저 깨물고 싶게 사랑스러운 너는 전에도, 지금도, 앞으로도 내가 사랑할 이 세상의 단 한 사람.

"사랑해-"

그녀의 볼을 매만지며 중얼거렸다.

내 딴엔 최대한 달콤한 목소리로 말이다.

📂

눈을 떴는데, 등이 허전했다.

꼭 들러붙어 있어야 직성이 풀리는 이 남자가 벌써 어디를 갔나-

은비는 한쪽 팔을 펴 침대 위를 쓱 만지며 한별의 빈자리를 느꼈다.

라임몰에서 또 새로운 프로젝트를 맡아 여전히 바쁜 날들의 연속이었다. 그러나 집에서도 다르지 않았다.

쉴 틈 없이 다가와 사랑해 달라고 조르는 한별이 때문에 정말이지 정신을 차릴 수 없는 날들이기도 했다.

그러나 어쩌랴.

이래저래 바빠도 행복한 것을.

무언가를 기획하는 일은 언제나 심장을 뛰게 만들었고, 한별이를 보면 또 다른 심장이 뛰는걸.

온몸이 부서지는 한이 있어도 내 열심히 사랑하리라 다짐하며 하루하루 살아가고 있는 중이다.

"이 남자가 어디를 갔나……."

밤새 환희의 강을 건넌 탓에 아무것도 입고 있지 않았다는 걸 알아차리고는 얼른 옷장 서랍을 열었다.

한별이 제일 좋아하는 핑크 슬립 하나만을 꺼내 입고 헝클어진 머리를 질끈 동여맨 다음, 침실 밖으로 향했다.

문을 열자마자 기분 좋은 커피 향이 코를 간질였다.

커피 내리나 보다-

주방 쪽을 향해 걷다 보니 과연 그의 모습이 보였다.

햇빛이 들어오는 눈부신 주방에서 성난 나비를 움찔거리며 커피를 내리고 있는 그였다.

아침부터 상반신을 노출하며 저렇게 섹시해도 될 일인지.

아찔해진 심정으로 그의 곁에 다가가 슬쩍 허리를 감쌌다.

씻은 지 얼마 되지 않아 그의 몸에서 풍기는 시원한 바디 워시 향이 너무 좋았다.

그가 곧 몸을 틀어 이마에 입을 맞췄다.

후광을 달고 있는 그의 모습이 참 근사해, 내 남자라는 것이 잠시 믿어지지 않을 정도였다.

후우…….

이 정도에 벌써부터 몸이 달아오를 것 같다니. 고은비도 참, 진짜 이런 여잔 줄 몰랐네. 스스로 민망한 생각이 들어 고개를 옆으로 돌렸다.

그랬더니 테이블 위에 예쁘게 플레이팅된 브런치가 눈에 들어왔다.

핫케이크 위에 딸기와 블루베리, 시럽이 뿌려진 모습이 순식간에 식욕을 자극했다.

나도 모르게 침을 꼴깍 삼키는데, 그가 번쩍 들어 안는 것이 아닌가-
"아침부터 왜 이랭~"
콧소리를 내며 그의 가슴에 대고 도리질 쳤지만, 그의 눈빛이 심상치 않았다.
핫케이크는 따뜻할 때 먹어야 한다고 했더니, 이따 다시 따끈따끈하게 구워 준다는 것이 아닌가.
그 말이 정성스러워 또 괜히 설레는 건 왜인지.
아무래도 내가 남편한테 빠져도 너무 빠졌다는 생각밖에 들지 않았다.
식탁이 이런 용도였나 싶게 색다른 느낌의 아침을 즐겨 보는 이 순간, 생각했다.
신이 이 세상에서 가장 행복한 사람이 누구냐고 물어보신다면, 단언컨대 "저요!"라고 말할 수 있겠다고.
사랑해.
나만의 별.
나만의 사랑.
너로 인해 꽉 찬 기쁨을 느끼듯, 너도 나로 인해 나의 깊은 곳에서 누구도 줄 수 없는 환희를 느끼기를.
우리 그렇게 쭉 행복하기를.
바라고 바라는 아침이었다.
"달다……."

메이플 시럽에 푹 찍어 먹은 핫케이크도, 제철을 맞은 딸기도, 잘 영근 블루베리도, 내 앞에 있는 이 남자의 사랑도 참 달다.

에필로그 2. 한 달에 한 번

"어머니, 저희 왔어요!"

강 회장 댁에 시끌벅적 소란스러운 네 식구가 들어섰다.

"어이구, 이게 누구야. 우리 한비랑 은별이 왔구나! 귀여운 녀석들. 얼른 할아비한테 와 봐라."

"까아아아, 음마. 음마."

한별이 양쪽 팔에 안고 있던 쌍둥이들을 내려놓자, 애리보다 먼저 달려 나온 강삼구가 아가들을 품에 안았다. 한비와 은별이는 할아버지를 보며 좋다고 박수를 치면서 함박 미소를 지었다.

"허허- 녀석들-"

그 모습을 본 강삼구는 세상을 다 가진 사람처럼 환하고 행복하게 웃었다.

"형님!"

초등학생이 되며 제법 의젓해진 한솔이가 달려 나와 반갑다고 발을 동동 굴렀다.

"이야, 우리 한솔이도 많이 컸네. 태권도는 여전히 잘하고?"

"응! 흡! 흡! 압! 태! 권! 도! 나 잘하지?"

한별의 말에 한솔이가 즉석에서 태권도 시범을 보이며 우쭐해했다.

"하하, 형님이랑 한판 붙어 봐야겠는데?"

"전 언제든 준비되어 있습니다요. 형님! 히힛, 형님, 보고 싶었어!"

한솔은 한별을 와락 끌어안자 제 몸이 붕 기분 좋게 뜨는 것이 느껴졌다. 초등학생이 되니 강삼구는 이제 한솔이를 이렇게 안아 주기 힘들어했기에 오랜만에 다시 아기로 돌아간 듯한 느낌이 들어 좋았다.

"도련님, 저는 안 보여요? 아웅, 서운해라."

"형수님! 헤헷- 형수님도 보고 싶었어요!"

막 한별의 품에서 내린 한솔이 이번엔 제가 은비의 목을 끌어안았다.

"이러다 여기서 날 새겠네. 어서들 안으로 들어와요."

어느새 나타난 애리가 웃으며 한별이네 식구를 안으로 들였다.

"어머니, 잘 지내셨어요?"

은비가 애리의 팔짱을 끼며 살갑게 대했다.

"어휴, 말도 마. 우리 강 회장님이 요즘 주말마다 하와이 가시느라 내가 좀 바빠야지."

"하와이를요?"

은비가 의아한 눈으로 애리와 강삼구를 번갈아 쳐다보았다.

최소 8시간 걸리는 곳을 매일 가신다고? 이게 무슨 말이지?

"하루 종일 와이프랑 있는 이 남자. 하와이! 전에는 주말마다 친구분들이랑 골프도 다니시고 하더니 요즘은 도통 집에서 나랑만 있잖아."

"아… 와. 아버님이 어머님이랑 같이 있는 게 너무 좋으신가 봐요. 하하."

"귀찮아 죽겠다니까. 무슨 남자가 이렇게 안으로만 도는지. 아유. 그나마 기력이 조금씩 살아나고는 있지만……."

애리가 마지막 말은 은비가 들을 둥 말 둥 한 소리로 읊조렸다. 어쨌든 볼멘소리를 하면서도 은근한 미소를 띠는 그녀였다. 이 모든 것이 자신 덕분이라며 평생 여왕으로 모시겠다는 삼구의 닭살 돋는 말 또한 매일 듣고 산다는 말은 차마 입 밖으로 낼 수 없었다.

강삼구는 애리의 소리를 토씨 하나 안 빼고 듣고는 혼자 눈을 가늘게 뜬 채 슬며시 미소를 지었다.

"귀여운 우리 강아지들 그사이 더 컸네. 한비야, 은별아, 할머니한테도 와 보세요."

"마. 맘. 맘. 음마."

쌍둥이 남매가 기저귀 때문에 빵빵한 엉덩이를 씰룩거리고 개구진 표정을 지으며 애리에게 다가갔다.

"아옹- 이뻐 죽겠어. 우리 한비, 은별이 누굴 닮아 이렇게 잘생기고 예쁜 거야아~ 우리 강아지들~"

애리가 한비와 은별을 품에 안으며 볼에 연신 뽀뽀를 해 댔다.

"아무래도 아이들이 나를 닮은 것 같소, 애리."

삼구가 애리를 보며 씨익 웃었다.

한별은 믿기지 않는 강삼구의 발언을 들으며 손가락으로 이마를 매만졌다. 평생 실없는 소리도, 장난스러운 말도 하지 않는 그였다. 더구나 저 표정은 무언가.

세월이 사람을 저렇게 만든 건지, 애리 때문인지, 한솔이 때문인지. 아니면 한비와 은별이 때문인지 모르겠어서 헷갈릴 지경이었다.

"한별이가 내 판박이잖소. 나이 먹을수록 더 똑같아져서, 허허……!"

급기야 삼구가 다가와 한별의 등을 토닥였다. 한별이는 전

같으면 이런 그의 제스처가 어색하고 낯설어 괜히 버럭 화라도 내 볼 일이었지만, 이제는 제법 익숙해져 따뜻한 리액션까지는 아니더라도 잠자코는 있어 주었다.

"참, 얘들아. 너희는 얼른 나가 봐- 오늘은 우리가 한비랑 은별이 잘 봐줄 테니까 얼른~ 이럴 때 단둘이 데이트하지, 언제 해~"

애리가 한비와 은별이를 꼭 안고 볼을 비벼 대다가 뚱하니 서 있는 한별을 발견하고는 빠르게 말을 덧붙였다.

한별은 계획대로 오자마자 당하는 문전박대가 몹시 반가웠지만, 애써 그 기분을 숨기고 있었다.

왠지 들키면 쌍둥이들한테 미안할 것 같았다.

"벌써요? 아니, 저희 괜찮……."

반면 은비는 쌍둥이들을 두고 가는 게 마음에 걸려 발이 잘 떨어지지 않았다.

"그럼 저희 나가 볼게요. 늦게 들어올 겁니다. 우리 아가들 삼촌이랑 할머니 할아버지 말 잘 듣고 있어라!"

그러나 한별이 은비의 말이 채 끝나기도 전에 그녀를 잡아끌었다. 쌍둥이들이야 맨날 보는 걸, 우리 둘이 이렇게 있는 시간이 오히려 금쪽같은 거 아니냐며 연신 그녀를 향해 눈을 찡긋거렸다.

"여보오-"

은비가 곤란한 표정을 지었지만, 아랑곳하지 않는 한별이었다.

"얼른- 얼른 가서 둘이 재밌게 데이트도 좀 하고 와. 눈치 없는 시엄니 만들지 말고. 아가, 응?"

"어머니……."

"한비랑 은별이 걱정은 말고. 알겠지?"

이번엔 애리가 은비에게 눈을 찡긋거렸다.

"음마. 음마. 마. 마… 아아앙……."

그런데, 역시나 한비와 은별이가 엄마가 나가려는 걸 눈치 채고는 울먹거리며 다가오기 시작했다.

"여보, 아무래도 우리 안 될……."

은비가 아가들을 보며 외출을 포기해야 하지 않나 생각하고 있을 때였다.

"짜잔- 한비야, 은별아- 할아버지가 선물을 준비했지이-"

강삼구가 어디선가 선물을 한 보따리 들고 나타났다.

"뭘 좋아할지 몰라서, 할아비가 싹 쓸어 왔다."

"어휴- 아버지, 이러다가 애들 버릇 나빠져요."

삼구의 선물 공세에 한별이 미간을 찌푸렸다.

"그럼, 새아가랑 안 나갈 셈이냐?"

"아니, 그건 아니지만……."

생각지 못한 그의 발언에 한별이 순간 제가 무슨 말을 한 건지 후회했다. 할아버지 사랑이야 말로도 막을 수 없는 것이지만, 더 지체되게 해서는 안 되는 일이 있었으므로.

"음마… 빠빠… 빠빠…….."

한비와 은별이는 그새 선물 근처에 다가와 신이 났다.

삼구가 얼굴에 미소를 지으며 한별과 은비를 향해 손짓했다. 지금이 나갈 타이밍이라고.

"걱정 말고 다녀와. 할아버지, 할머니에 삼촌까지 있는데 뭐가 걱정이야. 실컷 놀고 와, 어서!"

애리도 한별과 은비를 현관 쪽으로 떠다밀었다. 그제야 은비가 조금은 놓인 마음으로 한별의 손을 잡았다. 사실 쌍둥이를 두고 나가면 분명 두 사람 다 눈에 밟힐 걸 알면서도 설레는 마음이 없다면 거짓말이었다.

"그럼 갔다 올게요. 한비야, 은별아- 아빠, 엄마 나갔다 올게-"

은비가 쌍둥이들을 불렀지만, 귓등으로 듣는 그들이었다. 두 사람이 슬며시 현관문을 나섰다. 강삼구네 너른 정원이 나오자마자 한별은 그녀의 양팔을 붙잡아 제게로 돌려놓았다.

"응? 왜?"

"좋아서."

한별은 그녀의 이마에 뽀뽀를 쪽- 하는 것으로 둘의 외출이 얼마나 신이 났는지를 알렸다.

"한 달 내내 얼마나 기다렸다고-"

한 달에 한 번 주어지는 둘만의 외출, 이 금쪽같은 시간만을 바라보며 여러 날을 버틴 그였다.

"그렇게 좋아?"

그가 입가에 미소를 띠고 고개를 끄덕였다.

에너지가 넘치는 쌍둥이들을 돌본다고 한별과 전처럼 오붓한 시간을 자주 갖지 못한 것이 사실이었다. 간신히 틈을 내 모처럼 분위기 좀 잡으려고 하면 쌍둥이들이 밤마다 돌아가며 어찌나 깨던지.

매번 달아올랐다가 피식 꺼져야 했던 순간이 한두 번이었던가. 샤워하러 들어간 그를 기다리다 제 의지와 상관없이 먼저 잠든 적도 많았다.

그때마다 눈물을 흘려야 했던 나의 연하남.

둥이들 아빠지만, 고작 서른두 살 아닌가. 피가 끓고도 넘치는 나이인데 그간 너무 몰라줬다 싶었다.

그래도 집에 사람을 들이지 않고, 제 손으로 살림이며 육아며 도맡아 하려는 그녀의 의견을 존중해 주고, 최선을 다해 도와줬던 사랑스러운 남편이었다.

은비가 신이 난 한별을 보며 굳게 마음을 먹었다.

오늘은 당신만을 위한 날로 만들어 줄게요-

그 어디서든, 무엇을 하든.

한별이 그 큰 팔을 은비의 어깨에 둘렀고, 그녀는 그의 허리를 감쌌다. 그 자세가 조금이라도 흐트러지지 않게 서로를 그렇게 꼭 끼고는 차고지로 향했다.

Rrrr-

막 차에 타자마자 한별의 휴대폰이 요란히 울려 댔다. 은비가 전화를 받는 한별을 한 번 쳐다보고는 안전벨트를 잡았다.

"여보세요. 아… 네. 잠시만요."

한별이 휴대폰을 내려놓고 은비의 안전벨트를 채워 주며 그녀의 볼에 뽀뽀를 쪽 하더니 씨익 므흣한 미소를 날렸다.

은비는 얼굴을 살짝 찡그렸지만 입꼬리가 올라가는 건 어쩔 수 없었다. 이게 뭐라고 설레는지. 쌍둥이들이랑 매번 뒤에 앉다가 앞자리에 탄 것이 오랜만이라 그런가 싶었다.

"안녕하셨어요. 잘 지내셨죠?"

한별이 다시 제 자리에 등을 기대며 휴대폰을 들었다. 수화기 너머에서 '강 대표님!' 하고 걸쭉한 소리가 휴대폰 밖으로 새어 나오는 걸 보니 은비는 그가 누군지 짐작이 가 눈썹을 한 번 위로 치켜떴다 내렸다.

"네… 네… 하하하. 지난번에 보내 주셔서 잘 먹었는데 괜찮습니다, 과장님. 네… 네… 아유, 감사합니다. 네~ 들어가십쇼."

통화를 마친 한별이 그제야 시동을 켰다.

"또 이 과장님이야?"

"응--"

"이번엔 또 뭐?"

"전복."

"그래? 와- 맛있겠다. 1년 내내 미역 보내 주신 것도 잘 먹었는데… 훗."

"이제 가신 지 얼마나 됐지?"

"음… 우리가 결혼하기 직전에 가셨으니까 3년쯤?"

"이제 자리 잡으실 때가 되긴 했겠다…….."

"훗, 우리 결혼식 때 이 과장님이 영상편지 보낸 게 아직도 눈에 선하다. 큭큭."

"아, 진짜 웃겼는데……."

『고 대리, 결혼을 진심으로 축하해. 마음 같아서는 당장이라도 올라가서 축하해 주고 싶은데, 여기 사정이 그렇게 됐네. 아무튼 기획팀에 있는 동안 나 때문에 고생 많았지? 정말 미안했어. 진심으로 사과할게. 그리고 강 팀장님이랑 꼭 잘 살길 바라. 축하해!』

영상 편지 뒷배경엔 절대 배가 뜰 수 없는 기상 상황을 여실히 보여 주듯 파도가 휘몰아치는 바다가 보였었다. 이 과장의 머리까지 함께 휘몰아치는 그 모습이 세상 얼마나 짠하면서도 눈을 질끈 감기게 웃기던지.

이 과장은 '라임몰 고' 매장 관리팀 과장으로 가면서 외부에서 영입해 온 카리스마가 대단한 부장을 만나 갖은 고생을 하다 출장 때 마음에 들었던 바닷가 마을로 귀촌한 상황이었다.

안 그래도 강 팀장에게 시달렸던 그가 더한 사람을 만나자

견디기 힘들었던 모양이었다.

이제는 모든 게 편안해졌다는 그. 바닷가에서 자연인처럼 살며 영혼과 삶에 안식을 얻고 모든 욕심 또한 버렸다는 그는 철마다 나는 해산물을 은비네 집에 택배로 붙여 주고는 꼭 강 팀장에게 전화를 했다.

한별과 은비는 옛날 일을 추억하다 보니 배시시 웃음이 새어 나왔다.

"참, 세월이 빠르네. 결혼한 지 벌써 3년이 지났다니……."

"그러게. 어제 결혼한 것처럼 눈 감으면 결혼식 장면이 선한데 말이야."

"그럼, 이제 갈까?"

결혼한 지 3년, 그러나 여전히 은비를 향해 두근대는 심장을 부여잡으며 한별이 물었다. 그녀 역시 눈을 반짝이며 고개를 끄덕거렸다.

"자기야, 근데 오늘은 우리 어디 가?"

은비가 창밖의 화창한 날씨를 보며 한별에게 물었다.

"하, 자기야."

그러나 돌아온 대답은 그의 볼멘소리였다.

"왜?"

"스케줄 확인 안 했어?"

그가 은비를 보며 눈을 흘겼다.

"아……."

그녀는 그제야 무언가 생각났다는 듯 가방을 뒤적거렸다.

"아니, 왜 이렇게 우리 데이트에 관심이 없어? 어? 진짜. 너무한 거 아냐?"

"으, 미안해. 깜박했어."

은비가 휴대폰을 열어 그가 전에 보내 준 파일을 열었다.

1월부터 12월까지 빼곡한 한 달의 한 번 서울 여행 일정표.

서울 투어 일정을 매달 바꿔 꼼꼼히 짜 놓는 한별의 플랜은 무슨 일이 있어도 매해 업데이트되었다.

서울에서 맛있는 거 먹고 잘 사는 게 꿈이라고 했더니 이 남자 집요하게 그 꿈을 이루어 주려 들었다.

이제 괜찮다고!

이미 잘 지낸다고!

이 정도면 내 꿈이 아니라 자기가 서울 여행에 꽂힌 것 같은데?

"보자… 지금이 10월이니까 고궁 투어구나! 오늘은 창덕궁이네?"

"그래! 가을을 맞은 궁의 나무들이 얼마나 예쁠지 기대되지 않아? 특히 창덕궁은 후원이 예술이라잖아."

"훗- 그보다 오늘 점심은 뭐 먹을 거야?"

살다 보니 관광보다 식도락이 더 좋더라-

"매운 거 먹어야지."

한별이 실눈을 뜨며 그녀를 바라보았다.

"그치! 역시! 자기야."

"1년간 모유 수유한다고 그 좋아하는 매운 거 한 번도 못 먹고. 너무 딱했다, 진짜."

"그러게. 1년간 잠도 잘 못 자고 얼굴 푸석해지고 몸매는 또… 흐윽……. 나 너무 망가졌지?"

"그 정도는 아니야."

"뭐어? 그 정도는 아니지만… 뭐 그리 좋진 않다는 건가."

한별의 말에 은비의 말이 뾰족하게 섰다.

"어후, 아니, 그게 아니라 예쁘다고. 여-전-히."

"어째 말 템포가 느린데?"

"하하, 진짜야. 나는 세상에서 우리 은비가 제일 예쁘고 제일 좋다고."

"흐음……."

"간만에 둘이 나왔다고 심장 이렇게 펄떡펄떡 뛰는 거 안 느껴져?"

한별이 은비의 손을 제 가슴에 갖다 대었다. 그러자 그녀가 한쪽 입꼬리를 올리고는 눈을 흘겼다.

"와- 오랜만에 바람 쐬니까 너무 좋다."

그의 매우 건강한 심장 박동을 고스란히 손으로 느낀 은비가 설레는 마음으로 창밖을 응시했다.

"이제 다음 달이면 우리 고 상무님 복귀네."

"그러네. 1년이 금방 지나갔네. 넘 오래 쉬어서 감 다 떨어진 건 아닌가 몰라."

"내가 다 주워 줄게. 떨어진 감. 얼른 같이 회사 다니고 싶다, 고 상무님."

"이야, 그렇게 말해 주니까 조금 실감나려고 하네. 홋-"

"걱정 말고 복귀해. 그리고 나 너무 기대하고 있다고."

"잘할 수 있을까. 아무래도 바로 눈에 딱 보이는 업무 성과를 내기엔……."

은비는 한별이 아무래도 전처럼 회사에서 날고뛰는 그녀의 활약을 기대하는 눈치 같아 은근 부담이 되었다.

누가 부사장님 아니랄까 봐-

"아니, 그런 기대 말고."

"그럼 뭐?"

"으흐흐, 한 시간에 한 번씩 내 방으로 와."

"왜?"

"알면서-"

그가 입술을 쭉 내밀었다.

"못 말려, 진짜- 아, 근데 옛날 생각난다. 강 팀장님 때 참 좋았는데."

"왜? 아쉬워? 그때 그 싱싱하던 강 팀장이 아니라?"

"아니."

"그럼?"

"강 부사장이 백배 좋지! 어디 팀장이랑 부사장을 비교하겠어!"

"역시… 팀장보단 부사장님이 낫지?"

"그럼요, 강 부사장님."

두 사람이 오늘의 햇살처럼 밝은 미소로 서로를 바라보며 웃었다.

"있지… 갑자기 이런 말 하면 좀 뜬금없다고 생각하겠지만, 날이 이렇게 좋고, 모처럼 마음에 여유가 생겨서 말이야."

"뭔데?"

"있지- 3년이라는 시간이 지나는 동안, 한결같아 줘서 고맙다고."

"아, 이런. 고은비, 그런 인사는 제발 좀 더 아껴 둬."

"왜?"

그의 대답이 의외여서 은비가 의문스럽다는 듯 토끼 눈을 뜨고 그를 바라보았다.

"앞으로 계속 그럴 거니까. 고작 3년 만의 감격은 좀 민망하다. 나 강한별을 뭘로 보고."

"후훗- 하핫- 그래서 더 고마워."

"아, 오늘 안 되겠다, 은비야."

"뭐가 또."

"창덕궁은 다음에 가."

"기껏 계획 세워 놓고 그건 또 무슨 말이야."

"여전히 예쁜 게 아니었어. 어제보다 오늘 더 예뻐서 내가 살 수가 없다고."

"이그- 또 왜 이러실까-"

"어? 저기가 좋겠다."

그가 창덕궁을 향해 가던 차를 틀어 근처 5성급 호텔로 향했다.

"자기야 아침부터 이러기야?"

"아침에 하는 거 좋아하잖아-"

은비는 한별이 갑자기 차의 방향을 정반대로 틀어 버린 것이 당황해 물었는데, 오히려 된통 당했다. 일명 팩트 폭격.

그랬다.

깊은 밤보다 아련한 새벽 미명에 하는 것을 좋아하는 그녀였다.

영롱한 아침 햇빛이 세상을 밝게 비출 때, 방만은 두꺼운 암막 커튼으로 가려 두어 어둡게 해 놓고는 커튼 사이사이 틈으로 들어오는 빛을 즐기며 하는 것을 좋아하는 그녀였다.

그러므로 대꾸할 말이 없는 게 당연했다.

"아, 갑자기 이러니까 너무 설레잖아."

은비가 이번엔 제 가슴이 너무 두근거리는 게 감당이 되지 않아 진심을 토했다.

"나는, 나는 오죽하겠습니까, 고 상무님."

한별이 그녀를 향해 눈을 흘겼다.

"다 왔다. 내리자."

금세 도착한 호텔 앞에서 차를 발렛 서비스에 맡긴 한별이 은비의 손을 잡고 호텔 프런트로 향했다.

"강한별이요. 예약자 이름 말입니다."

헛-

그의 말에 은비가 흠칫했다.

창덕궁은 무슨! 이 남자 다 계획이 있었어!

그나저나 단둘이 호텔에 온 게 참 오랜만이라 기분이 묘했다.

"와아!"

룸에 들어서자마자 푸르른 남산이 멋지게 드러나는 뷰를 보고 은비가 함성을 질렀다. 그러기도 잠시, 한별이 그 밝고 싱그러운 뷰를 암막 커튼으로 닫았다.

고작 커튼 하나 닫는 행동이 이토록 섹시할 일인지- 은비는 머리가 순식간에 어질해졌다.

"여기서는 나만 봐야지-"

이럴 거면 이토록 전망 좋은 방은 왜 예약해 두었냐고 말할 뻔했지만, 아까 한 다짐이 떠올라 이내 눈빛을 바꾸었.

한별이 그녀를 번쩍 안았다. 그녀가 먼저 그의 입술에 입을 맞췄다. 그는 구름처럼 새하얀 침대 위에 그녀를 털썩 던져 놓고는 옷을 벗어젖히려 했다.

"내가 벗겨 줄게-"

그녀가 그의 목을 끌었다. 다시 입을 맞추고, 마치 절대 떨어지면 안 되기라도 하듯 키스를 이어 가는 동안 은비가 그의 옷을 하나씩 벗겼고, 그 역시 거친 듯 섬세한 손길로 그녀의 옷을 벗겼다.

그녀가 단단한 그의 몸을 쓰다듬는 동안, 그는 그의 손에 넘치는 그녀의 아름다운 것을 만지며 태곳적부터 그녀를 사랑하기로 한 자로 만들어져 오늘에 이른 것처럼 황홀경을 경험하고 있었다.

"간지러워~~"

이내 입으로 맛있는 디저트를 아껴서 빨아 먹듯 그것을 탐할 때, 그녀가 순간 몸을 움츠렸지만, 그것은 얼마 지나지 않아 더 원한다는 말로 바뀌었다.

그가 그녀의 손을 자신의 가장 중요한 곳에 갖다 대었다. 단단한 것은 비단 그의 불끈 솟은 가슴 근육만이 아니었다. 은비는 부드럽게 그것을 매만지며 그와 같은 마음으로 서로를 사랑하는 이 시간에 빠져들었다.

시트가 젖을 만큼 넘치는 그녀의 사랑의 꿀은 서로를 얼마나 흥분하게 만드는지, 서로의 입에 닿아 있던 입술은 이제 다른 곳으로 장소를 옮기며 서로를 잡아먹을 듯이 강렬한 행위들을 이어 갔다.

두 사람 다 그간 아기들을 돌보느라 어쩔 수 없이 참아야 했던 욕구들이 이 순간 거의 폭발할 지경이었다.

"좋아?"

그가 뜨거운 숨을 토하며 그녀에게 물었다.

"으응. 하웅… 좋아."

그녀의 야릇한 음성을 들으며 한별은 더욱 그녀의 안으로 침범했다. 서로의 살이 부딪히는 소리들과 신음이 커다란 호텔방의 정적을 채웠다.

두 사람은 그들 외 아무도 없는 이 장소에서 오로지 서로에게 집중할 수 있는 이 시간이 좋았다.

마침내 그가 그녀 깊숙이 들어와 한참 노닐다 두 사람이 마침내 가쁜 숨을 동시에 토해 냈다. 그러나 더는 없을 것 같은 이 짜릿한 기분은 전반전일 뿐이었다.

태양이 중천까지 떠오르고 그것이 다시 아스라이 서쪽으로 향하고 있을 때까지, 낮이 밤이었던 것처럼, 깜깜한 호텔방에서 저들만의 우주를 끊임없이 노닐었다.

그 시각, 삼구가 잠깐의 휴식을 갖고 애리가 쌍둥이들 식사를 손수 만드는 동안 제일 바쁜 사람은 한솔이었다.

"음마… 마마… 빠빠……."

"마… 까… 따그……."

쌍둥이들이 이상한 옹알이만 남발대자 한솔이 굳은 결심을 한 듯 비장한 표정을 지었다.

"한비, 은별아. 지금부터 형님 말을 잘 듣고 따라 해라."

애리가 식사를 준비하는 동안 한비, 은별이 쌍둥이 남매를 맡은 한솔이 근엄한 표정을 지었다.

임무가 막중한 듯이.

"이건 자. 동. 차. 따라 해 봐!"

"마… 음마… 음마……."

"아니. 음마가 아니고 자. 동. 차!"

"냠냐마… 음마… 음마……."

"하, 너희들 언제 말할래, 대체? 형님이 매주 집에 가서 가르쳐 줘야 되겠어?"

아무리 말해도 제 말에 집중을 하지 않는 쌍둥이들을 보며 한솔이 뒤에 감추어 두었던 장난감 자동차를 슬쩍 들이밀었다.

"자자- 형님 말 잘 듣는 아가한테 이걸 주겠… 어어?"

자동차가 보이자마자 한비와 은별이는 달려들어 서로 그것을 차지하려 했다.

"안 돼~! 사이좋게 놀아야지!"

"으아아아아앙-"

결국 자동차를 뺏긴 한비가 울음을 터뜨렸다.

"어휴. 울지 마, 한비야."

한솔이 일어나 제 몸 반만 한 한비를 안고 둥가둥가를 했다.

"으아아앙앙앙앙앙!"

"으- 어쩌지. 아, 맞다!"

당황하던 한솔이 갑자기 한비를 내려놓고 방으로 뛰어가 무언가를 들고 나왔다. 그것을 본 한비와 은별이의 눈이 호기심에 가득 찼다.

한솔이는 손아귀에 담긴 무언가를 아이들 입에 넣어 주었다. 그러다 괜히 마음이 찔려 좌우를 살폈다.

그것을 받아 든 쌍둥이 남매는 거짓말처럼 울음을 그쳤고, 돌이 갓 지난 인생에 처음 맛보는 최고의 달콤함을 즐겼다.

"내가 이 초콜릿 주는 건 형님하고 형수님한테 비밀이다! 자- 이거 먹고 다시 공부하자, 우리! 알겠지?"

여전히 쩝쩝거리며 초콜릿을 맛있게 먹는 한비와 은별이를 보던 한솔이 안 되겠는지, 다시 방으로 뛰어 들어갔다.

"와아……."

평소엔 이렇게까지 맛있는 줄 몰랐는데, 오늘따라 정말 맛있는 초콜릿이었다. 달콤한 것을 입에 넣은 한솔은 행복한 표정을 지으며 다시 사랑스러운 조카들이 있는 곳으로 향했다.

에필로그 3: 제주도 푸른 낮과 붉은 밤

라임몰 제주 지사 사옥 7층.

고급스러운 대리석 복도 위에 또각, 따각거리는 소리가 규칙적으로 이어졌다.

슈트의 정석을 여지없이 보여 주는 한 사람과, 군더더기 하나 없이 딱 떨어지는 블라우스와 스커트를 입은 나머지 사람이 몇 가지 대화를 이어 나가며 걸음을 옮겼다.

유리로 되어 있는 복도 한쪽 면엔 맑은 제주의 날씨가 마치 그림 같은 풍경으로 펼쳐 있었다. 그 그림을 배경으로 두고 창을 통해 햇빛이 가득 드는 복도 위를 걷는 두 사람의 걸음이 꽤나 경쾌했다.

"대표님, 막 제주 라임몰 고 선정 부지를 둘러보고 오는 길입니다. 공항 근처라 접근성이 용이하고, 풍광 또한 뛰어난 곳에 입지해 있어 시작부터 좋은 느낌이 들던데요?"

"고 상무, 아침부터 거기에 다녀오느라 그토록 분주하셨던 겁니까."

"궁금해서 견딜 수가 있어야죠."

"하여튼, 못 말린다니까."

"그나저나 오늘 회의 마치고는 더 일하게 못 둡니다. 알겠습니까, 고 상무?"

"아유, 대표님. 그런 얘기는 회사에서 삼가시는 게 제가 복귀를 잘 하는 데 도움이 될 것 같은데요."

은비는 육아휴직 1년을 끝내고 고 상무로 라임몰에 복귀했다. 그녀는 휴직 직전에 빠른 승진을 이루어 냈는데, 그것이 라인을 타서 그런 것이 아니라 실력 때문이라는 것을 모두 인정할 정도로 열혈 고은비로 소문이 나 있었다.

그녀의 복귀는 회사 내 반반 여론을 만들어 냈다. 고 상무님 오시면 이제 죽었다와 이제 좀 일할 맛 나겠네.

사내 부부 강한별 부사장과 고은비 상무가 여유로우면서도 빠른 걸음으로 대회의실을 향해 걸었다.

회의실에 도착해 문을 여니 정중앙에는 [상반기 라임그룹 법인장 회의]라는 플래카드가 걸려 있었고, 쭉 늘어선 타원 테이블엔 벌써 많은 이들이 자리를 지키고 있었다. 그간 라임그룹은 뉴욕 말고도 해외 법인을 늘린 상태였다.

뉴욕에서 먼저 성과를 냈던 한별이 해외 법인이 늘 때마다 수고를 마다 않고 열심히 협조해 준 덕에 라임그룹은 날로 성장해 갔다.

오늘은 은비가 복귀한 이래 첫 법인장 및 임원 회의였고, 그녀는 라임몰 임원으로 대표 한별과 함께 이곳을 찾았다. 오늘은 라임그룹 국내 법인장뿐 아니라 해외 법인장까지 모여 글로벌 시장 변화 점검과 하반기 생산 판매 전략을 논의할 예정이었다.

"아무래도 나라별, 지역별 각 지역 상황에 맞는 시장 전략의 모색이 중요할 것입니다. 주요 권역들을 분류해 현지 시장 전략 수립 및 상품 운용, 생산과 판매 통합 운영이 가능한 '자율경영시스템'을 도입해 현장 중심의 의사 결정 체계를 강화하는 게 필요할 것 같습니다."

은비가 발언을 하던 중 강 대표와 눈이 딱 마주쳤다. 아내바보 한별이 부담스러운 눈빛을 발사하고 있었다. 때문에 간신히 발언을 끝낼 수 있었을 정도였다.

모처럼 보는 은비의 발언에 한별은 마음 한가득 감명을 받았다. 업무 공백이라고는 전혀 느껴지지 않는 모습이었다. 쌍둥이들이 태어나기 전 함께 일하던 생각도 나면서 얼마나 감회가 새로웠는지.

"법인장들께서는 각국 시장 모니터링을 강화하시고, 예측 가능한 여러 변수들에 관해 시나리오별 면밀한 대응책을 수

립해야 한다고 생각합니다. 특히 신규 수요를 적극적으로 창출해 나가기 위해 인기 상품들에 관해 반응이 좋은 이벤트를 이어 나가면 좋겠고요."

한별의 발언이 이어지자 은비의 마음도 다르지 않았다. 일에만 집중하겠노라고 다짐에 다짐을 하고 왔건만 역시나 이놈의 사심은 4년 전이나 지금이나 다르지 않았다.

저 듬직한 태를 보소!

멋지다. 내 남자.

만나고 싶다. 내 남자.

복귀한 지 얼마나 됐다고 이러는 건지, 아무래도 위험한 사내 부부가 될 것 같은 느낌이었다.

회의가 끝나고 모두들 반갑게 인사를 나누었다. 곧 제주에서 모인 만큼 특별한 뒤풀이 행사가 있을 예정이었지만, 강 대표와 고 상무만은 제주에서 볼일이 있다는 관계로 양해를 구하고 나온 상황이었다.

"후- 드디어 끝났네."

한별이 제주 사옥을 나와 주차장으로 향하며 넥타이를 풀어 헤쳤다.

은비 역시 정장 재킷을 벗고, 흰 블라우스의 단추 하나를 풀었다.

"은비야, 하늘 봐 봐- 끝내주지."

호기롭게 블루 톤에 펄이 들어간 오픈카를 렌트한 한별이

라임몰 제주 사옥을 빠져나오며 설레는 목소리로 외쳤다.
"와아- 진짜 좋다. 역시 제주야."
"우리 고 상무님, 첫 법인장 회의라서 긴장 많이 했었지?"
"음, 안 했다면 거짓말이지. 그래도 좋았어. 우리 쌍둥이들 키우는 것도 좋지만, 내가 그동안 얼마나 일하고 싶었는지 자긴 모를걸?"
"모르긴 왜 몰라."
한별이 단번에 서운한 표정을 지었다. 능력 있는 와이프를 온전히 아이들에게 빼앗기는 바람에 라임몰도 타격이 없지 않았다고… 그걸 볼 때마다 갈등하고, 고민했던 너를 내가 왜 모를까. 그래도 아이들이 좀 클 때까지는 엄마가 돌봐야 한다며 마음을 접었던 그녀였다.
"허허, 내가 우리 고 상무님에 관해 모르는 게 있던가?"
"아주 자신감이 넘치시네요, 강 대표님."
"그럼, 나처럼 이렇게 와이프한테 관심이 많은 남편이 있으려나."
"그럼 문제 하나 내 볼까?"
"얼마든지."
"지금 내가 무슨 생각하게?"
"나랑 자고 싶다는 생각?"
"풉!"
은비가 실소를 터뜨렸다.

"거봐- 딱 맞혔지?"

"아, 맨날 기승전 그 얘기야. 진짜. 아무튼 회사에서 자꾸 그런 눈빛으로 보지 좀 말라고. 사람보고 일을 하라는 건지, 말라는 건지. 진짜 신경 쓰여서 무슨 이야기를 못 하겠다고."

"훗- 회사 일로 오랜만에 만나니까 너무 설레는데 어떻게 하냐고. 그 정도도 이해 못 해 줘?"

"못 해. 안 해. 나도 이제 일 좀 제대로 해 보자, 강 대표님. 응?"

"진짜 빡빡하시네, 고 상무님. 우리 전에 약속했던 거 생각 안 나?"

"무슨 약속?"

"복직하면 한 시간에 한 번씩 내 방으로 오기로 했잖아."

"이런, 그게 말이 돼? 그때야 그냥 막 막 폴링 러브해서 눈에 뵈는 게 있던 시절이냐고."

"지금은, 지금은 아니야? 나는 그대로인데 고은비 너는 변한 거야, 이제?"

한별이 열변을 토하며 속상한 얼굴로 그녀를 바라보았다. 그 얼굴을 보니 또 괜히 짠한 마음이 드는 건 왜인지.

"아니… 그렇다기보다… 무슨 이십 대도 아니고 한 시간마다 한 번씩이야. 현실 가능한 이야기를 해야지. 하루에 한 번만 갈게."

그녀가 선심 썼다는 듯이 그를 보며 눈을 흘겼다.

"고은비!"

그가 눈을 가늘게 뜨고 웃었다. 이런 밀당의 고수!

이내 그가 그녀의 손을 잡아끌었다.

"지금 당장이라도 껴안고 자고 싶은데, 모처럼 제주도에 왔으니까 먼저 해야 할 일이 있겠지?"

그의 말에 은비가 고개를 끄덕였다.

이 남자, 내가 진짜 하고 싶은 걸 아는 남자였다.

제주도는 은비에게 특별한 곳이었다. 그러나 이제는 두 사람에게 특별한 곳. 사랑하는 가족이 있고, 가족이나 다름없는 옥분 할망도 있으니까.

게다가 애틋한 추억을 담고 있는 곳이 이전 그대로일지, 변했을지 궁금해지는 마음도 일렁였다.

"먼저 어머니랑 할머님도 뵙고 맛난 것도 먹고 옛날 생각하면서 차귀도도 둘러보자. 그러다 보면 더 애틋해져서 환상적인 밤을 보낼 수 있을 거라 사료되는 바입니다?"

"아응~ 진짜……."

그녀가 눈을 흘기며 한별을 바라보았다.

시원한 제주 바람이 그의 머리카락을 흔들어 놓았다. 아까 단정하던 머리가 다 흐트러졌지만, 그 모습을 보고 있자니 그 옛날 꿀통 생각이 더 났다.

"우리가 부부가 될 줄이야……."

은비가 새삼 저의 모든 것을 둘러싼 것들이 다 신기해 손을 뻗어 제주 바람을 가르며 이 시간이 주는 행복을 즐겼다.

두 사람이 먼저 찾은 곳은 김점순 해녀촌 식당이었다.

"어머니! 할머니!"

한별이 주차를 하고 식당에 들어서며 외쳤다.

"왔어?"

눈이 빠지게 두 사람을 기다리던 은비 엄마와 할머니가 기쁜 마음으로 한별과 은비를 맞았다.

은비가 엄마를 안고 붕붕 뜨는 동안, 한별은 할머니를 꼭 안아 드렸다.

"건강하셨죠?"

"그럼, 아주 한결같은 사람이야. 이뻐······."

한별이 다정하게 건네는 말에 은비 할머니가 그의 등을 토닥이니 반겼다.

"여태껏 밥도 안 먹었지? 강 서방 배고플 텐데, 얼른 들어."

"넵!"

"엄마! 와앗! 진짜 맛있겠다. 지금 배고파서 죽을 뻔했는데."

은비는 엄마표 음식이 한가득 차려진 상을 보며 눈이 휘둥그레졌다.

"어후, 어머니 힘들게 이렇게까지 준비하셨어요?"

"자기야, 앉아 봐. 진짜 끝내준다. 와아, 왜 김점순 해녀촌에 사람들이 줄을 안 서서 먹는 거냐고. 아웅- 맛있다!"

"이것은 어째 강 서방만도 못해. 엄마 힘들까 봐 걱정하는 것 좀 봐라."

은비 엄마가 그녀를 향해 눈을 흘겼다.

"엄마! 나 진짜 엄마 밥 먹고 싶었단 말이야. 이거 다 먹어 주겠어!"

"그래그래. 어여 먹어. 우리 귀한 아들, 딸이 오는데 이 정도는 차려야 이 엄마 마음이 편할 거 아니야. 일하고 바로 오느라 얼마나 배가 고플꼬. 어여 들어."

엄마 밥이 먹고 싶었다는 말에 가슴이 뭉클해진 은비 엄마는 연신 닭 살을 발라 한별과 은비 밥그릇에 얹어 주고, 전복이며 소라며 초장을 푹 찍어 먹여 주며 행복한 미소를 지었다.

"근데 엄마, 식당 일 힘들진 않아? 이제 좀 쉬어도 될 것 같은데……."

배가 조금 불러 오니 그제야 정신을 차린 은비가 뒤늦게 엄마 걱정을 했다.

"어이고, 쉬기는- 목숨 붙은 날까지 할 거니깐 말리지 말어. 식당 일이 얼마나 재미지다고. 요즘 손님도 꽤 늘었다니까."

"진짜? 잘됐다. 그래두 이제 엄마랑 할머니도 연세가……."

"우린 괜찮대두. 사람이 자고로 일을 하면서 살아야지. 그게 무슨 일이 됐든 열심히 해야 하는 거고. 안 그래? 강 서방?"

"백번 맞는 말씀이십니다. 그래도 너무 무리는 마세요, 어머니. 언제나 여기 든든한 아들이 있다는 거 잊지 마시고요."

한별은 재벌 사위가 떡하니 있는데 이렇게 고되게 식당 일을 하는 게 마음이 쓰이지 않을 수 없었다. 식당을 더 넓은 곳으로 옮기자고 해도, 일하는 직원을 더 두자고 해도 그러지 않겠다는 은비 엄마였다.

떼돈을 벌려고, 편하려고 일하는 거 아니라며. 이곳에서 산 세월과 함께, 이곳에서 만든 추억과 함께 소소하게 이렇게 사는 게 행복이라고 말하는데, 그 말씀을 따르지 않을 수 없었다.

"아이구, 우리 아들. 말도 이쁘게 하네. 돈이야 늘 있다가도 없고, 없다가도 있기 마련이라지만, 이왕이면 열심히 일해서 든 빌면 그거만큼 기쁜 게 없어. 뿌듯하고. 사랑도 마찬가지야. 열심히 사랑하고 살면 삶이 또 그거만큼 재미진 게 없다고. 뿌듯하고! 알겠어?"

"넵!"

"넵!"

"아이고야, 밥 먹을 때는 개도 안 건드리는 건데, 내 말이 많지? 어여 들어."

"어머님, 할머님은 왜 이렇게 안 드세요? 같이 좀 드세요."

한별이 할머니를 바라보니, 뭔가 표정이 심상치 않았다.

"아! 맞다!"

그제야 무슨 생각이 난 그가 가방에서 의문의 종이가방을 꺼냈다.

"헤아려 보니까 이제 거의 떨어질 때가 돼 가시는 거 같아서 말이에요."

"아이코호! 뭘 또 이런 걸……. 이 귀한 걸 또 가져왔어!"

"우리 할머님 건강이 최고죠! 헤헷."

"내 진즉에 말했지. 우리 손주 사위가 평생 변하지 않을 사람이라고. 암! 내 눈이 보통 정확한 게 아니야."

할머니는 기쁜 마음으로 그것을 받아 들고는 갑자기 어딘가로 사라지셨다. 나머지 세 사람은 할머니의 뒷모습을 보며 서로 눈을 맞추고 입가에 미소를 띠었다. 공진단이 저리도 좋으실까- 서로 눈빛으로 이야기를 주고받으면서.

"다음에는 우리 강아지들도 데리고 와. 고것들이 얼마나 밤마다 눈에 선한지. 알겠지?"

"응. 이번 여름휴가는 그럼 제주도에서 보내는 거 어때? 남편?"

"나야 언제나 좋지."

제주에서 맞이하는 참 행복하고도 푸르른 낮이 김점순 해녀촌 위로 둥실 흘러가고 있었다.

"예쁘다…….''

한별과 은비가 차귀도 작은 부둣가 근처에 정박해 있는 요트 갑판 위에 나란히 앉아 같은 곳을 바라보았다. 그들의 시선이 머문 곳엔 붉은 하늘이 있었다. 두 사람이 참으로 좋아하는 차귀도 노을.

한별과 은비는 연애 기간 동안, 그리고 신혼을 보내며 요트 투어를 즐기곤 했는데, 쌍둥이들이 태어나고서는 전처럼 그렇게 즐기기는 힘들었다. 이제 별 쓸모도 없는 요트를 처분하는 게 좋겠다고 말하던 은비였는데, 한별은 그때마다 완강히 거부했다. 곧 요긴하게 쓰일 때가 올 거라고 입버릇처럼 말하곤 했다. 그의 말대로 결국 생각보다 빨리 요트 데이트를 할 수 있는 날이 와 버렸다.

모처럼 제주 출장을 핑계 삼아 즐겨 보는 요트 투어는 여전히 로맨틱했다.

"세월이 참 빠르다. 그치?"

"그러게……. 차귀도에서 강한별 과외시킬 때는 꿈에도 몰랐던 일들이라니까. 우리가 여기서 이러고 있을 줄 알았냐고……."

"고 선생이 고 대리가 되고 고 대리가 나의 고 부인이 되는 이 루트는 너무도 멋지고 완벽하단 생각밖에 안 된다. 한 편의 영화 같지 않아?"

"풉-! 꼴통이 싸가지 팀장이 되고, 싸가지 팀장이 남편이 되어 버린 이 루트는 참으로 스펙터클했다고. 뭐랄까, 만화 같지 않아?"

"하핫-"

"하핫-"

"그래도 영화가 되었든, 만화가 되었든, 그냥 지금 우리의 현실이든 당신으로 인해 달달한 로맨스의 주인공이 된 건 확실해."

"그렇지? 와아- 이제야 요트에 탄 기분 나네. 근데 말이야. 내 체력이 닿는 한은 달달보단 에로틱한 로맨스의 주인공으로 만들어 줄 생각인데, 어때?"

"좋긴 좋은데, 조심은 좀 하자. 나 이제 겨우 복직한 거 알지?"

구름을 잡던 대화가 결국 현실 문제 앞에 직면했다. 쌍둥이 둘이면 된다고!

한별이 그녀의 얼굴을 빤히 바라보다 손을 꼭 잡았다.

그게 마음대로 되는 문제가 아니라 어쩌면 좋냐-

무언의 눈빛을 보내며.

두 사람은 아름답게 지는 해를 바라보며 도란도란 이야기를 이어 갔다. 아련한 추억이 되어 버린 그 옛날 차귀도 꼴통 시절 강한별 이야기부터 은비가 납치를 당했던 이야기까지. 실로 어마어마한 이야기를 담고 있는 차귀도 추억을 꺼내다 보니 하루가 다 모자랄 정도였다.

"할망 보고 싶네……."

옥분 할망이 몇 년 전 하르방 곁으로 가고, 차귀도는 이젠 정말 아무도 없는 무인도가 되어 버려 좀 쓸쓸한 기분도 감돌았다. 그래도 마음에, 가슴에 새겨진 함께한 추억은 이토록 때마다 꺼내 볼 수 있는 영원한 것이기에 그나마 위로가 좀 되었다.

"한비랑 은별이는 잘 있겠지?"

은비가 한별을 바라보며 물었다.

온종일 눈에 밟혀 혼이 났었다.

"진짜 너무 잘 있대. 잘 먹고, 잘 놀고, 잘 싸고! 어머님이 워낙 애들을 잘 보시더라고."

아까 애리의 전화를 받았다는 그가 고개를 끄덕이며 말을 덧붙였다.

잘 있을 걸 알면서도 궁금한 마음, 이렇게라도 이야기해 주면 그나마 조금 편안해지는 마음.

그제야 은비의 얼굴이 조금 밝아졌다.

좀 전에 바다낚시도 하고 신나게 바비큐를 해먹을 때만 해도 오랜만에 둘만의 휴가라며 방방 떴었는데, 사실, 이렇게 노을을 바라보고 있으니 왠지 기분이 차분해지는 느낌이었다.

"잠시만, 기다려 봐."

한별이 잠시 선실로 사라졌다. 아무래도 분위기를 전환하고 싶었는지, 그가 손에 와인과 와인 잔을 들고 나타났다.

그가 웃으며 그것을 은비에게 들어 보였다. 아스라이 지는 붉은 노을이 그의 뒤를 비춰 그와 함께 아름다운 그림이 그려졌다. 아름다운 사람, 내 사랑 강한별.

그냥 찍는 족족 화보가 될 그런 풍경, 그런 사람이었다.

은비가 그를 보며 빙그레 웃었다.

"자기야, 선실 내는 금주가 원칙 아냐? 이런 건 언제 사 뒀어."

"조금은 괜찮아. 오늘 긴장하고 많이 피곤했을 텐데, 한 잔씩만 하자."

두 사람이 노을을 바라보며 와인 잔을 부딪쳤다. 언제 플레이했는지, 한별의 휴대폰에서 감미로운 음악이 흘러나왔다.

바다와 맞닿아 있는 하늘을 바라보던 은비가 와인을 한 모금 마시고는 한별을 바라보았다. 새삼 조각 같은 그의 옆모습을 보니 잠시 차분했던 마음이 다시 설레기 시작했다.

와인 탓인지-

음악 탓인지-

진짜, 그저 강한별 때문인지-

아이들 키우느라 이렇게 여유롭게 남편 얼굴을 바라볼 새가 없었는데, 오늘 보니 더 세월이 가기 전에 이 예쁜 모습을 눈에 더 새겨 두어야겠다는 생각이 들었다.

그녀가 손을 들어 그의 얼굴을 천천히 쓸어 보았다.

안 그래도 위태위태하던 한별의 마음이 즉시 일렁였다.

와인 탓인지-

출렁이는 파도 탓인지-

너무도 예쁜 고은비 때문인지-

노을이 천천히 사라지고, 바다에 까만 어둠이 찾아오자, 그가 요트의 조명을 켰다.

까만 바다에 은은한 조명을 켠 요트의 조화가 참으로 예뻐 은비가 좋다며 물개 박수까지 쳤다.

한별이 뿌듯한 마음으로 한껏 여유로운 표정을 짓다가 또 선실에서 무언가를 가지고 올라왔다.

"그게 뭐야?"

"불꽃놀이. 우리 고 상무님 복귀를 축하하며!"

그가 불꽃놀이 몇 포를 하늘로 쏘아 올렸고, 손에 쥐고 즐기는 작은 불꽃은 두 사람이 나눠 가졌다.

"우리 이러고 있으니까 연애 때로 돌아간 기분이다. 그치?"

은비가 한별과 함께 불꽃놀이를 흔들다가 배시시 웃으며 말했다.

"그렇게 말하니까 꼭 지금은 연애 중이 아닌데, 그런 느낌적인 느낌을 받았다는 거로 들립니다? 그동안 나만 고 상무님하고 연애 중이었나?"

벌써 결혼 5년 차였다.

은비는 이런 이야기를 하기에는 그래도 세월이 좀 흘렀다고 생각했는데, 이 남자는 여전했다. 이런 모습이 능글맞기도 하고, 고맙기도 하고.

"역시 우리 할머니 말씀이 틀린 게 하나 없네."

"어떤 말씀?"

"자기가 변하지 않을 사람이라고 하신 말씀 말이야. 내 귀가 닳도록 이야기하셨다니까."

"아! 그렇지. 우리 김점순 할머니의 사람 보는 눈은 누구도 따라올 수 없다고. 그 연륜을 어떻게 따라가!"

"후훗, 참. 나 아까 엄마 이야기 들으면서 또 한 번 다짐했어."

"우리 은비가 엄마 말씀을 자고로 잘 듣는 아이가 아닌데, 뭘까?"

결혼 전에 엄마한테 거짓말을 하고 단둘이 위험한 밤을 보낸 전적이 많아서 하는 소리였다.

"일도, 사랑도 열심히 하겠다고-"

"아… 근데 나는 그 의견에 이의 있다?"

"이의? 뭐?"

"나한테는 별로 통하지가 않는 이야기라고."

"왜?"

열심히 안 할 거야? 나랑? 사랑?

은비가 의아하다는 눈빛으로 그를 바라보았다.

"다짐도, 노력도 필요 없다고. 그냥 저절로 되는 거라고."

"자기야……!"

"감동했지? 깜짝 놀랐지?"

"어? 어⋯⋯."

"그렇다면 지금 이 타이밍이군요."

한별이 그녀를 번쩍 안고 선실 내 침실로 향했다.

두 사람이 선실 내 좁은 방 너른 침대 위에 몸을 던졌다. 한별이 손을 뻗어 무드등을 켰다. 두 사람은 고작 한 잔 마신 와인이 온몸에 퍼져 마음이 두근거렸다. 그가 천천히 그녀의 옷을 벗기기 시작했다. 신혼 때야 불같이 정신없이 달려들었지만, 이젠 뭐랄까, 여유와 노련미가 느껴지는 손길이다.

한별의 눈에 은은한 조명 빛을 받은 그녀의 몸은 더없이 아름다웠다. 보고 또 보고, 자세히 보고, 입을 맞추고 싶은 몸.

은비도 같은 생각 중이었다. 그의 섹시한 몸에 하염없이 이끌렸다. 아까 잠깐 햇빛 아래 낚시를 즐겼다고 살짝 그을린 그의 얼굴과 팔 때문에 더 그랬다.

그가 그녀의 이마에 입을 맞추는 것을 시작으로 꽤 오랫동안 그녀의 온몸에 자신의 자국을 남겼다.

그가 입술로 제 몸을 탐하는 동안, 은비는 짜릿해지는 감각에 그의 살 어디라도 꼭 잡고 부드럽게 터치하다 꾹 누르다 잡다를 반복했다.

때때로 밤바람에 강한 파도가 쳐 휘이잉거리는 소리가 요란하고, 요트가 심하게 흔들릴 때면, 더욱 아찔해지는 기분이 들어 마음을 더욱 흥분시켰다. 요트에서의 하룻밤이 이렇게나 좋고, 이렇게나 특별한 것이었다.

한껏 달아오른 몸들이 서로를 간절히 원하는 밤, 두 사람은 오롯이 하나가 된 감정, 감각, 그리고 생각을 확인하며 일말의 아쉬움도 남기지 않기 위해 사랑하고 또 사랑했다.

고요한 밤바다가 그저 파도 소리와 너울로 오랫동안 섹시한 음악을 연주해 주는 밤. 밤바다를 밝히는 달빛이 천천히 그 몸을 동쪽으로 움직일 때까지 그렇게.

환희의 절정을 느낀 두 사람이 나른하게 누워 서로를 꼭 안았다.

"요트 안 팔길 잘했지?"

"아앙!"

"아빠! 낚싯대가 움직여요!"

"오호라-! 보자, 보자. 이렇게 릴을 당기면서… 와후! 돔이다! 우리 은별이가 고등어를 잡았네!"

"우와, 우와, 우와! 우리가 먹는 그 고등어요? 우와, 우와!"

벌써 여덟 살이 된 은별이가 폴짝폴짝 뛰며 아빠와 함께 잡은 물고기를 연신 쳐다보았다.

"아빠, 은별이 잘하지?"

"응. 아주 훌륭해."

"아빠, 너무 재밌어요. 나 또 해도 돼요?"

"그으럼! 아빠가 미끼 달아 줄게."

은별이 반대편에선 한비가 뾰로통한 얼굴로 하염없이 낚시줄만 바라보고 있었다. 은별이보다 먼저 물고기를 잡을 줄 알았는데, 뜻대로 되지 않아 속이 상했다.

"자, 그럼 우리 한비는 잘 되고 있나."

한별이 은별이 낚싯줄을 봐주고 한비에게로 다가왔다.

"아빠, 내 낚싯대에는 물고기들이 안 와요. 치!"

"우리 그럼 자리를 이동해 볼까? 이쪽에서 해 보자, 한비야."

"그런다고 물고기가 잡혀 줄까요? 어휴……."

"그럼, 금세 잡힐 거야. 두고 봐."

"네, 아빠."

그때였다.

"아빠! 아빠! 낚시줄이 또 움직여요."

은별이가 또 난리가 났다.

"으아앙-"

한비가 속상함을 참지 못하고 울음을 터뜨렸다.

"한비야! 물고기 왔다!"

그와 동시에 낚시줄이 움직이는 걸 본 한별이 울음을 즉시 그친 한비와 함께 낚싯대를 들어 올렸다.

"우와! 한비야, 참돔이야! 이거 여기서 가장 귀한 물고기라고!"

"진짜요?"

눈물이 진즉에 쏙 들어간 한비가 좋아서 물개 박수를 쳤다.

"이것 봐, 우리 한비 할 수 있다고 했지?"

"네! 아빠, 내가 제일 좋은 걸 잡았어요! 예에~!"

두 아이들 낚시를 한참 봐주고 나서야 겨우 엉덩이를 붙이는 한별이었다.

"얘들아~~ 간식 시간이다~~"

요트 선실에서 아이들 간식을 준비하던 은비가 나와 쌍둥이들을 불렀다.

아이들이 선실로 뛰어 내려오자 은비가 빼꼼 얼굴을 들어 한별을 살폈다.

"자기야-"

그가 한껏 불쌍한 표정으로 그녀를 바라보았다.

"훗-"

한창 애들 낚시 때문에 힘들었을 그를 생각하니 조금 안쓰럽기도 해서 은비가 갑판 위로 올라왔다.

둘이 나란히 앉아 저 멀리 바다를 바라보았다.

"힘들었어?"

"아니-"

"행복했지."

"정말?"

"한비가 전갱이를 잡지 않았더라면 아마 힘들었을 거야."
"전갱이? 돔이라고 하지 않았어?"
"훗- 비밀이다."
"이런."
"우리 가정의 평화를 위해 비밀로 해 두는 편이 좋을 거야."
"그래. 전갱이면 어떻고, 참돔이면 어때. 뭐라도 잡은 게 어디야."
"자기야, 애들 잘 놀고 있는데, 우리 뽀뽀 한번 할까?"
"이이두 참."
"이리 와 봐."
"애들이 찾을 거야."
"잠깐만, 잠깐이면 된다고."
한별이 아무도 찾을 수 없는 요트 사각지대로 은비를 이끌었다.

쪽-

바닷바람을 맞으며 두 사람이 입을 맞췄다.
"사랑해-"
한별이 스윗한 눈빛으로 은비를 바라보았다.
"언제까지 이렇게 사랑할 건데?"
"이 바다가 다 마를 때까지?"
로맨틱한 분위기가 한 번 더 끓어오르려던 찰나였다.

"아빠~!"

"엄마~!"

선실에서 아이들이 부르는 소리에 두 사람이 코끝을 찡긋거리고 씽긋 웃으며 갑판 아래로 폴짝 뛰어 내려갔다. 선실로 내려가기 전 한별이 요트에 걸린 기다란 미역을 하나 잡아들고는 손으로 뚝 끊어 눈썹 위에 일자로 붙였다. 은비는 픽 웃음이 터져 나왔지만, 얼굴을 찡그리고 고개를 내저었다. 그러나 그는 굴하지 않았다.

"애들 취향 저격일걸?"

그가 호기롭게 말하며 선실로 내려가자마자 아이들이 까르르 웃고 난리가 났다. 이내 네 식구의 행복한 웃음소리가 차귀도 앞바다 파도를 타고 찰랑거렸다.

마침

작가 후기

7년 전, 초여름 처음으로 제주도 차귀도를 방문할 기회가 있었습니다.

당시 제가 여행 기자를 겸하던 시절이었어요. 생생한 여행기를 쓰기 위해 구석구석 살펴본 차귀도가 얼마나 매력적이었는지 모릅니다. 그 이후 다시 가 보지는 못했지만, 제 앞에서 길을 인도해 주던 팔랑거리는 나비, 시원한 바닷바람 생각이 아직도 납니다.

아무도 살지 않는 섬, 태곳적 자연이 잘 보존돼 있던 그곳을 휘돌아보며 받았던 좋은 느낌이 제 삶에 여전히 남아 있어 사랑스러운 직진남 강한별과 사랑스럽고 당찬 고은비를 만날 수 있지 않았을까 생각해 봅니다.

차귀도에서 첫 만남부터 생사를 오가는 일로 마주칠 만큼 참 스펙터클했던 두 사람이었죠. 사랑이 무언지 모르던 시절 만나 따뜻한 교감을 나누었던 두 사람이 9년이라는 적지 않은 세월이 지난 후, 운명처럼 다시 만나 때로는 유쾌하게, 때로는 가슴 찌릿하게 사랑을 찾아가는 이야기를 쓰면서 내내 즐겁고 행복했습니다. 그 느낌이 잘 전달되었을까요?

 아름다운 장소에서 불현듯 떠올라 손끝에서 천천히 태어난 이 로맨스가 여러분의 가슴을 한 번이라도 설레게 해 드렸다면,

 한 번이라도 통쾌하게 해 드렸다면,

 한 번이라도 웃게 해 드렸다면,

 더 바랄 게 없을 것 같습니다.

 〈내겐 사랑스러운 고 대리〉가 먼저 연재를 통해 많은 분의 사랑을 받게 돼 참 기뻤습니다. 그리고 이렇게 또 손에 잡히는 책으로 남길 수 있게 돼 정말 감사한 마음입니다.

 이런 순간이 찾아올 수 있도록 애써 주신 마야마루 출판사, 그리고 제가 애정해 마지않는 [내겐 언제나 고마우신 배선희 대리님]께 마음 깊이 감사드려요.

 그리고 〈내겐 사랑스러운 고 대리〉와 함께해 주신 모든 독자님께 진심으로 감사드립니다.

 2020년, 어려운 시국이라 많은 분이 힘든 날들 보내고 계

시지만, 고 대리와 함께해 주신 분들 오늘도 소설 같은 하루 보내시길 간절히 바랄게요.
 해피엔딩으로요. ^^

판피린 제이(서지유) 드림